Niederaltaich
Donau
Sankt Ottilien
Altötting
Göttweig
Pannonhalma
St. Gallen
Marienberg
Muri-Gries
Praglia
San Giorgio Maggiore
Adriatisches Meer
Camerino
Norcia
Tyrrhenisches Meer

Paolo Rumiz

Der unendliche Faden

Paolo Rumiz, geboren 1947 in Triest, ist mit seinen eigenwilligen Büchern der erfolgreichste Reiseschriftsteller Italiens. Er berichtete für die Tageszeitung „La Repubblica" über den Afghanistan- und den Jugoslawien-Krieg. Zahlreiche Preise für sein journalistisches Engagement.
Unzählige Essays, Romane und Erzählungen über seine Reisen innerhalb Italiens und an die entlegensten Orte Europas.
Bei Folio sind erschienen: *Der Leuchtturm* (2017), *Die Seele des Flusses* (2018) und *Via Appia* (2019).

Inhalt

Norcia, April 2017

Nach den Ruinen der Dörfer waren keine Menschen mehr zu sehen und die Berge wurden rau und unwegsam. Von einem windgepeitschten Sattel stiegen wir im Nebel langsam durch eine verschneite Rinne ab; als wir unten ankamen, durchbrach ein Sonnenstrahl das Grau, funkelte an einem immergrünen Himmel und offenbarte zur Rechten die schneeweißen Berge der Prophetin Sibylle und zur Linken, umrahmt von Hügeln, eine unerwartete, weite, fast mongolisch anmutende Senke, mit vor Schmelzwasser gurgelnden Bächen und einem Rasenteppich mit Büscheln von Krokussen, Nieswurz und Schlüsselblumen, im Schutz des Kreisrunds der Berge.

Diese verzauberte und von unten unsichtbare Ebene namens Pian Grande, die man in diesem April unbedingt barfuß durchlaufen musste, um die Stimme der Erde zu vernehmen, diese Steppe, in der es schon jetzt von Leben wimmelte und in der im Mai eine in Europa einzigartige Blütenpracht explodieren würde – Gelb, Violett, Rot und Blau von Linsen, Mohn und Lilien –, lag in der Mitte der Bruchlinie, an der der Apennin gebebt hatte, und gleichzeitig genau in der Mitte der Halbinsel inmitten des Mittelmeers.

Wir wussten, von 1000 Metern oberhalb der Almen, von dem verschneiten Kamm eines Berges, den man – wahrscheinlich, um die Götter der Tiefe günstig zu stimmen – Redentore (Erlöser) getauft hatte, sah man im Nordosten die blaue Tafel der Adria und im Südwesten, hinter dem Terminillo, die Küste des Tyrrhenischen Meeres. Und auf dem Berghang, der weiß und gleichmäßig geneigt war wie der Ararat oder der Ätna, sah man die lange Narbe des Apennin, die – wenn man die Böschung auf halber Höhe überquerte – die Menschen in Form eines Erdrutsches warnte, der einen kahlen Felsen zurückgelassen hatte. Die einzige Ortschaft – das befestigte Castelluccio, das nur noch eine Ruine war – am Grund der Senke bestätigte die Vorherrschaft des Gebirges.

Wir befanden uns in einer grandiosen Einsamkeit, wir waren die einzigen Lebewesen in dieser tibetisch anmutenden Ebene, und wir reagierten auf dieses Privileg mit einer nervösen und argwöhnischen Euphorie. In den Alpen gab es nichts Vergleichbares. Nirgendwo sonst vereinigten sich Angst und Verzauberung, Hölle und Paradies, Tellurisches und Fruchtbares, Finsternis und Licht auf derart intime Weise und garantierten den Zyklus des Lebens. Ich dachte, über diese Vermählung müsse man noch vor Frühlingsbeginn berichten. Ich bin in den Alpen aufgewachsen, doch als Erwachsener habe ich mich vom Apennin bezaubern lassen. Dieses antike, mittelalterliche, weibliche, barbarische Gebirge mit seinem intensiven Geschmack ist meine zweite Heimat geworden.

Überall neues Leben, die Luft vibrierte von Trillern, Pfeifen und Zwitschern. In den Bächen paarten sich die Kröten. Die Maulwürfe hatten wieder zu wühlen begonnen und hinterließen auf dem samtenen Gras braune Erdhaufen, einer nach dem anderen, wie bei einer Naht. Es war ein Luxus, all das in vollkommener Einsamkeit erleben zu dürfen, doch der Luxus war nur möglich, weil das Gelände aufgrund der Erdbebengefahr militärische Sperrzone war. In Castelluccio durfte man keine Zelte aufstellen, ohne Genehmigung durfte man dort nicht einmal auf- und abgehen. Sogar der Öko- und Abenteuer-Tourismus war aus Sicherheitsgründen verbannt worden. Doch wir besaßen einen Passagierschein für das Paradies und betraten es in einem einzigartigen Augenblick: als die Ebene noch im Winterschlaf lag und bereits die wahnsinnigen Farben des Frühlings explodierten.

Schnee, Sterne und Steppe. Der Schoß einer Welt, die Tausende Male einen neuen Anfang hervorgebracht hatte. Zumindest seit dem Zeitpunkt vor Tausenden Jahren, als Völker aus Zentralasien sich hier mit ihren Herden und ihrem Saatgut – Dinkel, Platterbsen und mit ihnen die Wildblumen, die ein einzigartiges Habitat vorfanden – niedergelassen hatten, ahnend, dass Persephone und Ceres, die Göttinnen der Unterwelt und des Ackerbaus, einander auf dem Gebirgskamm, dem Rückgrat der neuen Welt, die Hand reichten. Das Mysterium wurde von einer dritten Frau besiegelt: von Sibylle, der flüsternden Muttergöttin, der Herrin des Landes in der Mitte.

Wir stiegen zum Rand der Senke, zu einem Pass auf, wo die Sicht bis zum Terminillo, dem Gran Sasso und der Senke von Assisi reichte. Wir zogen die Schuhe aus, es war Zeit für einen Imbiss, rücklings legten wir uns ins niedrige Gras, der Wind kitzelte unsere Zehen. Hinter uns lag eine lange Reihe von Zerstörungen, die die tektonische Aktivität in der Welt der Menschen angerichtet hatte. Nur die Berge standen noch. Wir waren durch verfallene Dörfer gewandert, die dem Aufruhr der Erdschichten zum Opfer gefallen waren, sich an ein Gelände klammerten, das einem Blätterteigkuchen glich.

Das Gelände war total unwegsam geworden, doch im Zentrum der Zerstörung überlebten die tausend Jahre alten Wege. Amatrice glich Bosnien im Krieg: menschenleere Straßen, evakuierte, getarnte Dörfer, Gestank nach Kerosin und Elend, unversehrte Häuser neben Häusern, die dem Erdboden gleichgemacht worden waren. Mitten in der Zerstörung das Paradox einer brünstigen Natur, am Abend fiel das Licht der Scheinwerfer auf Hunderte Kröten, die sich auf dem noch warmen Asphalt paarten.

Ich sah, wie die Erde gähnte und dabei das Maul aufriss wie Leviathan. An manchen Orten war die Zerstörung so gewaltig, dass ein Niesen genügt hätte, um weitere Gebäude zum Einsturz zu bringen. Mit angehaltenem Atem bewegten wir uns unerlaubterweise zwischen baufälligen Mauern und im Nichts hängenden Dachziegeln. Inmitten von Rinnen, Gestrüpp und Grasland erhoben sich die zerstörten Dörfer Cornillo Vecchio und Rocchetta, die Häuser waren auf obszöne Weise aufgerissen. Spitzenvorhänge, Regale, Wiegen, Lampenschirme, zum Trocknen aufgehängte Wäsche. Die Natur behauptete sich allerdings auch hier, kümmerte sich nicht um die Menschen. Wind, Stille, Gezwitscher, die Spechte hämmerten im Wald.

San Lorenzo und Flaviano: die Apokalypse. Kein Mensch auf der Straße. Das einzige Geräusch war das Knirschen unserer Schuhsohlen. Erschreckend armselige gemauerte Häuser. Die alte Via Salaria war von den Erdrutschen verschüttet worden, die Leitplanken hatten sich aufgrund der Verrenkung des Berges absurd verbogen und die Steinschlagschutznetze waren von herabfallenden Felsen bombardiert worden. Abgebrochene Lichtmasten funkelten über dem Fluss, hingen wie eine Materialseilbahn an den Stromleitungen. Jenseits des Flusses ein mit aktiven Bruchlinien durchsetztes Gelände.

Dann noch ein Geisterdorf, ein unwirkliches Nebeneinander von Narzissen und Schutt, und über diesem dem Erdboden gleichgemachten Dorf der Koloss des Vettore mit seiner unverwechselbaren Sattelform und dem verschneiten Felsvorsprung, der wie ein Bügeleisen das Tal überragt. Auch beim Aufstieg zum Herzen der Sibyllinischen Berge war der Tribut der Zerstörung zu sehen:

Spelonga, Arquata, Pretore, dem Erdboden gleichgemacht. Viel schlimmer als Amatrice. Hier wähnte man sich nicht mehr in Bosnien, sondern in Afghanistan unter dem gleichgültigen Schnee des Hindukusch.

Am Rande der Senke von Castelluccio erblickten wir 900 Meter darunter Norcia (lat. Nursia). Die Sicht war begrenzt. Im Licht des Sonnenuntergangs stiegen wir zwischen strohgelben Disteln und Kuhfladen vom Vorjahr über den steil abfallenden Hang zu der befestigten Stadt hinunter. Wie mit einem Paragleiter segelten wir am Rande einer Heide, die an mehreren Stellen von mörderischen Erdrutschen weggerissen worden war, zogen lange Schleifen. Nach einem zweistündigen Marsch stießen wir vor den Toren der Stadt, während die blühenden Mandelbäume in einem wunderbaren goldgelben Licht leuchteten, wieder auf Ruinen. Außerhalb der Mauer die Überlebenden: Gesichter von Samniten, Picenen, Griechen, Byzantinern, Langobarden – italienische Gesichter, in denen sich lange zurückliegende Migrationen spiegelten. Innerhalb der Mauern fast totale Leere. Ein Gemälde von De Chirico.

Ein Kriegerdenkmal gab uns zum ersten Mal den Faden des Knäuels in die Hand. Unter den in Stein gehauenen Namen der eines Triestiner Partisanen, Sergio Forti, Kriegsverdienstmedaille, in dieser Gegend nach unsagbaren Entbehrungen gestorben. Namen wie dieser bestätigten mir, dass es richtig war, so zu reisen – im Maquis, im Buschwerk, zu Fuß –, weil man so in den vergessenen Bauch des Landes eindringt. Auf diese Weise hört man die Ärmsten der Armen, ihre unerhörten Ängste, und man erkennt auch die schmutzige, unverwechselbare Spur des Rassismus, der aus diesen Ängsten entsteht, fast eine Fährte. Man begreift, dass noch genug Zeit ist, sich aufzulehnen, und dass es richtig ist, den

Bestien entgegenzutreten, die sich gegen die Schwachen und die Verlierer verschworen haben, um die Wut nach unten abzuladen, die sich sonst nach oben entladen würde. Gegen die Macht.

Wir waren ängstlich und schweigsam, wir wussten nicht, ob unser Gehen den Stunden, den Jahrhunderten oder den geologischen Zeitaltern folgte. „Wie in Aleppo", hörte ich einen Einwohner der zerstörten Stadt sagen. Ein Satz, der *nolens volens* eine Ähnlichkeit zwischen den Evakuierten des Erdbebens und den Kriegsflüchtlingen herstellte. Wir traten auf den Hauptplatz hinaus. Die Hälfte der Gebäude war eingestürzt. Die Ruine der Kathedrale wurde von gelbem Flutlicht beleuchtet. Hinter der Rosette war kein Kirchenschiff mehr.

In diesem Augenblick sah ich die Statue, taghell erleuchtet in der Mitte der Piazza. Ein Mann mit langem Bart und weiter Kutte hob den Arm, als wolle er auf etwas zwischen Himmel und Erde zeigen. Er stand unversehrt inmitten der Zerstörung, und die Aufschrift lautete: HL. BENEDIKT, SCHUTZPATRON EUROPAS. Ich spürte einen Stich ins Herz. Bis jetzt war mir nicht bewusst gewesen, dass der Heilige eine Beziehung zu Norcia hatte, zum Ursprung des Kontinents, dem ich mich zugehörig fühlte.

Was verkündete der Heilige, der inmitten der Ruinen den Segen erteilte? Verkündete er, dass Europa drauf und dran war unterzugehen? Großbritannien hatte sich eben dafür entschieden, aus der EU auszutreten, stand ich vielleicht vor den Ruinen einer großartigen politischen Idee? War der Geist von Ventotene erloschen?

Die Botschaft schien deutlich. Die Rückkehr der Nationalismen ließ eine Balkanisierung auf kontinentaler Ebene befürchten. Doch die Unversehrtheit der Statue inmitten der Zerstörung konnte auch das genaue Gegenteil bedeuten. Vielleicht erinnerte sie daran, dass es die Benediktinermönche waren, die Europa nach dem Untergang des Römischen Reiches gerettet hatten. Dass der Same des Wiederaufbaus im Augenblick des Niedergangs gesät worden war, in einem von Gewalt, Invasionen, Kriegen, Anarchie, urbanem Verfall und Elend gekennzeichneten Europa. In einer Situation, die entfernt an unsere heutige erinnert.

Doch die Statue verkündete auch noch eine andere Botschaft. Der Keim der Wiedergeburt eines Kontinents war im starken Herzen meines Landes, im Apennin, gelegt worden. Der hl. Benedikt war hier zur Welt gekommen, auf dem langen, nervösen Rückgrat, das nicht nur der Mittelpunkt Italiens, sondern des ganzen Mittelmeerraums ist. Er war der Sohn einer Welt von Sibyllen, Almen und langen Wintern, die im Lauf der Jahrtausende, nach jeder Zerstörung durch die Kräfte aus der Tiefe wiedergeboren worden war und jetzt zum ersten Mal in der Geschichte riskierte, von ihren Bewohnern endgültig verlassen zu werden. Von der Politik im Stich gelassen – das Gebirge hat nie Stimmen gebracht und wird auch nie welche bringen –, wurden die Urenkel Benedikts zu Flüchtlingen, gingen ins Tal hinunter, um wie die Flüchtlinge am Strand zu landen und dort zu sterben. Allerdings war das Gleichgewicht nicht nur von einem Erdbeben, sondern vom Verlust des Gedächtnisses zerstört worden. Eine ganze Nation hatte ihren erhabenen Ursprung aus dem Geist des Klosterlebens vergessen. Die Bewohner des Apennins hatten ihren Stolz verloren.

Ja. Die Botschaft des Heiligen hieß vielleicht auch, dass Europa ins Mittelalter zurückgefallen war und dass es, um zu seinen spirituellen Wurzeln zurückzufinden, aufs Neue eine Zeit der Zerstörung durchleben musste. Eine dritte Katastrophe in hundert Jahren war notwendig, um aus dem selbstzerstörerischen Tunnel der Konsumgesellschaft auszubrechen. Vielleicht würde gute

Politik erst auf dem Boden einer neuen großen Zerstörung wiederauferstehen. Wie 1945. Vielleicht war das das wahre Erdbeben und wir erlebten es live mit, ohne es zu wissen. Die Medienhysterie, die sich ganz auf die Einwanderer konzentrierte, hinderte uns, die Konfliktherde zu sehen, die wie Leopardenflecken um das reiche Europa angeordnet waren, oder die unbarmherzigen Finanzkriege, die sich in unserer ureigenen Welt ereigneten und nicht das Gegenteil von Ökonomie waren, sondern deren räuberisches Wesen zum Ausdruck brachten.

Die lange Welle des Apennins, die aus unzähligen Erschütterungen entstandenen sanften Erhebungen, besänftigte meine Verwirrung. Vielleicht konnte man die Botschaft auch positiv interpretieren. Vielleicht bestand die Aussage darin, dass Benedikt imstande war, Europa wiederaufzubauen, obwohl es in Schutt und Asche lag, weil er stärker als Schutt und Asche war. Das Leben würde ohnehin wieder von Neuem beginnen, im Lauf der Jahrhunderte hatte es immer wieder von Neuem begonnen. Aber es war schwierig, daran zu glauben. Wir befanden uns im freien Fall, ohne uns dessen bewusst zu sein, denn eine beeindruckende Menge an Kosmetika und Analgetika trübte unsere Wahrnehmung und zögerte den unvermeidlichen Aufprall hinaus. Man spottete über die Mühsal der Landarbeit, Zynismus machte sich breit, und Politiker, die sich trauten, die bittere Wahrheit zu sagen und auf die Verödung der Berge hinzuweisen, wurden von den Wählern abgestraft.

Ein duftender Wind strich durch die Ruinen und ich spürte, dass Schlüsselwörter wie Schweigen, Hingabe, Opferbereitschaft in meiner Welt abgeschafft worden waren oder völlig ihren Sinn verloren hatten. Sogar das Wort „Europa“ war verloren gegangen. Die Grundlagen seiner christlichen Kultur – Barmherzigkeit und

Solidarität – galten mittlerweile als Verbrechen. Auf dem Rücken der Verzweifelten übte sich die ganze politische Klasse in Herzlosigkeit. Sie würde unseren Kindern auf den Kopf fallen, doch wir nahmen es kaum zur Kenntnis. Es tröstete uns sogar zuzusehen, wie andere Schiffbruch erlitten. Wenn sie untergehen, dachten wir, werden wir es nicht tun, denn wir sind „anders". Ein kolossaler Irrtum. Wie im 5. Buch Mose müssen wir zurückblicken und dem Grund unseres Scheiterns ins Auge sehen.

Der abnehmende Mond hatte ein magisches Nest am Himmel geschaffen. Ein traumhafter, irrealer, noch nie gesehener Mond. Wie betäubt beobachteten wir, wie er den schneebedeckten Abhang der Sibyllinischen Berge 1500 Meter über uns schwach beleuchtete. Paolo Piacentini, einer meiner Reisegefährten, der diese Berge schon mehrmals zu Fuß überquert hatte, flüsterte: „Wie traurig. Bis vor Kurzem haben die Hirten dir hier oben warme Ricotta angeboten, wenn du an ihre Hütten geklopft hast. Damit ist es vorbei. Wenn ich den Blick hebe, sehe ich jedoch noch immer die Berge meiner Jugend. Unverändert. Hier wohnt meine Seele. Weißt du, was ich dir sage? Hier wird nichts sein wie früher, doch es wird sein. Dessen bin ich mir sicher. Diese Orte besitzen eine spirituelle Kraft, die sie übersteigt."

Ein letztes, kaum wahrnehmbares rosa Licht säumte den schneebedeckten Grat im Osten. Die ersten Sterne funkelten. Ein feuchter, guter Geruch stieg von der Erde auf. Wenn man sich umblickte, sah man, dass die Ebene von Norcia noch immer ein Meisterwerk der Bodenbestellung war. Benedikt hatte zweifellos seine Spuren hinterlassen. Was für Männer waren das doch gewesen! Ohne Waffen, allein mit der Kraft des Glaubens, hatten sie Europa gerettet. Mit einer effizienten Formel: *ora et labora*. Und zwar zu einer Zeit, als es tatsächlich bedrohliche Invasionen gab, als Horden von Armen einbrachen. Gewalttätige, unbarmherzige heidnische Horden. Hunnen, Vandalen, Goten, Langobarden, Slawen und Magyaren. Über Jahrhunderte hatten die Riesen in schwarzer Kutte sie christianisiert und gezähmt, indem sie mit gutem Beispiel vorangingen. Sie hatten die antike Kultur vor der Vernichtung gerettet, den beinahe verwahrlosten Boden bestellt, großartige Festungen errichtet, in denen sie der Zerstörung trotzten: Klöster.

Beim Betrachten der mondbeschienenen Berge zwischen den beiden Meeren wurde mir klar, dass mein Europa, das nur vom Atlantik begrenzt wurde, immer das Ziel von Völkern aus dem Osten gewesen war, von kraftstrotzenden Eindringlingen, die es bekriegt, aber auch belebt und fruchtbar gemacht hatten. Auf diese Weise war eine einzigartige menschengerechte Landschaft mit einer unvorstellbaren Dichte an Einsiedeleien, Klöstern, Kapellen und Orten entstanden, die alle ihren Namen dem heiligen Benedikt verdanken. Ein Raum, durch den man bequem wandern konnte, wo man von jedem Dorf aus andere Dörfer, ein vertrautes Netz an Glockentürmen sehen konnte. Ein „kultiviertes" Land, in dem – anders als in Asien oder Afrika – nicht eindeutig war, ob es sich um ein Werk der Natur oder des Menschen handelte.

Es war eine sternklare Nacht. Die schwarzen Berge schienen sich über Norcia zu beugen und einen leisen Gesang anzustimmen. Von wo hätte vor fünfzehnhundert Jahren der Anreiz zur Erneuerung Europas ausgehen sollen, wenn nicht vom Apennin, einer seit Jahrtausenden bewohnten Welt, die nach jedem Erdbeben wieder auferstand? Wie sehr war Italien sich bewusst, dass es beim Schicksal des Kontinents eine zentrale Rolle gespielt hatte? Wie war es möglich, dass Italien das Land und die Almen verkommen ließ, von wo vor fünfzehn Jahrhunderten der Auftakt zur

Wiederauferstehung ganz Europas gegeben worden war? Es war eine Sünde, Norcia – und auch Visso, Amatrice oder Camerino – verfallen zu lassen. Den Apennin verkommen zu lassen bedeutete, auf unsere Geschichte zu spucken. Auf Benedikt, Franziskus, Romuald und andere Glaubenskrieger, die Söhne dieser Erde.

Der Schatten der Sibylle und der schwarze Wein sorgten dafür, dass ich die dramatische Veränderung, die im Gange war, noch deutlicher wahrnahm: die Zerbrechlichkeit der Randgebiete, das Verschwinden der Ortsnamen, durch das die Landkarten ihren Sinn verloren, das Verschwinden der biologischen Vielfalt, mit der die Gefahr der Verwilderung der Natur einherging, das Erdbeben, das zum ersten Mal vielleicht den Untergang einer Welt besiegelte. Der Wiederaufbau ließ auf sich warten, die kaputten Häuser wurden überwuchert und wurden sogar wie nach einem Einbruch ihren Besitzern und Mietern fremd. Der Adrenalinspiegel derer, die Widerstand leisteten, sank allmählich, die letzten Bewohner, die sich noch an die Berge klammerten, würden vielleicht bald gehen, sie hatten es satt, dass man Tag für Tag zu ihnen sagte: „Wer zwingt dich denn hierzubleiben?"

Tief in der Nacht glaubte ich das Heulen von Wölfen zu hören, so schmerzvoll wie das Schreien der Seelen im Fegefeuer. Unter dem funkelnden W der Kassiopeia ähnelten die schneebedeckten Berge der Zauberin dem heiligen Berg Kailash. Ich spürte ganz deutlich die Drehung der Erde in den Sternennebeln. In so einer Nacht konnte man nicht schlafen. Inmitten der Ruinen Norcias wurde mir auf schwindelerregende Weise die zentrale Rolle Italiens und seines Rückgrats bewusst. Wenn mein Land den Apennin verlor, verlor es sich selbst. Dreimal war Europa aufs Neue aus diesen Ruinen wiederauferstanden: mit Rom, den Klöstern und der Renaissance. Und hatte es doch vergessen.

Bologna, zehn Monate später

Schneesturm im Apennin, die Zugverbindungen sind unterbrochen. Um drei Uhr nachmittags begebe ich mich zum Bahnhof Bologna, um nach Mailand zu fahren, und muss zur Kenntnis nehmen, dass die ganze Nation gelähmt ist. Die Hochgeschwindigkeitszüge haben vier, fünf Stunden Verspätung. Keine Verbindung nach Rom. Wegen Platzmangels erscheinen auf den elektronischen Anzeigetafeln noch immer die Züge, die um zehn Uhr vormittags hätten ankommen sollen, nicht die, die im Augenblick ankommen. Die Durchsagen sind im Lärm der hektisch hin- und herrennenden Reisenden unverständlich. Niemand fühlt sich zuständig, niemand erklärt, was los ist, niemand sagt den Passagieren, was zu tun ist.

Die Rolltreppen werden gestürmt. Menschenströme fahren hinauf und hinab in die dantesken Höhlen des Schnellverkehrs. Es gibt keine Sitzplätze, ein paar alte Frauen weinen. Draußen ist es kalt, der Wartesaal gerammelt voll. Trotz des hektischen Kommens und Gehens herrscht hier, im Bauch des Bahnhofs, ein beeindruckendes Schweigen. Niemand flucht. Keine Gespräche. Alle beugen sich über ihr Smartphone, eingeschlossen in einer Blase, jeder sucht für sich einen Ausweg. Manche tippen wütend. Sie leben ihre Wut auf Twitter aus.

In einem Gang im unteren Stockwerk des Bahnhofs beobachte ich eine surreale Szene: Zwei Polizisten und zwei Soldaten im Tarnanzug kümmern sich nicht um die Gestrandeten der Hochgeschwindigkeitszüge, sondern umringen mit gezückten Waffen einen dunkelhäutigen Fremden, der in seiner Jacke hektisch nach seinen Papieren sucht, obwohl er offensichtlich keine hat. Rucksacktouristen kommen vorbei, einige machen sich über den „Illegalen“ lustig, doch die Ordnungshüter reagieren nicht. Eine ältere Dame mischt sich ein: „Warum geht ihr auf die armen Teufel los und nicht auf die vielen Diebe, die herumlaufen?“ Die Ordnungshüter reagieren noch immer nicht. Eine exemplarische Situation. Noch nie habe ich so deutlich verstanden, worin die Funktion des Sündenbocks besteht. Wenn die Obrigkeit keine Lösung für eine Krisensituation hat, bestraft sie den Fremden und zeigt auf ihn, um die Wut des Volkes auf ihn zu lenken.

Die Verspätungen führen zu weiteren Verspätungen, die Züge bleiben stecken und erzeugen einen gewaltigen Stau im Apennin, die Menschenmenge im unteren Stockwerk wogt ängstlich und ungeduldig hin und her, ballt sich aber nicht zusammen. Derweil schikanieren die Ordnungskräfte den Einwanderer. Ein perfektes Bild des Landes. Italien wird von der Mafia und von Heerscharen von Steuerhinterziehern erpresst, von Banken ausgeplündert, von Steuern geknüppelt und von der Bürokratie erstickt, Stadtzentren veröden aufgrund der Supermarktketten, Verwahrlosung droht, doch man redet einzig und allein von den Immigranten. Man hat uns das Vertrauen in die Institutionen und die Arbeiterrechte genommen, der Zukunft und des nationalen Gedächtnisses beraubt, doch wir beschuldigen einzig und allein die Schwachen, anstatt eine Revolution anzuzetteln und die Regierungskaste davonzujagen.

Natürlich, ungeregelte Einwanderung ist ein ernstzunehmendes Problem. Sie bringt die Armen gegen die Immigranten auf, entfacht Rassismen, bringt unsere verbliebenen Werte zum Schwanken. Doch es besteht auch eine innige Beziehung zwischen der Unfähigkeit der Führungsklasse und dem aufkeimenden Rassismus. Wenn die Regierenden dem Volk keine Antworten liefern können, liefern sie ihm Feinde. So ist es seit Jahrhunderten. Das lehrt uns das Beispiel Jugoslawiens. Nachdem die postkommunistische Regierung das Land ausgeplündert hatte, hat sie – um nicht für ihr Scheitern zur Verantwortung gezogen zu werden – Serben gegen Kroaten ausgespielt und Bosnien zugrunde gerichtet. Zerfleischt euch, feixten die, die für den Bankrott verantwortlich waren. Mit derselben Methode wurden der Reihe nach die Orte zerstört, an denen die Ethnien jahrhundertelang zusammengelebt hatten. Saloniki, Sarajewo, Lemberg, Smyrna, Beirut, Alexandria, Casablanca, Aleppo. Eine Meisterleistung an Zynismus machte ausgerechnet die Städte zunichte, die der Idee des Zusammenlebens der Völker einen Sinn gegeben hatten. Ohnmacht und Scheitern, verkleidet als Patriotismus.

Ich denke an Benedikt, an seine unversehrte, fast engelsgleiche Statue inmitten von Chaos und Zerstörung. Nach unserer ersten Begegnung im Apennin hat sich der Mann aus Nursia samt seiner Gefolgschaft von Pionieren in meinem Hirn eingenistet. Wenn der Tag der Sintflut kommt, denke ich, werden wir vielleicht wieder an dieses Häufchen mutiger Männer denken, das imstande war, in einer Welt der Angst, des urbanen Zerfalls, in der Barbareninvasionen an der Tagesordnung waren und die Wälder wieder zu Urwäldern zu werden drohten, die Werte der Zivilisation hochzuhalten. Vielleicht werden wir uns erst später wieder auf die vergessenen Werte besinnen: Gastfreundschaft, Zuhören, Eifer, die Freude an erledigter Arbeit, Gebet, Respekt vor der Natur.

Man müsste ganz laut die Wahrheit sagen. Man müsste den Populisten in Erinnerung rufen, dass im 19. und 20. Jahrhundert 22 Millionen Italiener ausgewandert sind, um im Ausland ihr Glück zu versuchen. Zweiundzwanzig Millionen Italiener in einem halben Jahrhundert, das bedeutet ein Schiff mit tausend Personen pro Tag, und zwar fünfzig Jahre lang. Mein Großvater hat mit acht Jahren allein den Ozean überquert, weil er zu Hause nicht satt wurde. Als unbegleiteter Jugendlicher wurde er in Argentinien wie Abschaum empfangen, als Verbrecher und Träger von Krankheiten, als jemand, der anderen die Arbeit wegnahm, als verdammter Italiener, der bloß imstande sei, Kinder zu zeugen.

Ein entscheidender Kampf steht an, eine Schlacht um Europa. Öffnung gegen Abschottung. Solidarität gegen Ablehnung. Verantwortungsbewusstsein gegen Fremdenhass. Hilfe für die Schwachen gegen Rückzug ins Private. Der Geist des Kontinents verlangt die Rettung der Schiffbrüchigen, Dialog, Begegnung. Trotz aller Mängel ist und bleibt das vereinte Europa der höchste Ausdruck einer Staatengemeinschaft, die das zweite Jahrtausend hervorgebracht hat. In den Jahrhunderten, die oft allzu leicht als „dunkel" diskreditiert werden, hat Benedikt nichts anderes getan, als die zentrale Stellung des Menschen im Zentrum der Gemeinschaft zu betonen.

An diesem Abend komme ich mit einem halben Tag Verspätung in Mailand an. Ich will nur noch ins Bett, aber noch ist es nicht so weit. Der Taxifahrer setzt mich vor dem Hotel ab. Während er das Geld entgegennimmt, murmelt er: „Ach, bald kommt wieder die Zeit der Italiener." Ich brauche einen Augenblick, bis ich den Sinn des Satzes verstehe. Auf dem Gehsteig gegenüber ist gerade ein Schwarzafrikaner vorbeigegangen.

Ich antworte pikiert: „Die Italiener besitzen dieses Land seit eineinhalb Jahrhunderten, und was haben sie daraus gemacht?"

Er macht die Geldbörse zu. „Wollen Sie mich provozieren?"

„Sicher, ich bin doppelt so alt wie Sie, wenn ich dumme Aussagen höre, fühle ich mich dazu gezwungen."

Der Taxifahrer steigt aus. „Dann probieren Sie es."

„Los, werfen Sie alle Ausländer raus und schauen Sie, was passiert. Keine Mafia und keine Korruption mehr. Alle Probleme gelöst. Keine Schlaumeier und keine Pharisäer mehr."

Ich bleibe ruhig. Der Taxifahrer ist unschlüssig, ob er mich anrempeln, mit mir streiten oder über das Wort „Pharisäer" nachdenken soll, das er nicht kennt, doch da kommt schon der Rezeptionist gelaufen, um mich ins Hotel zu führen.

In Zimmer 212 werfe ich mein Zeug aufs Bett. Ich bin erschöpft. Ich verspüre ein großes Verlangen nach Einsamkeit, Klausur, Pilgerreise, Schweigen. Nicht nach so etwas Radikalem wie dem Sacro Speco im Kloster San Benedetto in Subiaco – der Höhle, in der Benedikt als Einsiedler lebte –, aber zumindest nach einer Reise der Seele. Ich würde gern eine spirituelle Reise abseits der Landkarten unternehmen.

Das Telefon klingelt. Es ist Ivan Dimitrijevic aus Warschau, ein Italo-Serbo-Kroate, der an einer polnischen Universität Philosophie lehrt. Ich habe ihn vor einigen Monaten, im nasskalten Herbst in den ex-sowjetischen Alleen des Ostens kennengelernt, damals haben wir lange über Populismen und die Art und Weise, sie zu bekämpfen, geredet. Ein heiterer und intelligenter Mann, groß und dünn, der sich in der Komplexität seiner Herkunft zu Hause fühlt.

Ich erzähle ihm von Bologna, dass wir alle Wutbürger geworden sind und ein Teil der italienischen Bevölkerung sich dank der xenophoben Aussagen unserer Regierung selbst freispricht und ein reines Gewissen pflegt.

Ivan am anderen Ende der Leitung hört schweigend zu. Er antwortet: „Wir haben ein Europa des materiellen Wohlstands geschaffen, und auf der Suche nach Wohlstand haben wir die Regeln des

Zusammenlebens festgelegt. Aber Europa war immer mehr als das. Der europäischen Idee liegt das Streben nach Glück zugrunde, das ist etwas ganz anderes."

Der Philosoph denkt darüber nach, wie man auf die Verrohung reagieren und Widerstand leisten kann. Er denkt im großen Stil. „Früher einmal gab es acht Todsünden, die achte war die Traurigkeit, wusstest du das? Ein guter Christ war zur Fröhlichkeit verpflichtet. Im Mittelalter wurden die Sünden in erster Linie an Gott gemessen. Die Traurigkeit war eine Beleidigung Gottes, nur das zählte. Dann wurde diese Sünde abgeschafft, man dachte, sie wäre gesellschaftlich nicht relevant. Man hat sich dummerweise der Illusion hingegeben, dass die Traurigkeit die Welt nicht beeinflusst … Mit dem Ergebnis, dass wir in einer beziehungsunfähigen Welt leben."

Das hat mir vor Jahren auch schon Mordechai, mein Seelen-Rabbiner, mit einer unvergleichlichen Formulierung gesagt. Ich wiederhole sie meinem Freund in Polen.

„Wenn Gott etwas hasst, dann lange Gesichter. Als würde er zu uns sagen: Ich habe euch so viele wunderschöne Dinge aufgetischt, und ihr langweilt euch? Ich hoffte, ich würde euch dabei erwischen, wie ihr mit den Fingern im Marmeladenglas wühlt, doch ihr zieht eine Schnute. Rutscht mir den Buckel hinunter. Die Freude ist in erster Linie eine Pflicht und dann erst ein Recht, so sagte der Rabbiner. Der Mensch ist verpflichtet, glücklich zu sein, denn nur so macht er andere glücklich. Das lehrt das Judentum."

„Die Juden", jubelt Ivan am anderen Ende der Leitung, „haben das alles vor uns und viel besser als wir zum Ausdruck gebracht. Wir Bewohner der westlichen Welt haben die Freude verlernt. Wir haben uns vom Materialismus schlucken lassen und verleugnen unsere kulturellen Wurzeln. Das merken auch die Muslime. Lies einmal Ratzinger. Er schreibt, die gläubigen Muslime würden uns nicht deshalb argwöhnisch beäugen, weil wir Christen sind, sondern weil wir keine überzeugten Christen sind und die Transzendenz verloren haben. Für sie sind wir das als Freiheit getarnte Laster. Und das sagt ein Papst. Und nicht irgendein Papst."

Ich erwidere, dass Ratzinger nicht gerade ein weltoffener Papst war, doch Ivan lässt mich nicht ausreden.

„Überzeugt es dich nicht, dass sich Ratzinger sofort nach dem Tod Wojtylas zur Höhle des Heiligen nach Subiaco begeben und verkündet hat, dass die Kirche von der Bösartigkeit der Priester verdorben worden ist? Dass er als Papst den Namen Benedikt angenommen hat und schließlich auf das Amt des Papstes verzichtet und sich in ein Kloster zurückgezogen hat? *Fuga saeculi … Contemptus mundi …* Auch das liegt der Idee des Klosters zugrunde …"

Schön langsam verstehe ich ihn. Es ist an der Zeit, Widerstandsnester zu gründen und mit benediktinischer Beharrlichkeit und vor allem mutig Verbindungen zwischen ihnen herzustellen. Mit Mut und Herz, wie Gandhi, der Widerstand gegen den britischen Imperialismus leistete. Wie alle, die ein Ideal hochhalten. Es ist an der Zeit, in unseren Städten und in den Städten anderer Länder ein Netzwerk derer zu schaffen, die sich der Sprache der Gewalt nicht unterwerfen wollen.

Schön langsam wird mir auch die Botschaft der Statue inmitten der Ruinen klarer. Sie fordert dazu auf, sich die verwilderten Räume wieder anzueignen und sie mit Geist zu erfüllen. Den Megastädten und der selbstzerstörerischen Urbanisierung Einhalt zu gebieten. Wieder einmal ist Norcia im Zentrum von allem. Hier findet eine epochale Auseinandersetzung statt: zwischen einer Globalisierung, die kaputte Vorstädte und verödete Dörfer hervorbringt, und dem Widerstand derer, die noch die Kraft der Orte verspüren. Benedikt ist das Banner der Wiedereroberung des Landes, in einem Europa, das wie 1914 ins Schlingern geraten ist. In einem Europa, das kaum seine Katastrophen vergessen hat und schon wieder für den Mechanismus der Xenophobie und der Zwietracht anfällig wird. Das Abendland hat noch nie gesiegt, indem es in fremde Länder einmarschiert ist. Es ist immer wiederauferstanden, wenn es die Fremden aufgenommen und die Reihen geschlossen hat. Das ist die Lehre Benedikts.

Der Philosoph beendet das Gespräch. „Für uns gibt es nur zwei Arten, Europa zu schaffen: Kultur und Wirtschaft. Beide befinden sich im Niedergang, und die Wirtschaft hat das Glück des Menschen aus den Augen verloren. Und wir haben vergessen, dass es einen dritten Weg gibt, um Europa zu schaffen: die Politik, eine Politik, die auf starken Werten beruht, die fähig ist, die Sprache der Angst zu bekämpfen, die einen Draht zu den Peripherien hat, die den Ärmsten der Armen Hoffnung geben und die Gemeinschaft neu entdecken kann. In den Benediktinerklöstern ist all das *in nuce* vorhanden. Eine anspruchsvolle Politik, die sich als kluge Verwalterin der menschlichen Beziehungen versteht."

Ich bin so müde, dass ich das Gespräch abbreche. Ich schaue auf die Uhr. Ein Uhr morgens. Vielleicht bin ich auf dem richtigen Weg.

1.

Das Glück im Kleinen

Praglia, Veneto

Das alte Kloster schläft im Herbstnebel, einem Schiff gleich, das an den Ausläufern der Euganeischen Hügeln vertäut ist. Jenseits der Basteien begrüßt ein Hahn den Morgen, als würde er mit dem Schnabel in der Dunkelheit graben, sein Krähen dringt in Kreuzgänge, Krypten, Lager, sogar in die Bibliothek ein. Es ist kalt. Ich streiche durch die langen Gänge, bis die Schritte der Mönche, die zum Morgengebet aufbrechen, die Stille durchbrechen. Sie biegen um die Ecke, jetzt sehe ich sie, schwarz, nicht zu verwechseln. Benediktiner. Höchstens fünfzehn. Wenige für so ein großes Gebäude. Doch im selben Augenblick verlassen in Frankreich, Deutschland, Spanien, Österreich, Polen, Ungarn und anderswo Tausende schwarzgekleideter Männer ihre Zellen, um den Tag zu begrüßen und Gott zu loben. Ein Heer.

„Die Himmel erzählen die Ehre Gottes / Und seiner Hände Werk zeigt an das Firmament." Um Viertel nach fünf ist es noch finster, doch an so einem Ort wacht man problemlos vor dem Morgengrauen auf. Wenn man die Stille nicht gewohnt ist, fällt man hier der Schlaflosigkeit anheim, Gedanken kreisen im Kopf, man fühlt sich aufgehoben in Zeit und Raum. Eine ähnliche Erfahrung habe ich schon einmal, auf einer einsamen Mittelmeerinsel gemacht. Ein Monat Einsamkeit, und man unternimmt unerhörte Wanderungen in den Labyrinthen der Seele. Wo bin ich? Padua ist nur einen Katzensprung entfernt, aber ich befinde mich nicht im Veneto und auch nicht in Italien. Praglia ist Europa. Das bezeugen der Weingarten am Fuße des Berges, das Land, der Duft des Brotes, der Obstgarten, der Bauernhof mit den Tieren, die gepflegte Lichtung vor dem Wald, die sorgfältig angelegten Terrassen. Das bezeugt die Klosterregel, die den Tagesablauf regelt und genau zwischen Gebet und Arbeit unterscheidet. *Ora et labora,* das Erbe Benedikts.

Ein Kurzschluss des Lebens, den die Ungläubigen als Zufall und die Gläubigen als Vorsehung bezeichnen, hat mich hierhergeführt. Die Benediktiner haben mich gerade in dem Augenblick gerufen, als ich sie brauchte, als meine Ängste bezüglich Europa immer größer wurden. Norbert, der Abt von Praglia, hat mich gebeten, an einer Tagung über „Verletzte Landschaften" teilzunehmen. Der Anlass ist wie geschaffen, um meine Fragen zu stellen, bevor ich mich auf die Reise begebe. Genau das habe ich nach meiner Begegnung mit dem Heiligen in Norcia gesucht: eine Tagung auf halbem Weg zwischen Wissenschaft und Heiligem, mit Mönchen und Wissenschaftlern aus Polen, Frankreich und Deutschland, mit der Landschaft als zentralem Thema. Gewissermaßen eine logische Konsequenz des tragischen Erdbebens in Amatrice: Niemand hat die Landschaft des Kontinents mehr geprägt als die Benediktiner. Sie haben gewaltige Arbeit geleistet, um den Boden zu festigen, zu bewässern, Olivenbäume und Weinreben zu verbreiten, sie haben Wälder und Almen gepflegt.

Die Mönche haben in meiner Zelle ein Taschenbuch mit der Klosterregel auf das Nachtkästchen gelegt. Ein kleines graues Büchlein, das mich auffordert herauszufinden, wo sich auf den in dreiundsiebzig Kapitel unterteilten dreihundert Seiten das Geheimnis dieses wundersamen Abenteuers verbirgt. Ich entdecke darin großartige Lehren: Leadership mithilfe von Zuhören; die demokratische Wahl des Abtes; vom Alter unabhängiger Status; Öffnung auch für die Jungen; Versammlungen, um interne Streitigkeiten beizulegen (nach der Reform der Zisterzienser entwickelte sich daraus das erste Parlament des Kontinents); Disziplin, aber auch Sanftheit in menschlichen Beziehungen; die Unterscheidung in einen guten und einen bösen bzw. bitteren Eifer. Beeindruckend modernes Denken. Vielleicht ist es an der Zeit herauszufinden, ob die Klosterregel noch taugt, die Eliten aufzurütteln, Europa neu zu gestalten und den Rückfall in die Barbarei zu verhindern.

Praglia, allein der Name klingt gut. Eine Bastion des Glaubens mit einer bäuerlichen Seele. Ich frage mich, warum ich, ein unverbesserlicher Nomade, ein Grenzbewohner, der stolz darauf ist, keine Wurzeln zu haben, mich von der Enge gefangen nehmen lasse. In meinen Notizen lese ich einen Eintrag, den ich vor einem Jahr niemals geschrieben hätte: „Das Glück findet man auf engstem Raum.“ In der Klausur. Im *templum* der Römer, im *témenos* der Griechen. In einem abgeschlossenen Raum, den die Welt nur auf Zehenspitzen betreten darf. Vielleicht ist das Gelübde *(stabilitas in congregatione)*, das die Benediktiner seit fünfzehn Jahrhunderten ablegen, um bis zu ihrem Tod im Kloster zu bleiben, eine Alternative zum Getöse der globalisierten Welt, die ausgrenzt, entwurzelt und Ströme von Flüchtlingen in Gang setzt. Schlauchboote und Billig-Nomadentum. Touristen und Flüchtlinge begegnen einander an ein und demselben tragischen Strand.

„Denn ihre Stimme war in der ganzen Welt zu hören / und ihr Wort bis an die Grenzen der Erde.“

Der lombardische Akzent Bruder Anselms hallt in der Votivkapelle wider, er betet den 18. Psalm über die Schönheit der Schöpfung. Abt Norbert antwortet ihm, die Mönche verneigen sich, stimmen einen aus nur zwei Tönen bestehenden Gesang an, während draußen der Wald erwacht. Spatzen und Nachtigallen, ein Crescendo. Untertags versteht man einen Ort, doch nachts fühlt man ihn. Die Akustik erweckt ihn zum Leben. Egal ob Donner oder Flüstern, die Akustik ist der Schöpfungsakt. Geist ist Atem, Stimme, Wort. Fühlen (verstanden als: das Wesentliche spüren) ist kein x-beliebiges Wort, es ist gekoppelt an die dem Schweigen abgetrotzten Klänge.

Morgengrauen. Auf den Gängen, im Labyrinth der vier Kreuzgänge, Keller, Treppen und Galerien erwacht die Maschinerie des Gebets. Auf einigen Grabsteinen am Boden lese ich die Aufschrift MONACORUM CINERES (Die Asche der Mönche), wer weiß, wie dieser Ort vor der Krise der Klöster aussah, als es hier von Männern in schwarzen Kutten wimmelte, die sich über Felder beugten, sich um Bienenstöcke kümmerten, sich zur *Laudes* hinknieten, als Europa noch keine nationalstaatlichen Grenzen kannte und die Landschaft von einem Netz von Pilgerwegen überzogen war, die von Kirchturm zu Kirchturm, von Kloster zu Kloster, von Stadttor zu Stadttor führten, in einer Welt, in der der Mensch und die Natur einander die Hand reichten.

„Nox et tenebrae et nubila / confusa mundi et turbida / lux intrat, albescit polus …“ („Weichet, Nacht und Dunkelheit und Nebel, was die Welt verwirrt und in Schrecken setzt; das Licht erscheint, der Himmel hellt sich auf …“)

7 Uhr 30, der Gesang der *Laudes* in der Kirche. Auch hier eine neue, unerwartete Erkenntnis. Die Apsis ist nichts anderes als ein Orchestergraben, ein Resonanzboden, der sich mit dem frühen Licht vermählt, das durch die Fenster fällt. Gesang und Licht, wahrscheinlich besteht darin das Wesen einer Liturgie, die gemeinsam mit Brot und Wein die Barbaren erst überrascht und über die Jahre christianisiert hat. Heute Morgen in Praglia fliegt das Latein auf den Flügeln des Männergesangs, ein Loblied auf den Triumph des Tages. Ich frage mich, ob die Krise der Klöster nicht mit der Abschaffung des gregorianischen Gesangs und der Arroganz der Architekten begonnen hat, die unfähig waren, den Kirchen eine gute Akustik zu verleihen.

Vielleicht verstehen nur noch die orthodoxen Mönche mit ihrem Grummelbass und der himmlische Gegengesang der Frauen zu verführen. Ich habe die Christen des Ostens in Serbien, in der Türkei, in Syrien und im Irak gehört: belagert von Minaretten, wie ein Heer im Halbdunkel ihrer Krypten, durch deren schmale Spalten nur wenige Lichtstrahlen drangen. Die gewaltigsten Glaubensgesänge habe ich nicht im Westen, sondern unmittelbar vor dem Krieg in Aleppo gehört. Heute existieren Aleppo und Syrien nicht mehr. Noch vor den Bomben haben wir das Ende Syriens besiegelt und aus Unwissenheit das Christentum von den Landkarten des Ostens getilgt. Und als die Christen auf der Flucht an unsere Türen geklopft haben, haben wir sie weggejagt wie Hunde.

Es regnet, das Kloster segelt durch einen grauen Vorhang. Eine Arche, ein über Jahrhunderte garantierter Ort des Heils, bereit, es mit der Sintflut aufzunehmen. Wie auf einem Schiff ist auch hier das Gemeinschaftsleben in allen Details geregelt. Um acht Uhr läuft die Maschine schon wie geschmiert, überall wird emsig gearbeitet und gebetet. Die einen harken den Boden, andere restaurieren Handschriften, überwachen die Gärung des Weins in den Fässern, wählen Heilkräuter aus, studieren die Liturgie, rüsten die Bienenstöcke für den bevorstehenden Frühling, wiederum andere empfangen Gäste. Der Abt – ein behäbiger und gutmütiger Mann – führt mich durch ein Labyrinth von Galerien, riesigen Brunnen, Laubengängen, Apotheken. Er zeigt mir Stollen, in denen im letzten Krieg Juden, Partisanen und Faschisten Unterschlupf fanden und einander möglicherweise begegneten. Ende des Zweiten Weltkrieges wurden hier auch die vier Pferde vom Markusdom in Venedig in Sicherheit gebracht.

Der Abt beschreibt nicht nur ein Bauwerk, sondern einen perfekt funktionierenden Organismus, dessen Errichtung im Zeichen einer genauestens geregelten Spiritualität stand. Skriptorium, Kapitelsaal, Bibliothek, Schlafsaal, Küche, Refektorium, Krankenstation, Werkzeuglager, Keller, Backstube, Waschraum, Stall, ehemaliger Pferdestall, Gästezimmer, Lager, Werkstatt für die Restaurierung der Bilderhandschriften. Symbole bringen Transzendenz zum Ausdruck. Ein Brunnen ist nicht einfach ein Brunnen. Das Wasser ist ein Geschenk des Himmels, das auf seinem Weg durch den Boden zu Leben wird. Der Kreuzgang, der einem die Sicht auf die Landschaft versperrt, macht den Himmel zur Decke und wird so zu einem Sprungbett der Erhebung. Jedes Gebäude hat eine Seele, jeder Raum hat eine Botschaft und bringt einen Lebensstil zum Ausdruck.

Eine Frau namens Giordana besucht ebenfalls das Seminar. Sie ist über achtzig und äußerst vital. Ich bin ihr um fünf Uhr vor meiner Zelle begegnet, sie war schon hellwach. Sie war gekommen, um nachzusehen, ob ich zum Morgengebet aufgestanden war. Sie ist klein und heiter, lebt in Padua und ist die Tochter eines Arztes, der sich in einer Zeit, als das Veneto noch nicht auf das Thema Einwanderer fixiert war, für Afrika aufgeopfert hat. Er hat die Cuamm gegründet, eine Organisation, die seit der Nachkriegszeit mehr als zweitausend Freiwillige in Krankenhäuser des Schwarzen Kontinents entsandt hat. Giordana, eine Expertin für mittelalterliche Miniaturen, ist zur Tagung über die verletzte Landschaft gekommen, um sich den Kopf freizumachen. „Hin und wieder komme ich nach Praglia, um die Batterien aufzuladen“, sagt sie, während sie mir die Geheimnisse einer Handschrift aus dem 11. Jahrhundert erklärt.

Butter, Honig, Milchkaffee. Schon beim Frühstück erforscht der kühne Trupp Neuland. Das Refektorium ist Austausch, Spielwiese für Gedanken, wenn nicht gar das Herz des Klosters. Und schon spricht die Tischgemeinschaft über Brot, Wein, Käse und Bier, das Nahrungsangebot der Klöster, das inmitten der grassierenden Armut und des Elends im Frühmittelalter zu einem Werkzeug der Evangelisierung wurde. Priester sprechen nicht gerne über dieses Thema, Mönche jedoch schon. Sie kennen die magische Ambivalenz des Essens, sie akzeptieren die Hypothese, dass sich die Heiden nicht zuletzt aufgrund des Dufts aus den Brauesseln und von frisch gebackenem Brot haben bekehren lassen. „Warum sollte Gott Fleisch geworden sein, wenn die Materie verabscheuungswürdig wäre?“, wirft ein Mönch ein und schmiert sich Butter aufs Brot. Vor einigen Jahren hat mich ein alter Missionar namens Luigi um Zusammenarbeit gebeten, und ich habe nicht wegen seiner Argumente eingewilligt, sondern weil er mir lächelnd eine Tasse dampfender Suppe in die Hand drückte. Die entwaffnend schlichte Geste hatte meinen Widerstand besiegt.

Ich schneide ein anderes Thema an, das mir nach der Begegnung mit dem Heiligen in den Ruinen von Norcia am Herzen liegt: die Beziehung zwischen Apennin, Erdbeben und Mönchtum. Ich wende mich an Lukasz, einen polnischen Mönch, doch der kann mit meiner Vermutung wenig anfangen. Ich wage zu behaupten, dass Benedikt der Sohn einer chthonischen Welt ist. Er hat jahrelang allein in einer Höhle gelebt und gewiss das Brüllen Persephones gehört. Er war zutiefst mit dem tektonisch unruhigen Boden seiner Heimat verbunden und spürte dessen wahnsinnige Energie. Ich wage eine kühne Behauptung: „Vielleicht betete Benedikt nicht nur zum Himmel, sondern auch zum Boden, den Wäldern, den jahrtausendealten Quellen, den Schluchten. Warum sollte es nicht eine unbewusste, vielleicht sogar geheime Beziehung zwischen ihm und Sibylle, den alten Klöstern und den heidnischen Tempeln dieses riesigen Athos-Berges, der der Apennin ist, gegeben haben?

Wahrscheinlich überfordere ich damit den polnischen Katholiken. Er hört mir jedoch väterlich und geduldig zu.

„Vielleicht ist Rom gar nicht die Mutter der apenninischen Kultur, sondern deren Gegenteil? Warum sich nicht eingestehen, dass Rom von Hirten abstammt, die ihre Tiere ans Meer, ins Winterquartier der Herden, trieben, das schließlich zu einem festen, klar begrenzten Wohnort wurde? Lieber Lukasz, es ist doch offensichtlich. Bis zum 1. Jahrhundert vor Christus hat die Urbs weder Philosophie noch Mathematik noch Literatur hervorgebracht, sondern vielmehr eine unglaubliche Meisterschaft beim Bauen an den Tag gelegt. Woher kommt dieses unstillbare Verlangen nach Festigkeit, wenn nicht aus einer Welt, die ständig von Erdbeben heimgesucht wurde? Und was ist mit dem einzigartigen Recht? Könnte es nicht auch das Resultat einer Gebirgskultur sein, wo der *rex* – Romulus – den heiligen Kreis zieht, der notwendig ist, um den Boden einzuteilen, um eine Weide von der anderen zu trennen? Wo, wenn nicht auf den hochgelegenen Almen kann die Besessenheit der Römer für die gerade Linie der Straße und die Abholzung der Wälder entstanden sein?"

Draußen hat Wind angehoben. Wenige Meter vor den Fenstern wogt ein Meer aus Eichen und Robinien. Mir wird plötzlich klar, wie nah der dunkle Wald ist, wie nah die Euganeischen Hügel sind, die von Wildschweinen und Tausenden Vögeln bevölkert werden. Ein Nebeneinander, das auf den ewigen Widerspruch von offener und geschlossener Welt verweist, von Wald und Weinberg, unbebautem und bebautem Land. Der dunkle Ruf des Waldes ist mir wohlvertraut. Ich weiß, man muss nur ein Stück in den Wald eindringen und schon fühlt man sich wie ein Bär oder Wolf. Wenn man aus dem Wald kommt und sich einem Dorf nähert, betrachtet man voller Argwohn die Welt, aus der man stammt, die

Häuser der Menschen, ihre Tore, ihre Wachhunde. Vor allem nachts. Vor Jahren habe ich im Apennin meine Familie, meine städtische Herkunft, sogar mich selbst verleugnet, sosehr war ich im Bann der Wildnis. Ich brauchte dafür nur vom dichten Wald aus das Familienleben in einem beleuchteten Fenster zu beobachten.

Die Geschichte der Benediktiner beginnt im Zeichen eines epischen Kampfes gegen den Wald, der sich nach dem Zusammenbruch des Römischen Reiches in ganz Europa ausbreitete. Das Kloster erhebt sich inmitten des Gestrüpps, ist über Meilen hin sichtbar, stößt in die Landschaft vor wie ein Raumschiff, das die Randzonen des Universums erobert. Es ist die Garnison, von der aus das Leben nach den Grundsätzen des Christentums neu geordnet und organisiert wird. Der Wald ist jedoch auch ein Ort, an dem der Teufel am deutlichsten sichtbar ist, ein Resonanzboden der Seele. Ein Ort der Extreme, an dem man den Glauben auf die Probe stellen und die geheime Energie der Orte erfahren kann. Das wusste auch der kürzlich verstorbene belgische Benediktinermönch Frédéric Debuyst, für den der Wald regenerierende Leere, fast eine Zen-Praxis, darstellte. Im Wald werden die Versuchungen nicht vom Lärm der Städte verdeckt und man kann ihnen leichter entgegentreten. Dante beginnt seine Reise in einem von Visionen bevölkerten Wald, und für Benedikt ist der Wald ein idealer Ort für einen Neubeginn nach dem Ende des Römischen Reiches. Nachdem er als Einsiedler im Wald gelebt hat, taucht der bärtige Mönch wieder mitten in der Welt auf und gründet Montecassino.

„Alles hat vor zwei Jahrhunderten in der Wüste begonnen", sagt Gianmario Guidarelli, ein Architekturprofessor aus Padua, ein kleiner Mann mit listigem Lächeln. Mittlerweile diskutieren wir rund um einen Tisch voller Kaffeetassen über das Universum der Benediktiner. Das Frühstück ist inzwischen der interessanteste Teil des Seminars. Vor dreizehn Jahren hat meine Reise ins Gelobte Land genauso begonnen, mit einem heiteren Gespräch in der Mensa des Klosters Bose im Piemont. Die Geschichte scheint sich zu wiederholen und mich in die richtige Bahn zu lenken. „Das Klosterleben entsteht aus dem Prinzip des *desertum*, der Wüste, aus der Suche nach der Leere, aus den Versuchungen des heiligen Antonius", fährt der Professor fort. „In der Wüste entstehen die Vorläufer der Klöster, die ersten Festungen der Anachoreten. Hier erkundet der Mensch auf der Suche nach Gott wie ein Astronaut die Grenzen des menschlichen Daseins. Hier übersetzt der hl. Hieronymus die Bibel ins Lateinische und hier schreibt Theodorus über das Leben des hl. Pachomios, des frühen Klostergründers."

Draußen regnet es und im Garten wimmelt es von Schnecken auf Durchreise. Ich sauge die Ruhe ein und stelle fest, dass es gefährlich sein kann, das Klosterleben auszuprobieren. Wenn man sich an die heitere Geselligkeit und das Schweigen gewöhnt, glaubt man bei der Rückkehr in die Welt zu ersticken. Am liebsten würde man sich hinter eine Mauer zurückziehen. Ich frage mich, wie so ein Ort es schafft, sich nicht von der Leere und der Abschaffung Gottes, von der Vulgarität und dem Geschrei, die ihn belagern, anstecken zu lassen. Es ist nur zu verständlich, dass viele Klostergemeinschaften die Versuchung verspüren, sich abzuschotten. Welches Gleichgewicht zwischen der Notwendigkeit, sich der Welt zu öffnen, und der Faszination des geschlossenen Kreuzgangs ist möglich? Das ganze Leben der Benediktiner ist von dieser Dialektik durchdrungen. Das ist der ewige Gegensatz zwischen Franziskus und Benedikt. Die Franziskaner müssen in der Welt, in der Öffentlichkeit sein, sich anstecken lassen. Die Benediktiner hingegen bevorzugen den geschlossenen Raum.

Doch wenn ihre Klöster nur erstickende abgeschlossene Räume wären, wäre es unerklärlich, warum sie auf viele Laien eine so große Faszination ausüben. Entsteht so manche Berufung vielleicht aufgrund der Gastfreundschaft? Die Geschichte der Erben Benedikts steht einerseits im Zeichen der Versuchung der Gaumenfreuden, andererseits im Zeichen der mehrfachen Rückkehr zum Wesentlichen des Ursprungs. Das Kloster Cluny hat sich von der Weltlichkeit korrumpieren lassen und ist heute nur noch eine Ruine. Doch nicht weit entfernt entstanden in Frankreich die Zisterzienser und gründeten eine Menge neuer Klöster mit strengeren Regeln. Dasselbe Schicksal hatten auch die Trappisten. „Alle zehn bis fünfzehn Jahre", sagt Gianmaria, „muss die spirituelle Führung eines Klosters infrage gestellt werden. Aber das ist kein Zeichen von Orientierungslosigkeit, sondern von Vitalität. Das Kloster ist ein Ort mitunter kühner Experimente. Die religiösen Orden sind dem Vatikan oft weit voraus."

Jahrhundertelang hatte das Christentum die Kraft, sich zu erneuern und auszudehnen. Aber heute? Ich frage mich, ob die Klöster in der Zeit des Internets nach wie vor ein Universum wie vor fünfzehnhundert Jahren schaffen könnten. Mit welchen Argumenten kann das Modell der Klöster eine Welt zur Vernunft bringen, die die Schwachen ausschließt, verschwenderisch mit Ressourcen umgeht und die Natur zerstört? All jenen, die vom Lärm und vom Überfluss taub geworden sind, bietet dieses Modell zumindest eine Zuflucht, eine Oase der Einfachheit und des Schweigens, und das ist heutzutage schon viel. Aber ich bin nicht nur hier, um mich mit Schweigen vollzutanken. Ich bin auch hier, um Europa zu suchen. Seine christlichen Wurzeln. Wer sind wir, woher kommen wir? Welchem Mythos fühlen wir uns zugehörig? Der Abt liest mir die Fragen von den Augen ab. „Manche suchen im Osten, bei den Sufis und Buddhisten, aber dann müssen sie doch wieder nach Europa zurückkehren, um zu verstehen, dass hier bereits die Antwort auf viele Zweifel bezüglich unseres Lebens liegt."

Wir gehen Richtung Bibliothek, der Gang ist eiskalt. Norbert setzt seine Haube auf und sagt lächelnd: „In einem Kloster mit derart dicken Mauern holt man sich leicht eine Bronchitis." Und er fährt fort: „Ich entdecke die Regel immer wieder aufs Neue. Jahr fürs Jahr bestätigt sie mir ihre Nützlichkeit. Wenn man sie zuerst mit dem Herzen und dann erst mit dem Verstand akzeptiert, hilft sie einem, das Leben als Heilsgeschichte zu verstehen. Die Gastlichkeit des Refektoriums ist der Spiegel der Kirche. Karl der Große hat das Reich nicht nur wegen der hohen Dichte an Klöstern den Benediktinern anvertraut, sondern auch wegen der Effektivität der Regel. Der hl. Benedikt hat offenbar viel von den Menschen verstanden. Er hat die Arbeit humanisiert und die menschlichen Beziehungen als Lob auf die Größe Gottes gesehen." Jetzt bebt seine Stimme fast vor Rührung: „Die Suche nach Gott ist ein ständiges Eintreten in die Liebe und die Gemeinschaft, die er uns mithilfe seiner Zeichen bietet."

Benedikt ist kein Mystiker. Sein Tag ist zwar von Gebeten durchsetzt, doch seine wahre Liebe gilt den Menschen. Sein Hauptbestreben besteht darin, im Zeichen der Gastfreundschaft zu bauen und Menschen zu integrieren. Das hat die Barbaren offenbar über die Zeit verführt und entwaffnet. Die friedliche Annäherung an den anderen. Die Begegnung steht im Zeichen von drei Geboten: *honor, humilitas, humanitas*. Ehre, Demut, Menschlichkeit. Benedikt ist ein *homo faber*. „Sein Ausgangspunkt", fährt Norbert fort, „ist die Suche nach dem Glück des Einzelnen auf der Erde, im Gleichgewicht mit der Natur und der Gemeinschaft." Er schlägt das Alte Testament auf und liest. „Jauchzet vor dem Herrn, alle Länder der Erde, freuet euch, jubelt und singt! Spielt dem Herrn auf der Harfe zu lautem Gesang!“ Aufs Neue das Gebot der Freude. Ich mag diesen Mann, der sich den Schriften mit kindlicher Rührung nähert.

Ich erwähne die Migranten und dass die Menschen ihnen gegenüber immer mehr Hass empfinden. Das ist eigentlich unserer mediterranen Seele fremd. Norbert bekommt wieder glänzende Augen. „Mein Freund, wenn wir die Welt hier nicht mit offenen Armen empfangen, gehen wir unter. Die Geschehnisse rund um uns haben die Ausmaße einer Apokalypse.“ Er fordert mich auf, mich auf eine Reise zu begeben, eine Pilgerreise, mein Versprechen zu brechen, mit dem Herumirren und Erzählen aufzuhören. Es sei ja kein Zufall, dass ich hier gelandet bin.

Auf einem Tisch im Skriptorium schlage ich eine Europakarte auf, auf der ich von Hand Notizen zu möglichen Zielen gemacht habe. Montecassino, Mont Saint-Michel, Westminster. Reichenau in Deutschland und Glenstal in Irland. Das mythische Sainte-Marie de la Pierre-qui-Vire in Frankreich, Gut Aich in Österreich, Tyniec in Polen. Die Insel San Giulio im Lago d'Orta und Pannonhalma in Ungarn. Die Mönche kommen neugierig näher, ich hoffe, sie helfen mir bei der Reiseplanung, doch merkwürdigerweise geben sie mir nur spärliche Ratschläge. Aufgrund des *Stabilitas-loci*-Gelübdes sind sie an ein Leben an ein und demselben Ort gebunden, sie kennen nur ihr eigenes Gärtchen, kaum den Rest des Ordens. Doch mit dieser Einschränkung gehen oft überraschend neue Horizonte einher. „Jedes Kloster ist die Sublimierung eines genau festgelegten *genius loci*, deshalb unterscheidet es sich von allen anderen. Auch wenn die Mönche zur Sesshaftigkeit verpflichtet sind, sind sie geborene Reisende. Das Zönobium ist nur das Ziel einer individuellen und kollektiven Reise. Und wenn man von Kloster zu Kloster reist, findet man am Ende den weißen Faden einer Straße."

Wo also aufbrechen? In Montecassino? Nein, das ist zu banal, vielleicht sogar touristisch. Im belgischen Orval, dessen legendäres Bier im Glas funkelt wie der heilige Graal? Nein, auch nicht, fermentierte Gerste reicht nicht als Rechtfertigung für einen Aufbruch. Und dann? Auf der Suche nach Inspirationen habe ich der römischen Ordenszentrale geschrieben, doch auch von dort habe ich keine genauen Hinweise bekommen. Man hat mir freundlich, aber unkonkret geantwortet. Auf mein Beharren hin hat jemand in Rom mit den Achseln gezuckt und gesagt: „Sie müssen verstehen, die Benediktiner sind kein Orden … sondern demokratische Unordnung." Mit anderen Worten: Wir sind ein verzweigtes System, jedes Kloster ist sein eigener Herr. Das Gegenteil des Vatikans und seiner pyramidenförmigen Hierarchie. „Denken Sie daran", erklären sie mir, „für die Benediktiner ist Zentralismus ein Werk des Teufels."

Auf der Suche nach Ideen tappe ich im Dunklen. Als ich vor Jahren vor meinem Aufbruch ins Gelobte Land ähnlich orientierungslos war, sagte mir ein Landpriester in der Lomellina, dass bei einer spirituellen Erfahrung Orte überhaupt keine Bedeutung haben. Nur die Menschen zählen. Der ausgewählte Weg ist zweitrangig, denn die Begegnungen geben dir immer wieder aufs Neue die Richtung vor. Ich sage zu mir: „Wie dumm, es ist doch sonnenklar, wo ich aufbreche. In Praglia."

Das Problem besteht jedoch nicht darin, wo, sondern bei *wem* man aufbrechen soll. Ich spreche darüber mit einem Mönch, der in der Küche Zwiebel schneidet und an dessen Namen ich mich nicht mehr erinnere. Er antwortet fröhlich, ohne innezuhalten: „Versuchen Sie es mit dem alten Notker!"

Notker wer? Notker Wolf, ein bedeutender bayerischer Mönch, ehemaliger Abtprimas des Benediktinerordens. Ein Ausbund an Wissen, wie es scheint. Sein Name besteht aus einem Haufen ostgotischer Buchstaben, klingt in meinen Ohren jedoch sehr angenehm. Notker und im Nachnamen Wolf, wie das Tier. Das würde sogar Umberto Eco neugierig machen. Das ist das Viatikum, ich breche auf. Es donnert über den Euganeischen Hügeln und ich weiß noch nicht, dass ich einem Riesen begegnen werde.

2.
Hopfen und Weihrauch

Sankt Ottilien, Deutschland

Mein Freund Claudio Cumani, ein Astrophysiker, wohnt in München. Er hat von meiner Absicht erfahren, den Abt Wolf kennenzulernen, und da das Kloster in seiner Gegend liegt, hat er angeboten, mich dorthin zu begleiten. Der Ort trägt einen schönen, ungewöhnlichen Namen, Sankt Ottilien, und ist nicht einmal 100 Kilometer von der Stadt entfernt. Claudio hat sich über den Abt informiert und dabei einige überraschende Dinge herausgefunden, unter anderem hat er einen kurzen Film entdeckt, auf dem der ehemalige Abtprimas zusammen mit der Band Feedback *Smoke on the Water* von den Deep Purple auf der E-Gitarre spielt. In Ordenstracht und Skapulier steht er lässig zwischen Schlagzeuger und Saxophonist, erzeugt inmitten eines Gewitters von Spezialeffekten metallische Töne, und die Jugendlichen jubeln ihm frenetisch zu.

Nahezu unglaublich, dass so ein Typ, der für die katholischen Taliban der Gottseibeiuns ist und den die Deutschen als „rockenden Abt" bezeichnen, uns den Segen für eine Reise erteilen soll, die uns in die Stille von Krypten, Kreuzgängen und Kirchenschiffen führt. Doch die Welt der Benediktiner muss nicht in Würde erstarren, um ihre Ernsthaftigkeit unter Beweis zu stellen. Die Biografie des Abtes spricht für sich. Notker Wolf, 1940 geboren, beherrscht elf Sprachen, liebt Musik, hat Theologie, Philosophie, Zoologie, Chemie und Astronomiegeschichte studiert, war Missionar in Afrika, hat an der Päpstlichen Hochschule Sant'Anselmo in Rom gelehrt, ungefähr dreißig, in zahlreiche Sprachen übersetzte Bücher geschrieben, und viele Manager pilgern zu ihm wie zu einem Guru, um zu lernen, wie man im benediktinischen Stil ein Unternehmen führt. Etwas Besseres hätte ich nicht finden können.

Die Erzabtei im Osten Münchens mit ihrem bronzenen Geläut liegt inmitten bewaldeter Hügel und Roggenfelder. Das nur wenige Kilometer entfernte Landsberg am Lech, wo Hitler nach dem fehlgeschlagenen Putsch im November 1923 im Gefängnis *Mein Kampf* schrieb, bestätigt die Nähe von Gut und Böse in Europa und auf der ganzen Welt. Unter einem Schirm von riesigen Linden begrüßt die Festung des Glaubens die Gäste mit einem guten Geruch nach Kuhmist, das italienische Wort für Mist – *letame* – stammt nicht zufällig vom lateinischen *laetus* – fröhlich – ab. Das edle Element erfreut die Erde und somit auch den Bauern, was für die Fähigkeit der Benediktiner spricht, den *spiritus loci* zu erkennen. Tatsächlich atmet man hier die bäuerliche Seele Bayerns, eine weibliche Seele – wie im Süden Italiens, wo die Muttergottes viel wichtiger ist als Christus.

Zwischen Laudes und Vespergebeten sind in Ottilien ein Hi-Tech-Stall, eine Fotovoltaik- und eine Biogasanlage entstanden, die doppelt soviel Energie liefern, wie für den Betrieb des Klosters nötig ist. Außerdem gibt es eine Brauerei, eine Tischlerei, ein Gästehaus, einen Hühnerstall, einen Verlag, ein Gymnasium, einen Metzger, einen Hufschmied, sogar einen kleinen Bahnhof, wo jede Stunde ein Zug hält. Und Wälder, Wiesen und Obstgärten. Eine Lektion in Nähe und Selbstgenügsamkeit, ein Schlag ins Gesicht der Globalisierung. Mit Claudio spaziere ich verwirrt und argwöhnisch über die gepflegten Kiesalleen dieses Bauernhofs Gottes. Vielleicht empfinden wir Ähnliches wie die Barbaren des Mittelalters, als sie zum ersten Mal ein Kloster betraten.

Für die von weither kommenden Nomaden muss es ein Schock gewesen sein, auf eine derart reiche, waffenlose Welt im Niemandsland zu treffen und derart emsige Arbeiter vorzufinden: dampfende Braukessel, Duft von Lab und Käse, Lager, Backstuben, Wäschereien, Ställe, Pferdeställe, Baumschulen, Gemüsegärten, Bienenkörbe, Bibliotheken, Schulen, und das alles umrahmt von faszinierenden liturgischen Gesängen. Ich sehe Hunnen und Ostgoten vor mir, wie sie vom Pferd steigen und ein kindliches Staunen angesichts geheimnisvoller Riten empfinden, die aus Kniefällen, Weihrauch, brennenden Kerzen, Chorgesängen und Zeremonien bestehen und deren Symbole Brot und Wein sind. Eine im Lauf der Jahrhunderte bewährte Erfahrung, die auf unübertreffliche Weise gleichzeitig den Geruchs-, den Tast-, den Gehör-, den Geschmacks- und den Gesichtssinn anspricht und den Sinn für die betende Gemeinschaft auf Kanälen vermittelt, die die Barrieren der Rationalität umgehen.

Für die Barbaren war das Christentum stark, einfach und verständlich. Und stark, einfach und verständlich ist auch der Mönch, der uns zur vereinbarten Stunde auf dem Gang des Besuchszimmers entgegenkommt. Ein gutaussehender Mann mit silbernen Haaren, charismatisch und selbstbewusst. „Wir sind Bauern", sagt er bescheiden nach den Begrüßungsfloskeln. Jaja. Der ehemalige Abtprimas in Rom vergeudet seine Zeit nicht mit theologischen Spitzfindigkeiten. Er zeigt uns sofort die Gemüsegärten, den Stall, wo die Kühe gemolken werden, die Enten. Er ruft mit einem Pfiff die Amseln, streichelt die Blumen, macht den Strahl des Springbrunnens an, den jemand abgedreht hat. Und lässt sich brav von den Besuchern fotografieren. Er spricht beim Gehen und rudert dabei mit den Armen, als würde er säen, in dem Bewusstsein, dass das Wort früher oder später Frucht trägt. Säen ist nicht nur die Arbeit des Bauern. Es ist die Großzügigkeit des Mannes des Glaubens, der sich bewusst ist, dass seine Erzählung die Zusammenfassung vieler gewollter oder zufälliger Begegnungen mit Einzelnen oder Gruppen ist, von einem, der nach dem Pflügen weitergeht, ohne sich umzudrehen und ohne jemals umzukehren, weil er weiß, was er ausgesät hat, wird eine Spur hinterlassen. Im Zeichen der Freude, dem ersten Gebot Benedikts und der Lieblingstochter des Mists, des *letame.*

Ich frage mich, wie in diesem bäuerlichen, heiteren, hemdsärmeligen, erdverbundenen Bayern, wo die Menschen staubige Arbeitsschuhe tragen, ein Ratzinger zur Welt kommen konnte, ein melancholischer Mann mit weibischen roten Schuhen und weichen Papstpantoffeln. Das ländliche Bayern ist demokratisch, ein Land, wo Reiche und Arme Dirndl und Lederhose tragen und ein Politiker eine Wahl nicht ohne ein schäumendes Bier in der Hand gewinnen kann. Reicht der Wunsch, die Kirche zu ihren Ursprüngen zurückzuführen, als Erklärung für die altmodische, Hierarchien betonende Kleidungswahl des deutschen Papstes? Für den Kamauro, die fellbesetzte rote Samtmütze, oder die Mozzetta, den Schulterkragen, den höhere Geistliche nicht mehr zu tragen wagten? Steht diese Kleiderwahl nicht im grundsätzlichen Widerspruch zu den Ursprüngen und sogar zu seinem Namen als Papst? Vielleicht ist seine Melancholie eine Konsequenz dieses Widerspruchs und der Grund für seinen Rücktritt gewesen. Ein „großer Verzicht", der unweigerlich zum Rückzug ins Kloster, zur *stabilitas,* geführt hat. Eine Rückkehr zum Geist Benedikts.

Die deutschen Mönche haben sogar eine Feuerwehr. Wenn es brennt, springen sie ins Feuerwehrauto, setzen einen Helm auf und brausen mit Sirenengeheul los. Vor allem anderen sind die Klöster ein funktionierendes System. Ihre Architektur ist untrennbar mit ihrer Funktionalität verbunden, und diese Funktionalität war zur Zeit der Barbareneinfälle, als in Europa das Land brachlag und die Städte verfielen, offenbar noch augenfälliger. Die Klöster kolonisierten ein anderes Gebiet. Sie herrschten buchstäblich über die Peripherie der Erde. Das Kloster war ein materielles und spirituelles Modell, dessen Zentrum der Kreuzgang war. Ein System, das augenblicklich beeindruckte und mithilfe der spirituellen Energie der schwarzgekleideten Mönche sogar die grausamen Magyaren überzeugte, sesshaft zu werden.

Verraten Sie mir, mein guter Abt, wie wir all das verstehen sollen, wir, die wir die Orientierung und jegliche spirituelle Verankerung verloren haben und uns von Rattenfängern ködern lassen, die mit unserer Angst spielen?

„Ganz einfach. Benedikt hat die Arbeit geheiligt und ein revolutionäres System des Zusammenlebens geschaffen, eine Gemeinschaft von Menschen auf der Suche nach Gott, deren Zusammenleben von strengen Regeln und einem spirituellen Führer, dem Abt, dominiert wird. Er verlangt von ihnen, viel zu lesen, also lesen zu können, aber auch den Boden zu bearbeiten. Ein Mönch ist jemand, der sich von der Arbeit seiner Hände nährt. Gewiss, er ist auch im Göttlichen verankert, jedoch kein Mystiker. Die Mönche sind praktische Menschen, die fähig sind, die Tiere auf die Weide zu bringen, und erfahren im Gemeinschaftsleben. Der Heilige ist Einsiedlern gegenüber kritisch: Sie sind zu einsam, um die richtige Beziehung zu Gott zu haben. Die Grundprinzipien sind klar: Respekt vor dem Individuum, ein offenes Ohr gegenüber der Gemeinschaft, geteilte Verantwortung."

Der Abt zählt die Grundsätze auf, die die Welt vergessen hat, die aber schrecklich aktuell sind, immerhin pilgern jede Menge Manager zu den Benediktinern, um sich den „guten Eifer" bei der Führung ihrer Unternehmen beibringen zu lassen. Er erzählt von der Säkularisation der Klöster zu Zeiten Napoleons, die vielerorts zum wirtschaftlichen Niedergang beitrug. Der bayerische König, der sich ursprünglich mit den Franzosen einig war, hat den Benediktinern wieder die Tore geöffnet. Der Abt und Rockstar hat sogar mit Schwester Enrica Rosanna, einer Salesianerin mit hohem

Amt im Vatikan, ein Buch geschrieben: *Die Kunst, Menschen zu führen.*

Aber ihr Kinder Benedikts, frage ich Notker, wie schafft ihr es, eine Welt voller ungeduldiger und aggressiver Menschen zu erleuchten, in einer Zeit, in der nur noch der Profit zählt? Wie macht ihr das in Zeiten digitaler Geschwindigkeit und *fake news*, die jedes Nachdenken verhindern? Wie könnt ihr euch der Illusion hingeben, ein Europa zu verändern, das sich keine Fragen mehr stellt und von einem Sturm gezaust wird, der an unseren Fundamenten rüttelt?

Notker blickt mich an, als wolle er sagen: Ich kann die Welt zwar nicht verändern, doch einen gewissen Einfluss kann ich ausüben. „Zu den CEOs, die mich einladen, sage ich immer wieder: Schafft eine Atmosphäre des Dialogs, nicht der Angst. Hütet euch vor Jasagern und einsamen Entscheidungen. Zentralismus ist tödlich. Er befiehlt, statt zu dienen. Das sollte man auch in Brüssel verstehen. Wenn die EU den Einzelnen zuhörte, hätten wir keine Situationen wie in Katalonien."

Der Heilige lehrt, Alleingänge und Egoismen zu bekämpfen, jedoch auch auf Ideologien zu verzichten. Es gibt keine tyrannischen und absoluten Vorschriften. Sowohl bei der Einteilung des Tages als auch bei den Essensvorschriften berücksichtigt die Klosterregel die menschliche Unvollkommenheit. Iss wenig Fleisch, außer du bist krank. Trink wenig Wein, außer du verrichtest harte Arbeit. Dieses „außer" ist der Inbegriff des guten Hausverstands, der einen Kontinent wieder zum Blühen gebracht hat.

„O Gott, du lenkst mit starker Hand ..." Bei der Messe der Sext hallt die deutsche Sprache in der Kirche wider, die in der Mitte der Abtei beziehungsweise des Anwesens liegt, allein der Klang ist eine Lektion in Strenge. Wir essen im Besuchertrakt zu

Mittag, in dem es von gottsuchenden Deutschen wimmelt, man tafelt gemeinsam und üppig. Gutgenährte, heitere Kellner servieren uns Naturschnitzel mit Bratkartoffeln und Erbsen, Strudel und Kaffee. Die Küche ist das Reich der Matriarchinnen. Claudio sagt: „Hier wird nicht nur die weibliche Seite der Welt, sondern auch das Weibliche in jedem von uns willkommen geheißen."

Notker überrascht mich. Ich dachte, er würde uns nach einer knappen Stunde entlassen, doch nein, er lässt uns nicht stehen, er führt uns einen ganzen Tag durch das Kloster. Wie selbstverständlich wohnt er jetzt wieder in seiner Heimat, wo seine Berufung entstanden ist. „Nach sechzehn Jahren in Rom", sagt er lächelnd, „bin ich wieder in Ottilien und habe das Gefühl, nach Hause zurückgekehrt zu sein. Vielleicht fehlt mir die italienische Pasta, nur wer sie kennt, kann das verstehen ... aber hier sind meine Wurzeln, hier habe ich gelernt, Abt zu sein, hier hatte ich meine erste Erleuchtung. Es war im Jahr 1942, ich war zwei Jahre alt, in der Ferne tobte etwas, das sie Krieg nannten, und ich kann nicht vergessen, wie mich das Licht, das durch die Weihrauchschwaden fiel, und die Kirchengesänge verzauberten."

Sankt Ottilien ist eine junge Abtei. Ende des 19. Jahrhunderts geht ein Künstler ins Kloster und beginnt im Namen einer Heiligen namens Ottilie mit dem Bau der Bastion des Glaubens. Dann öffnet er sie gegenüber der Welt und schickt Missionare nach Afrika. 1941 wird das Gebäude von der Gestapo requiriert und in ein Kriegslazarett umgewandelt. 1945 werden hier Juden untergebracht, die das KZ überlebt haben. Ein Zeichen der Hoffnung: Mehr als vierhundert Kinder werden hier geboren. Sie kehren sogar als Erwachsene immer wieder in die rettende Arche zurück, um von dem Wunder zu erzählen. Eine von einer Mauer umrahmte Wiese erzählt ihre Geschichte: Grabsteine mit dem Davidstern neben Grabsteinen von deutschen Soldaten, *post mortem* friedlich vereint.

Umgeben vom lauten Gezwitscher der Spatzen, Amseln und Kohlmeisen spazieren wir zum Klosterfriedhof. Die Gräber der Mönche liegen unter blühenden Beeten, umgeben von duftenden Linden. Einfache Erdgräber mit einem einfachen schmiedeeisernen Kreuz, auf dem sich Symbole ihrer Berufe befinden: Hammer und Amboss auf dem Grab des Schmieds, Hobel auf dem des Tischlers, Gartenschere auf dem des Gärtners. Außerdem liegen hier ein Drucker, ein Melker, ein Leser von Handschriften, sogar ein Hebraist begraben. Sogar das Grab des Wolfs ist schon bezugsbereit, ganz oben auf einem kleinen Hügel, von dem aus man im Osten die Wälder, Felder und Flüsse Bayerns sieht. Man kann sich gut vorstellen, wie hier am Morgen die Sonne aufgeht, ihre Strahlen durch die Fenster einer Apsis dringen und rund um den Chor, der das Licht heraufbeschwört, einen Heiligenschein bilden. Vielleicht nimmt der Morgengesang die Wiederkehr des Lichts nicht zur Kenntnis, sondern garantiert, bewirkt sie sogar. Der Kausalzusammenhang kehrt sich hier um. Ottilien zeigt uns, dass jede winzige Geste eine Wirkung haben kann. Die Kirche sucht den Osten und hat immer die Vibration des Klanges hinter sich.

Sag mir noch, guter Notker, der du Kutte und Zingulum trägst und ein arbeitsreiches Leben hinter dir hast: Was für eine Beziehung hast du zur Ewigkeit? Neben dem Grab stehend, das ihn dereinst beherbergen wird, überrascht uns der Mann in Schwarz aufs Neue: „Ich denke nicht so sehr an die Ewigkeit als vielmehr an den Augenblick der endgültigen Begegnung mit Gott. Dem Gott, dem ich jetzt schon in der Fülle des Lebens oder in der Intimität der Kommunion begegne."

Es nieselt leicht, er hebt den Blick zum Himmel und sagt lächelnd: „Schaut, für die Pessimisten bedeutet das, im Regen zu stehen. Wir nehmen eine Dusche unter den Wolken." Amseln zwitschern um ihre Nester, Traktoren brummen auf den Feldern. Doch der Gesprächsfaden reißt nicht ab. „Wir Benediktiner stellen uns die Ewigkeit nicht so sehr als horizontale Dauer vor. Ich stelle mir vielmehr den Augenblick vor, in dem ich mich an den Hochzeitstisch setze ..."

Sag mir noch, Wolf, du, der du die Menschen kennst, gibt es eine Ähnlichkeit zwischen dem Europa des 6. Jahrhunderts und heute?

Wolf bleibt unter einer großen Rosskastanie stehen, dann antwortet er: „Ja, es gibt eine. Die Orientierungslosigkeit der Völker und die Wanderbewegungen. Aber es gibt einen riesigen Unterschied: Heute haben die Mönche nicht mehr dieselbe Kraft wie damals. Im 9. Jahrhundert war Bayern voller Klöster. Und Anfang des 12. Jahrhunderts gründeten die Zisterzienser ausgehend von Frankreich in wenigen Jahren Hunderte ... eine spirituelle Energie, eine heutzutage unvorstellbare explosive Kraft."

Die Abenddämmerung bricht an. Wir gehen an einem kleinen Haus vorbei, das dreiundzwanzig syrische und afrikanische Flüchtlinge beherbergt. Davor spielen drei Kinder. Dem Mann ist es herzlich egal, dass die CSU-Regierung in München diese Entscheidung nicht gutheißt. Die Männer Benedikts bleiben in der Spur, selbst wenn in halb Deutschland die xenophoben Neonazis ihr Unwesen treiben!

„Wir haben acht muslimische Kurden aufgenommen, die der Staat ausweisen wollte. Die Kinder haben ohne Probleme unsere Schule besucht." Benedictus „funktioniert" überall. In China, Indien, Kolumbien, Venezuela, Kuba, den Philippinen, Kenia,

Uganda. Die größte Benediktinerabtei befindet sich nicht in Europa, sondern in Südkorea. „Alles ist möglich. Man muss nur mit den Menschen sprechen."

Genau, lieber Abt, wir haben jedoch die Fähigkeit des Zuhörens verlernt. Wir sind einsam, taub und verängstigt. Notker hat aber auch darauf eine Antwort. *Schluss mit der Angst* – und mit der Politik, die mit der Angst spielt, denn hier liegt die Wurzel der Aggressivität –, wie eines seiner letzten Bücher heißt. Nur der, der keine Angst hat, kann das Leben voll auskosten. „Als Abt habe ich mich vor allem bemüht, die Angst vom Horizont der Abtei zu entfernen."

Lieber Notker. Er hat uns einen ganzen Tag gewidmet, hat uns zum Essen an seinen Tisch gebeten, mit uns gescherzt. Als ob Zeit keine Rolle spielte. Auf das Abendessen folgt die Komplet, das Nachtgebet, er kann noch nicht zu Bett gehen. In der Abtei gibt es sogar ein Orchester, und als echter Bayer spielt er mit. Mönche und Laien, manche in Lederhosen, proben in einem abgelegenen Saal, um das Schweigegebot nicht zu brechen. Die deutsche Abtei steckt voller Überraschungen.

„Wenn ich Querflöte übe, sehe ich, wie die Tiere neugierig zuhören. Bei der Fronleichnamsprozession kommen die Kühe oft heraus und schauen zu." Er erklärt, dass ein Teil der katholischen Kirche das Klosterleben kaum versteht. „Wir sind kein kontemplativer Orden. Unsere Haltung ist meditativ. Wir kauen das Wort, bis es den ganzen Geschmack abgegeben hat und uns in Fleisch und Blut übergegangen ist. Doch bei allen unseren Tätigkeiten vergessen wir nie die Kunst oder die Philosophie. Das *otium,* wie die Humanisten es verstanden, ist absolut nützlich. Schlecht für die Seele ist die *otiositas,* die Untätigkeit, die Faulheit."

Adieu, Notker, oder, so Gott will, auf Wiedersehen. Ich werde dich nicht vergessen, denke ich, während du leichtfüßig unter den

Linden davongehst und dein Skapulier im Regen von einem warmen Wind gebauscht wird. Deine Botschaft leuchtet in deiner Festung noch stärker, sie spricht auch zu den Ungläubigen. Sie hat eine enorme Überzeugungskraft.

„Und denkt daran, dass es auch Benediktinerinnen gibt: die Botschaft des Heiligen gilt auch für Frauen“, ruft er uns lächelnd zu, während er sich ein letztes Mal umdreht.

Ach ja, lieber Notker, nirgendwo könnte ein solcher Aufruf überzeugender wirken als in deinem Bayern. Die Kirche Sankt Ottilien ist eindeutig eine Mutter; die achteckige Fiale über dem von Gesang, Weihrauch und Litaneien erfüllten Querschiff gleicht einem weiten Rock. Mir schwant, dass wir auf unserer Reise vielleicht einen unerwarteten Umweg machen, eine neue Dimension entdecken werden.

„Jubelt dem Herrn.“ Aus der Ferne ertönt die Vesperlitanei mit der ganzen Kraft, die die neugotischen Kirchenschiffe zum Ausdruck bringen können, und ich sehe, wie die Boote der armen Teufel von Hafen zu Hafen irren und von männlichen Regierenden zurückgewiesen werden, die die Bibel schwenken. Ich denke, dass Grenzzäune wiederkehren werden und dass das Böse frei in unserer Welt herumläuft. Es lacht uns aus, die wir freiwillig sein Spiel spielen. Und das Weibliche Europas verdrängen.

Ein unvergesslicher Tag geht zu Ende, der Himmel steht in Flammen. Unter einer riesigen Platane atmen wir Stille, trinken eine Maß Bier, die uns ein Kellner in Lederhosen kredenzt. Wenn jemand auf der Suche nach Gott ist, findet er ihn gewiss leichter hier zwischen Kühen und Hühnern als in den verängstigten Pfarreien.

3.
Geduldig den Faden aufrollen

Viboldone, Lombardei

Das Dröhnen der in Linate landenden Flugzeuge ist die zweite Tonspur dieser Pilgerreise. Ein Jet nach dem anderen fliegt über das Frauenkloster Viboldone und die robuste mittelalterliche Kirche aus roten Ziegeln. Sie steht mitten auf einer Wiese, die sich früher einmal auf dem freien Land und jetzt am Stadtrand Mailands befindet. Alles Schlechte der Moderne scheint sich gegen diese Insel des Friedens verschworen zu haben und die Stille ausrotten zu wollen. Nicht nur die Flugzeuge. Auf der einen Seite brausen auf der Autostrada del Sole Autos und Lkws dahin, auf der anderen Seite flitzen Hochgeschwindigkeitszüge. Und dann sind da auch noch die Via Emilia, sinnlose Kreisverkehre, bedrohliche Hochspannungsmasten, nachts treiben sich die Kriminellen vom Stadtrand mit quietschenden Reifen herum, und rund um den blauen IKEA-Würfel und andere Kathedralen des Konsums in der Nähe bilden sich immer wieder Staus.

„Die deinen Namen anrufen, erzählen deine Wunder." Aus der Apsis steigen sanfte Gesänge auf. Einige Perlen dringen an mein Ohr: „Bei dir zu sein ist höchste Freude", „Ich halte seine Säulen fest". Als meine Freunde im Kloster Bose erfuhren, dass ich auf der Suche nach der weiblichen Seite Benedikts war, haben sie zu mir gesagt, fahr nach Viboldone. Jetzt bin ich gemeinsam mit meiner Lebensgefährtin Irene hier. Sie hat ein kleines Dossier über jede einzelne Abtei auf unserer Reise angelegt: eine gewaltige Arbeit, die sich als nützlich erweisen wird. Sie ist halb Österreicherin und so genau und sorgfältig wie ihre Landsleute. Mit ihr betrete ich ehrfurchtsvoll die Festung des Glaubens zwischen den letzten Wohnhäusern am Rand der Metropole und den ersten grünen Reisfeldern, der Glockenturm ragt in einen von Regenwolken verhangenen Himmel. Die lombardischen Kampanile sind sehr robust, sie gleichen Wachtürmen. Ihr strenges Läuten ist ein Ruf zu den Waffen. Allerdings belagern hier keine muslimischen oder heidnischen Horden das Kloster. Die Barbaren sind Einheimische. Die Demolierung der Metaphysik ist ihr Werk.

Man könnte glauben, das Heilige sei von der Konsumgesellschaft längst abgeschafft worden, doch sobald man das Kirchenschiff mit den Fresken aus der Zeit Giottos betritt, springt es einen an. Plötzlich befindet man sich an Bord einer Arche, man spürt, dass man aufgenommen worden ist. Man kommt aus einer Welt, in der Gott überflüssig ist, und betritt eine Welt, in der man sich seine Abwesenheit gar nicht vorstellen kann. In Viboldone hat Europa das Antlitz der kleinen, schwarz gekleideten Klosterschwestern, die im Chor die Gesänge der Sext anstimmen. Es trägt das Lächeln von Schwester Maria Antonietta, die mir, Irene und drei weiteren Gästen des Klosters ein hervorragendes Mittagessen serviert. Pasta mit Sugo, Seezunge, Auberginen, Salat und zum Dessert süße Polenta.

Europa hat den mütterlichen Blick der Äbtissin Maria Ignazia Angelini, die erklärt, das erste Gebot Benedikts bestünde im Zuhören, einem banalen, heute jedoch vergessenen Gebot. Geduldiges Anhören des anderen, des Menschen und seiner Stimme. Daraus folgt Gastfreundschaft. Ein Gebot, das heute allzu viele ignorieren.

„Der arme Benedikt, heute zerren zu viele an seiner Kutte, er soll für alle ein gutes Wort haben. Gut, er hat die Arbeit der Hände zum Werkzeug der Erhebung gemacht, das war für die damalige Zeit absolut revolutionär. Damit wir uns recht verstehen: Hier im Kloster sind die Küchengeräte genauso wichtig wie die Ziborien auf dem Alter. Doch die Heiligsprechung der Arbeit der Hände bedeutet nicht, dass er ein Theoretiker der Effizienz und der Produktion an und für sich war. Viele Manager suchen die Benediktiner auf, um herauszufinden, worin das Geheimnis der Produktion besteht, und vergessen, dass dem Ganzen ein Netzwerk von unterschiedlichen Menschen zugrunde liegt, eine unnachahmliche Weisheit, die das Menschliche an und für sich anerkennt und nicht einmal angesichts der Barbaren die Flucht ergreift. Benedikt verwandelt den *hostis* in einen *hospes,* den Feind in einen Gast. Im Buch Gregors des Großen über das Leben des Heiligen ist die Episode erhellend, in der Benedikt mit seiner Sanftheit den aggressiven und misstrauischen König Totilas zähmt …"

Die Kirche von Viboldone warnt vor der Gefahr, die mit einer Auslegung seines Wortes ausschließlich unter dem Aspekt der Leistung einhergeht. Sie wurde 1179 von der Laienbruderschaft der Humiliaten gegründet, die als gute Lombarden Tag und Nacht schufteten, Wolle und Nahrungsmittel produzierten und so enorm reich wurden. Als Karl Borromäus sie Jahrhunderte später zur ursprünglichen Einfachheit zurückführen wollte, verteidigten sie ihren Reichtum bis aufs Blut, einer versuchte sogar, den Kardinal und späteren Heiligen mit einer Armbrust umzulegen. Nach diesem Mordversuch wurde der Orden abgeschafft und die Reichtümer wurden konfisziert. Die Kirche ging in den Besitz der gefügigeren Olivetaner über und die wunderbaren Fresken im Kirchenschiff wurden in einem Akt der *damnatio memoriae* übertüncht, der nicht einmal vor Jesus und der Muttergottes haltmachte.

Jetzt tauchen die Fresken des 14. Jahrhunderts wieder auf, der blasphemische Kalk hat sie perfekt konserviert. Auf einer Galerie oberhalb des Tors hört man die Restauratorinnen – ebenfalls Frauen – schweigend hantieren, sie legen Augen, Hände, Umhänge mit noch immer leuchtenden Farben frei. Die Akustik der Kirche ist perfekt, man hört jeden Schritt, jedes Knistern. Ein Verstärker der Seele. Hier spürt man besser als anderswo, dass die Kirche nicht nur Hierarchie ist, dass sie nicht nur aus Kardinälen besteht, dass sie nicht nur Macht und vielleicht auch nicht nur der Papst ist. Die Kirche besteht aus diesen Fresken und dieser Landschaft. Sie ist das einsame Gebet eines Menschen, der sich angesichts des Unsagbaren verirrt hat, und das Gebet wird zum Gesang, zuerst zum Solo und dann zum Chorgesang.

Es regnet auf die grünen Reisfelder der Lombardei, und das Frauenkloster scheint zu sagen, dass heute nicht Afrika das Missionsland ist, sondern Europa, das ins Schlingern geraten ist, den Glauben auf Ästhetik reduziert hat, mit dem Hauch des Todes spielt, nicht mehr auf die Offenbarung und die Verkündigung wartet, sondern ein Territorium geworden ist, wo sogar die Länder, die für die EU gestimmt haben, alles den Bach hinuntergehen lassen. Der unter weiblichen Vorzeichen gelesene Benedikt offenbart hier die Kraft und Modernität seiner Botschaft, die sogar nach fünfzehn Jahrhunderten noch gültig ist. Es ist kein Zufall, dass bedeutende Männer wie Kardinal Carlo Maria Martini, der Arbeiterpriester und Partisan Luisito Bianchi und der von Franco verfolgte Abt Escarré de Monserrat Zuflucht hinter diesen Klostermauern gefunden haben, wo die Botschaft vom Lärm der Welt nicht gemindert, sondern verstärkt wird.

Hier ist auch die lombardische Landschaft entstanden. Die Harmonie der Gewässer, das Gleichgewicht zwischen Wasser und Erde, die spezifisch lombardische Pflanzenwelt – Platanen, Maulbeerbäume, Weiden, die alle eine spezielle Funktion haben –, all das ist ein Werk der Mönche, wie der Ex-68er Franco Lacchini erzählt, der sich in Viboldone verliebt hat und gemeinsam mit anderen Freiwilligen hier als Fremdenführer arbeitet. Die Benediktiner vollbrachten Unvorstellbares. In Guastalla leiteten sie den Po um, um fruchtbaren Boden zu gewinnen, und schufen einen

Zusammenfluss mit dem Oglio. Ohne moderne Werkzeuge eine enorme Leistung. „Blickt euch um", sagt er, „wir stehen mitten in den Wässerwiesen der Zisterzienser", und zeigt auf ein System von Kanälen, das mithilfe von Gräben, Wasserscheiden und Weihern eine ständige minimale Bewässerung gewährleistete, das Wasser am Gefrieren hinderte und bis zu sieben Heuernten pro Jahr ermöglichte: das Benzin der damaligen Zeit, das die Arbeitstiere nährte.

Wir haben es mit der Pracht und erst in zweiter Linie mit der Kultur der Trockenlegung zu tun. *Bonificare* – trockenlegen – ist ebenfalls ein symbolbefrachtetes Wort, das ausgerechnet hier, im Nebel Viboldones und einem an Grundwasserleitern reichen Boden seinen Sinn offenbart. Wenn Mist – *letame* – fröhlich stimmt, dann macht die Trockenlegung – *bonifica* – den Boden mithilfe des klugen Kontakts mit dem Wasser gut, einem sakralen und reinen Wasser wie bei der Taufe. Gut machen. *Rabbonire.* Theologie und Metapher begegnen sich im Ackerbau. Früher wussten selbst die einfachen Bauern, dass in Gott das weibliche Wunder der Fruchtbarkeit beschlossen ist. Mittlerweile ist der Boden für uns keine nährende Mutter mehr. Höchstens ein Konsumobjekt, bei dem das Heilige im Weg steht.

Seidenreiher und sogar ein Ibis fliegen vorbei. Sie sind die letzten Bewohner des Landes am Stadtrand. „Mit der Mechanisierung ist die Geschichte eines Jahrtausends im Handumdrehen zunichtegemacht worden", sagt Franco. „Bis vor dreißig Jahren haben zweihundertfünfzig Landarbeiter im Bauernhof gewohnt, heute steht das Gebäude halb leer und wird wohl bald Reihenhäusern Platz machen. Es gibt auch keine Schafweiden mehr, obwohl die Schafe im 16. Jahrhundert eine so gute Wolle gegeben haben, dass man es mit Flandern aufnehmen konnte. Ein paar Reisfelder sind geblieben. Der Mais wird nicht mehr gegessen, sondern er dient nur noch als Viehfutter. Die hügeligen Wässerwiesen wurden mit dem Bulldozer planiert. Auch die Kanäle sind kaputt, denn heutzutage wird das Wasser versprengt. Die Bienen sind verschwunden. Der Boden wird nicht mehr ‚gut gemacht', sondern vergewaltigt. Aber der Fußabdruck der Benediktiner ist noch überall sichtbar."

Sogar die Kirche wäre verschwunden, wenn die Benediktinerinnen sie nicht verteidigt hätten. Sie sind jedoch ganz zuletzt gekommen, sie wurden erst in den Notjahren des letzten Krieges von Kardinal Schuster gerufen. Dank der Restaurierung ist eine bichrome Struktur aus Verputz und Ziegeln zutage getreten, wie sie typisch für die Zisterzienser ist: drei gotische Schlusssteine auf romanischem Grundriss, die einen theologischen Himmel halten, auf dem sich Fresken aus der Werkstatt Giottos und Giusto de' Menabuois befinden. In der Apsis entdecke ich die weiblichste Kreuzigung, die ich je gesehen habe. Die Muttergottes wird ohnmächtig, Maria Magdalena schreit, die Frauen folgen Ihm bis auf den Berg Golgatha. Auch die Erbsünde wird sehr weiblich dargestellt: Adam hält den Apfel, während Eva mit offenen Haaren wie befreit das Kruzifix betrachtet. Wunderbar.

In Viboldone gelangt man zu der Überzeugung, dass Christus in die Geschichte der monotheistischen Religionen zum ersten Mal den Gedanken an das Weibliche einbringt, nachdem zuvor männliche vergewaltigende Götter ins Gynäceum des Mittelmeerraums eingedrungen waren. Die primitiven Völker stellten sich die Erde als etwas Rundes und heilig Fruchtbares vor; diese Wahrnehmung wurde von den kriegerischen Völkern des Nordens zunichte gemacht, und Jesus verhalf der in der alten Welt der weiblichen Götter gängigen Wahrnehmung zu neuem Recht. Die Kirche wiederum bestätigte das männliche Primat, nur die Klöster wichen davon ab. Ich habe einen unerhörten Gedanken: Die Mönchstracht ist nichts anderes als der Versuch, in der Glaubensgemeinschaft die Rolle des Weiblichen zu usurpieren. In Viboldone erscheint einem sogar die Kuppel des Petersdoms als Metapher eines weiblichen Schutzschirms, den sich die Kirchenmänner angeeignet haben, letzten Endes ein Verrat am revolutionären Denken des Frühchristentums.

Im 14. Jahrhundert ist die Sexualphobie der Gegenreformation allerdings noch in weiter Ferne, und im Halbdunkel der Kirche tauchen neun mütterliche Figuren auf, eine davon ist eine Maria mit üppigen Brüsten. Was für eine Harmonie, was für eine großartige Metapher der Gastfreundschaft! Weiblich ist auch das leise Plaudern der Restauratorinnen. Weiblich ist der Gesang der schwarzgekleideten Klosterschwestern zu beiden Seiten des Chors. Weiblich ist der Mittagstisch, der für die Gäste mit einer Flasche blutrotem Bonarda in der Mitte gedeckt wird. Weiblich ist das abendliche Trillern der Schwalben, die in Geschwadern um den Kampanile kreisen und damit kundtun, dass sie die rauen Oberflächen des Heiligen den unmenschlich glatten der nahen Supermärkte vorziehen.

Kurz vor dem Abendessen sehe ich durch eine halb offene Tür neben der Klausur eine alte Klosterschwester neben einer Tischlampe spinnen, auf dem Boden neben der schwarzen Kutte liegt ein weißes Wollknäuel: ein beeindruckendes Schwarz-Weiß-Bild. Für ein paar Sekunden verschmelzen die Züge der alten Nonne mit denen der Muttergottes, der Parze, der Sibylle. Einen Faden zu spinnen ist eine jahrtausendealte weibliche Geste. Zum Beispiel den Ariadnefaden, der einem Griechen den Ausweg aus einem Labyrinth zeigte. Oder den Faden, der Europa den Weg wies, der

Tochter eines phönizischen Königs, die als erste ängstlich das Mittelmeer überquerte und unserem Kontinent seinen Namen gab.

Ich erkunde die labyrinthische Abtei im Banne einer wohltuenden Entfremdung von der Welt und ihrer zunehmenden Demenz. Ich höre nicht mehr das Dröhnen der in Linate landenden Flugzeuge. Ich kehre in die schwach beleuchtete Kirche zurück und setze mich auf eine Bank, schließe die Augen. Langsam bin ich im Einklang mit mir selbst. Dann schaue ich nach oben, zum größten Kreuzgewölbe des Kirchenschiffs. Ich folge Scharen von Engeln, Propheten, Heiligen, bis das Auge bei einem kreisrunden Fresko verharrt. Innerhalb des Runds eine Frau mit Heiligenschein und einer Spindel in der Hand. Der sieben Jahrhunderte alte Archetyp der Wolle spinnenden Klosterschwester mit dem Wollknäuel, die ich gerade auf einem Gang der Abtei gesehen habe. Mir stockt der Atem. Hin und wieder begegnet man auf Reisen etwas, das viel mächtiger ist als der Zufall. Dem Schicksal vielleicht. Oder der Vorsehung. Oder etwas, das unglaubliche Kurzschlüsse zwischen Dingen, Erinnerungen und Visionen erlaubt.

Wer ist diese Frau? Ich blicke mich um und entdecke genau gegenüber dem Bild ein symmetrisches Rund mit einer männlichen Figur mit Heiligenschein, ein weiterer Heiliger, der mir im Halbdunkel etwas sagen will. Benedictus. Er ist es, der Große Stammvater. Unverkennbar. Jetzt habe ich keine Zweifel mehr: Ich stehe vor Scholastika, seiner Zwillingsschwester, die den weiblichen Zweig des Ordens begründete. Angeblich ist die Mutter bei der Geburt der beiden von Gott erleuchteten Wesen gestorben. Über Scholastika weiß man, dass sie ein paar Kilometer von Montecassino entfernt ein Kloster gründete und dass sich die Geschwister einmal im Jahr auf halbem Weg trafen, um ihre

Erfahrungen auszutauschen. Aber die Spindel? In den Texten, die ich gelesen habe, habe ich keinen Hinweis darauf gefunden. Ich kann mir nicht erklären, woher dieses Symbol auf einem Gemälde stammt, das acht Jahrhunderte nach der Geburt der beiden Heiligen entstanden ist.

Ich treffe die Äbtissin, die als eine der letzten zu Bett geht. Sie setzt sich neben mich und erzählt. Ich erfahre, dass in Viboldone auch weibliche Humiliaten lebten, die Benedikts Klosterregel übernommen hatten. Männlich und weiblich im selben Denken vereint. „Im 14. Jahrhundert spannen die Klosterschwestern Wolle und webten, während die Mönche die Tücher färbten." Ein perfektes Wirtschaftssystem, wo jede Phase der Arbeit einem Symbol entspricht. „Das Symbol der Spindel bringt meiner Meinung nach die Arbeit der Humanisierung Europas zum Ausdruck, einem Europa, das sich die Jugendlichen auch heutzutage vorstellen und das sie neu schaffen müssen." Ich bin sprachlos, überwältigt von der Übereinstimmung der Gedanken. Das Knäuel, der Faden, die Frau, Europa.

Aber in Viboldone hat man auch noch den Faden anderer Knäuel in der Hand. Querverbindungen, von denen man kaum spricht. Wirklichkeiten, deren Wurzeln in die Grenzgebiete zwischen Stadtrand und Reisfeldern reichen.

Festungen der Spiritualität, der Gastfreundschaft und des Teilens, in denen die Frau eine wichtige Rolle spielt. Orte wie der Bauernhof Corte San Giacomo, der uralte Gutshof des Zisterzienserklosters Chiaravalle. „Dort arbeiten drei wirklich inspirierende Frauen", erzählt Franco voller Bewunderung. „Schwester Ancilla, Gloria Mari und Marta Campostano, die den Verein Nocetum gegründet haben, der sich um in Not geratene Menschen kümmert. Sie haben Mütter von den Schlauchbooten aufgenommen, die Frauen der Einwanderer, sie organisieren Begegnungen zwischen Christen und Muslimen und haben damit ein verlassenes Gebiet, das sich in Argwohn verschanzt hatte, zum Besseren geändert." *Noceto* (Nussbaum), das Symbol eines Baumes für eine hartnäckige und vitale Energie.

Wie viele Überraschungen im italienischen Alpenvorland! Leno in der Ebene von Brescia zum Beispiel, ein Kloster, das im 8. Jahrhundert von einer Schar Benediktiner aus Montecassino unter der Führung eines gewissen Ermoaldo gegründet wurde, den der langobardische König Desiderio gerufen hatte. Von der Abtei ist so gut wie nichts erhalten – erst jetzt werden im Park einer Villa aus dem 19. Jahrhundert ihre Grundfesten freigelegt –, aber dank einer Stiftung und einer kleinen Genossenschaftsbank erwacht die heilige Stätte mit einer Reihe von Veranstaltungen zu neuem Leben, die zur Philosophie des Heiligen passen: Messen, Volkshochschulen, Theaterseminare, Sommerlerncamps für Kinder, Kultur, Veranstaltungen von Vereinen aus der Gegend. Ein kleines italienisches Wunder im Zeichen des Mottos *Ora et labora et lege et noli contristari* – bete, arbeite, lies und lass dich nicht entmutigen. Selbst nach fünfzehn Jahrhunderten eine äußerst vitale Botschaft. Man sät, erntet, schlägt Wurzeln, um durch die Suche nach dem Schönen das Gute zu schaffen, *conversio ad pulchrum pro bono.*

Auch in den abgelegenen Tälern des Piemonts, etwa in Bagnolo in den Cottischen Alpen, bleibt die Botschaft lebendig. In Pra'd Mill, einer Oase des Friedens, hat eine von den Isles de Lérins an der Côte d'Azur stammende Gemeinschaft von Zisterziensermönchen kurz vor der Jahrtausendwende das Kloster Dominus Tecum gegründet. Cesare Falletti, ein bärtiger, weiser und karger Mann mit blauen Augen, war lange die Seele des Klosters, das von

Tausenden Pilgern besucht wird. Und erst Marmora im Valle Maira, wo Sergio De Piccoli, ein Einsiedler mit drei Doktortiteln, eine mittelalterliche Kirche – auf einer Höhe von 1548 Metern – in eine Arche der Kultur verwandelt hat: Er hat einen Schatz von zweiundsechzigtausend Büchern gesammelt, schlicht und einfach, um sie vor dem Vergessen und der Tyrannei des Digitalen zu retten – erinnert das nicht ein wenig an Ray Bradburys Roman *Fahrenheit 451?* Ebenfalls ein außergewöhnlicher Mensch, der vor ein paar Jahren nach einem Leben in Schweigen das Zeitliche gesegnet hat.

Norditalien ist durchsetzt mit solchen so gut wie unbekannten Wundern. Orte wie der Dom von Piacenza, den ich eines Abends, als er bereits geschlossen war, gemeinsam mit Manuel Ferrari erkundet habe, dem Architekten, der die Schätze des Domkapitelmuseums auf einem faszinierenden Parcours durch die Kirche neu angeordnet hat. An einer goldglänzenden Altartafel vorbei bin ich in Schächte eingedrungen und über Wendeltreppen in eine Kuppel mit unerwarteten Fresken mit der Darstellung von acht Sibyllen hinaufgestiegen, bin über Galerien hoch über der weihrauchverhangenen Apsis gewandelt und habe schließlich eine schwach beleuchtete Welt voller Messgewänder, Grabsteine, Kandelaber und alter Reliquiare betreten. Wie in der Bibliothek in *Der Name der Rose* habe ich gelauscht, wie sich das Echo meiner Schritte in einem labyrinthischen Dachboden über dem Kirchenschiff verlor, bis hin zu einem Fenster, durch das man die ganze Stadt aus der Adlerperspektive betrachten kann, und dann bin ich staunend andere Treppen hinuntergegangen und durch andere Türen mit alten Riegeln bis zu den Sälen mit den Bilderhandschriften gelangt.

Und wie Aleph tauchte in einem Reliquiar das Liber Magistri – bzw. der Kodex 65 – aus dem 12. Jahrhundert aus der Dunkelheit auf, ein Knäuel aus Licht, ein Konzentrat des mittelalterlichen Wissens. Ein Wunder, das die Welt zusammenfasst und zur Hälfte aus Noten besteht. Aus den in Quadratnotation aufgeschriebenen Melodien stieg der vazierende, psalmodierende Gesang eines Europa ohne Grenzbalken auf, mit einem dichten Netzwerk von Wegen zwischen Ökonomien und Kulturen. Nicht zufällig befindet sich nur wenige Schritte vom Altar entfernt eine Statue des hl. Christophorus, des Heiligen, der den Schwachen hilft, die Flüsse zu überqueren; ich stelle mir vor, wie er heutzutage den armen Teufeln auf den Booten im Meer beisteht, vielleicht würde er sogar wegen Schlepperei im Gefängnis landen. Der Heilige ist das Symbol für ein Europa, wo der Weg Gebet war und das Gebet Gesang. Ich sehe Heerscharen von Mönchen aus dem Norden, wie sie Hymnen singend die Alpen überqueren und durch den Po waten, wie sie Abteien gründen und in der nebeligen Ebene und den entlegensten Tälern des Apennin Musik verbreiten und so eine Welt von Geschichtenerzählern und Dudelsackpfeifern begründen.

Der Dom von Piacenza, ein strenges Ziegelgebäude, ist mein Resonanzkörper geworden. In der Sakristei singt Maddalena Scagnelli gemeinsam mit zwei weiteren Chorsängerinnen die Laudes aus dem legendären Bobbio-Antiphonale: *Beata est Maria / Virgo dulcis et pia / Candore vincis lilia / et rosa sine spina*. Drei reine Stimmen künden von der Schlichtheit des alten Glaubens. „Ich bringe Kindern Vulgärlatein mithilfe von Reimen bei, und sie verstehen augenblicklich. Sie brauchen keine interaktiven Tools und Flipcharts." In meiner großzügigen Freundin mit den blonden Haaren kocht eine ordentliche Wut. „Italien hat Musik, Literatur, Geschichte und Geografie auf dem Altar des Webs geopfert. In den Schulen wird nicht mehr gesungen. Aber wo liegt die

Grundlage der Zugehörigkeit, wenn nicht im Gesang? Italien ist im Lärm versunken", schimpft sie. „Wenn man Kinder von den Videospielen losreißt und sie jemanden singen hören, glauben sie, es handle sich um ein Wunder."

Der Abend senkt sich herab. Ich denke an den bronzenen Klang der lombardischen Glocken und stelle fest, dass mich die Reise in eine neue, unerforschte Welt führt. „Dunkel ist der Weg", singen die Klosterschwestern von Viboldone bei der Komplet, „die Armen suchen Wasser und finden keines." Die Göttin des weiblichen Gesangs bahnt sich in der Dunkelheit einen Weg, setzt sich über das Dröhnen der landenden Flugzeuge hinweg. Während der Böse Grenzzäune errichtet und den Kontinent wieder teilt, lautet das letzte Gebet im Frauenkloster: „Für die, die aufgrund von Verfolgung oder Not gezwungen sind, ihr Land zu verlassen". Die Äbtissin verabschiedet sich herzlich von uns, bevor sie zur Abendvisite aufbricht, die sie zu alten, kranken Klosterschwestern führt, und ich spüre, dass es ein Gewinn für die Kirche wäre, wenn sie sich ein wenig von der männlichen Hegemonie verabschieden würde. Der Chor singt noch immer, während sich fette schwarze Wolken über dem Blitzableiter des Kampanile blähen.

Das Knäuel. Was ist das Leben, wenn nicht ein langer Wollfaden, der über Meer, Flüsse, Berge und Grenzen führt? Wie viele schöne Begegnungen habe ich doch auf meinen Reisen gemacht. Die kurzen, aber unvergesslichen Begegnungen haben Bilder von Gesichtern hinterlassen. Hin und wieder frage ich mich, wie es dir geht, *Batjuschka* Leonid, du großer russischer Bär und Priester, der du mich in einer weißen Nacht in deinem Pfarrhaus mitten in der Tundra empfangen hast. Ich würde auch gern wissen, wo du bist, blonde Alejandra, die du mir vor Jahren auf dem Grat der Sierra de Guadarrama den Mond gezeigt hast. Was ist wohl aus dir geworden, du liebe, alte Ljuba, die du Ziegen am Ufer des Dnister geweidet hast und das Wort „Europa“ mit einer Zärtlichkeit ausgesprochen hast, zu der wir nicht mehr fähig sind? Wer weiß, ob ich dich jemals wiedersehen werde, Mauro, du Hirte des Molise, der du dich im Regen mit den freundlichen Worten „Ich begleite dich in Gedanken“ von mir verabschiedet hast. Und wie läuft es in deinem Leben, Anatolij Fedorovic, der du deiner Ziehharmonika melancholische Töne für Mädchen mit himbeerfarbenen Lippen entlockt hast, während sich die Wälder am Onegasee langsam bernsteinfarben färbten? Wie geht es dir, Atanassios, der du mir eines Morgens ein Lächeln und Garnelen geschenkt hast, die du gerade in einer Bucht der Zykladen gefischt hast? Und natürlich auch euch, Wolf und Brigitte ... die ihr eines Abends am Ufer der Donau ein großes Feuer aus Tannenzapfen für mich entfacht habt?

Guter Gott, warum reichen derartige Begegnungen nicht, um Europa zu schaffen?

Mich überkommt ein schwerer Schlaf wie in den Tropen. Ich bin erfüllt von euch, ihr kleinen lombardischen Schwestern.

4.

Gottes Triller

Muri-Gries, Südtirol

„Dafür sorgen, dass die dunklen Dinge hell bleiben."

Die Nebel über Südtirol haben sich gelichtet, die Alpen liegen in einem unerwartet strahlenden Sonnenlicht. Das Knäuel wird aufgerollt. Ich singe beim Fahren, Irene tut es mir gleich. Vielleicht suchen wir das Leitmotiv dieser Reise durch Europa. Ludwig Paulmichl, der Verleger meiner Übersetzungen ins Deutsche, hat mich auf das Kloster Muri-Gries im Bozner Stadtteil Gries mit seinen Weinbergen aufmerksam gemacht, wo Pater Urban Stillhard, ein Schweizer Mönch, als Organist und vielseitiger Musiker und Chorleiter tätig ist. Nach einem kurzen Briefwechsel habe ich ihm ein Treffen abgerungen. Ich bin bester Laune, auch das ist ein Geschenk der Klosterschwestern von Viboldone. Gemeinsam mit Milchkaffee haben sie mir gute Laune aufgetischt.

Ich frage mich, ob das Wort „Glück" nicht durch „Zufriedenheit" ersetzt werden sollte, dem Dank dessen, der sich mit dem zufriedengibt, was die Vorsehung für ihn bereithält. Ein Dank, der letzten Endes nichts anderes als das Gebet ist. „Wenn ein Mensch ganz bescheiden einen Sonnenuntergang am Meer genießt und dabei ein gutes Glas Wein trinkt, ist das auf alle Fälle ein Gebet. Sogar Gott beneidet ihn, der ja die Dinge der Schöpfung zu schätzen weiß." So mein Freund Mordechai vor einiger Zeit beim Purimfest. Mein weiser Seelen-Rabbiner.

Die Autobahn führt zwischen den Monti Lessini und dem Monte Baldo nach Norden. Es ist heiß, doch weit oben liegt noch etwas Schnee. Ich kann keine Noten lesen und weiß nicht, ob ein gutes Gehör reichen wird, um zu verstehen. „Bemühe dich, den wahren gregorianischen Gesang zu finden", hat mich der großartige Musiker Bepi De Marzi aus Vicenza vor der Abreise ernsthaft ermahnt. „Vergiss die geradezu blasphemischen Polkas, die in der katholischen Welt heutzutage kursieren. Die Klöster sind voller Scharlatane, die die Todsünde der Acedia begehen, indem sie vom ursprünglichen Gesang abweichen. Darauf darfst du dich nicht einlassen. Such die reine Melodie auf Latein, den Atem, die Ausdrucksarten, das rührende Unisono, die ekstatische männliche Stimme, überlass dich furchtlos der Schönheit des Glaubens. Im gregorianischen Choral ist alles enthalten, sogar Verdi." Ich glaube nicht, dass ich das alles verstehe. Aber eines weiß ich: Ein musikalisches Ensemble funktioniert nur, wenn jedes einzelne Mitglied sein Ego hintanstellt und dem anderen zuhört. Wenn dieses Wunder eintritt, findet die Herde zusammen.

Ich habe die Musik erst spät in meinem Leben entdeckt. Alles hat mit dem Rhythmus des Gehens begonnen. Immer häufiger hat das Gehen einen inneren Gesang ausgelöst und die Gedanken nach einem metrischen Muster angeordnet. Beim Gehen habe ich begriffen, warum ein Vers in Füße gegliedert ist. Außerdem hat das Gehen das Schreiben runder gemacht, es ähnelte immer mehr der Oralität, den alten Erzählungen meiner Großmutter. Die langen Schritte in der Ebene und die kurzen im Gebirge brachten mühelos Verse hervor. So habe ich begonnen, in Sieben- oder Elfsilblern zu denken und sogar zu träumen, und schließlich habe ich begonnen, in diesem schicksalshaften ungleichen Versmaß zu schreiben. Irgendwann habe ich herausgefunden, dass ich auf diese Weise das Wort nicht in ein Schema presse, sondern eine innere Musik freisetze, der sich die Worte letzten Endes anpassen, so wie sich Neuschnee dem Boden anpasst. In Versen zu schreiben war reine akustische Suche. Sie offenbarte das Geheimnis der Silben, die Magie der Sprache und ihrer Frequenzen.

Indem ich Verse schmiedete, nahm ich die Kraft der Stimme zur Kenntnis, den unterschiedlichen Klang der Dialekte, die wunderbare biologische Vielfalt, die sie bewahren. Ich habe begriffen, dass Schritte genauso wie Gesten und Mimik von der Sprache und die Sprache von der mithilfe des Ohrs wahrgenommenen Umgebung abhängen. Ein Engländer und ein Deutscher gehen auf unterschiedliche Weise, weil ihre Sprachen Ausdruck unterschiedlicher Weltanschauungen sind. *Zug* auf Deutsch und *train* auf Englisch können beide mit dem italienischen *treno* übersetzt werden, doch sie bedeuten nicht dasselbe, denn der *Zug* zieht etwas, während der *train* etwas mitschleppt. Die Sprache durchdringt einen schon vor der Geburt, ohne Semantik, im Körper der Mutter. Wie in Prokofjews *Peter und der Wolf* jede Person mithilfe eines Instruments dargestellt wird, entspricht in der Familie die Mutter den hellen Tönen und der Vater den tiefen. Und das Ohr ist der Sitz des Gleichgewichts, also der Wahrnehmung der Schwerkraft, und kommuniziert jeden Augenblick das körperliche Gefühl des Daseins. In ein rhythmisches Schema gepresste Worte sind eine Stütze für das Gedächtnis, weil sie der Hirnfrequenz besser entsprechen.

Ein Vers, das habe ich vor langer Zeit erfahren, ist die Bemühung des Wortes, zu Musik zu werden. Aber der Versuch ist zum Scheitern verurteilt, denn das Wort kann dabei nur verlieren. Die Musik bleibt unerreichbar. Sie ist die einzige Sprache, die mühelos die kulturellen Barrieren überwinden kann. Und da ist es passiert: Die Musik hat ernsthaft mein Leben erobert und es umgekrempelt. Und zwar mithilfe eines Jugendorchesters unter der Leitung eines Dirigenten aus meiner Heimat an der Grenze, dem European Spirit of Youth Orchestra. Ich hatte es zufällig bei einer Probe spielen gehört, es war eine Offenbarung. Schöne Jugendliche mit schönen Seelen aus verschiedenen Ländern gaben meiner metrischen Suche einen Sinn. Ohne einander zuvor gesehen zu haben, fanden sie augenblicklich zu einem Ensemble zusammen und schufen innerhalb weniger Tage Harmonie. Eine Metamorphose, die zur Metapher eines besseren Europas wurde und über den Kanal der Gefühle einen föderalen Patriotismus beförderte. So habe ich mich als Erzählerstimme zu dem Orchester hinzugesellt, um von meinem Kontinent zu erzählen. Und habe herausgefunden, dass meine Stimme zu einem Instrument wurde, oder besser gesagt, dass ich wirklich gerne eines geworden wäre. Ein Englischhorn oder lieber noch ein Fagott.

Die hohen, festungsartigen Mauern von Muri-Gries in Bozen lagen in der glühend heißen Sonne vor mir und offenbarten eine ganz andere Welt als die der Lombardei. Das Kloster Viboldone ist arm und beschränkt sich aufs Wesentliche, diese Abtei hingegen ist reich und stellt triumphierend ihre massive Bauweise, ihre landwirtschaftlichen Besitztümer, die sechshunderttausend Flaschen Jahrgangswein, die neun nach „Tiroler Art", d. h. mit Klöppelfängern ausgestatteten, bronzenen Glocken im Turm, die grünen Fensterläden und die bunten Schindeln vor dem blauen Himmel zur Schau, an dem ein Schwalbenschwarm herumwirbelt. Der Sprung zwischen den beiden Welten ist gewaltig, die Mönche hatten mich allerdings von Anfang an gewarnt: „Die Benediktiner sind kein Orden, sondern demokratische Unordnung", jedes Kloster bringt den *spiritus loci* zum Ausdruck und potenziert ihn. Die perfekte Garantie für eine an Überraschungen reiche Reise.

Die Abtei in Bozen ist Gegenreformation, Konzil von Trient, Macht der Fürstbischöfe, Festung an der Grenze, Bollwerk gegen den Protestantismus, der im stürmischen 17. Jahrhundert aus dem Norden einzudringen drohte. Ein harter, oft blutiger Kampf, viel härter als der gegen die letzten Heiden in den Alpen im ersten Jahrtausend, er tobte in jedem Tal und es kamen alle Mittel zum Einsatz: prunkvolle Bildnisse, Prozessionen, Gesänge, Reliquien, bis hin zu Kriegen, Massakern, auf dem Scheiterhaufen verbrannten Ketzern und der zwangsweisen Eindeutschung der stolzen ladinischen Bauern. Die Spuren des „Veltliner Protestantenmordes“ sind nicht weit entfernt. Nur Graubünden liegt dazwischen.

Wir gehen zunächst in die Bar gegenüber, die unter zwei riesigen blühenden Linden liegt. Eine Gruppe Deutschsprachiger spielt lautstark Karten. Sie erklären uns, wir befänden uns im schicken Teil von Bozen. „Hier gibt's keine Marokkaner“, fügt die Kellnerin ungeniert hinzu, auch um zu sagen, dass jetzt nicht mehr die Italiener die Feinde sind. Muri-Gries ist von der Stadt vereinnahmt worden, bleibt jedoch eigenständig. Von Anfang an unterstand es den Grafen von Tirol und nicht den Fürstbischöfen von Trient. Ursprünglich war es ein Kanonikerstift, dann eine Burg; der viereckige Glockenturm ist nichts anderes als ein ehemaliger Wehrturm, in den man Glocken gehängt hat. Wie in Viboldone sind auch hier die Benediktiner als Letzte gekommen, nachdem es drei Jahrhunderte lang ein Augustiner Chorherrenstift war.

Ich läute am Tor der Abtei, eine metallische Stimme antwortet in der Gegensprechanlage. Man öffnet uns, und drinnen überwältigt uns augenblicklich ein Gefühl der Leere. Unsere Stimmen hallen wie in einem unbewohnten Raum, und da die Innenräume aufgrund der dicken Festungsmauern kühl sind, gibt es auch einen beträchtlichen Temperaturunterschied. Der Portier weiß nichts von unserem Kommen, vielleicht hat Urban uns vergessen. Drinnen spricht man fast nur Deutsch, und ich krame mein spärliches Deutsch hervor, eine Sprache, die ich übrigens liebe. Dann klärt sich die Lage und wir bekommen ein riesiges luxuriöses Zimmer mit Blick in Richtung Sarntal. Ein Zimmer für Bischöfe, nicht für Pilger wie uns.

Nach ein paar kurzen Begrüßungsfloskeln bitte ich Pater Urban, mich die Stimme der Hauptorgel hören zu lassen, er scheint nur darauf gewartet zu haben. Schnell steigt er zur Empore hinauf, öffnet eine kleine Tür, dann noch eine, durchquert den Raum für die Chorsänger, setzt sich mit dem Rücken zu den Orgelpfeifen auf die Bank und dreht sich dann mit einer ruckartigen Bewegung wie ein Stierkämpfer um, bei der sich Kutte und Skapulier bauschen, landet direkt vor der Tastatur, ohne die Pedale zu berühren, und stimmt dann eine meisterhafte Improvisation an. Er ist äußerst konzentriert, als wäre er allein in der Stiftskirche: ein Mann in Schwarz, der frenetisch die siebenundzwanzig Register der Orgel zieht, um ihre außergewöhnliche Klangfülle zu demonstrieren. Er hält inne und der Klang der letzten Harmonie verhallt langsam im Kirchenschiff. „Es ist ein Irrtum zu glauben, die Orgel sei rein katholisch. Sie ist aus dem oströmischen Reich zu Karl dem Großen gelangt. Schon die Römer kannten die Orgel."

Er beginnt von Neuem. Die Harmonien sind jetzt nicht mehr mittelalterlich, sondern aus der Zeit der Renaissance, des Barock und der Romantik, sie klettern an gestikulierenden Statuen hoch, verzweigen sich nach oben in dieser Bozner Kirche, die so habsburgisch-katholisch ist und einem Baiser mit Schlagsahne ähnelt, und versinken dann gemeinsam mit den Verdammten am Altar in der Hölle abgrundtiefer Töne. Die mittelalterlichen Gewölbe im Keller hallen dumpf wider, im Bauch des Klosters verbirgt sich eine gotische Kirche mit perfekter Akustik, dort befindet sich auch das Allerheiligste mit den bauchigen Fässern voller St. Magdalener und Lagrein sowie Messwein. Doch der Ton, der jetzt weich und geschmeidig ist, halt noch nicht inne, klettert über die Mauern, um im Halbrund des mit Weinbergen übersäten Bozner

Talkessels zu verhallen, zwischen den Zinnen der Dolomiten und der eisigen Fundstelle des Mannes vom Hauslabjoch.

In der Leere von Muri-Gries finde ich genau das, was ich suche. In jeder Krypta, auf jedem Gang überkommt mich die Lust zu singen. Ich ertappe mich dabei, dass ich sogar auf den Innentreppen singe, um herauszufinden, wie sehr die alten Baumeister auf das Echo geachtet haben. Der Chor besitzt eine wunderbare Akustik, er unterstützt die Kraft des Chorgesangs mehr als die des Solisten. Ich wohne einer Messe bei, die von der deutschen Sprache, von der großartigen barocken Orgelmusik und den theatralischen Dekorationen beherrscht wird, die so prall geformt sind wie Windbeutel. Hier singt man noch das *Graduale romanum* und der mächtige gregorianische Gesang triumphiert trotz der wenigen Sänger. Von den fünfzehn Mönchen sind zwei ausgebildete Musiker, und die Präsenz des Kapellmeisters Oswald Jaeggi ist noch immer spürbar, auch er war ein Schweizer und hat Südtirol seine besten Kompositionen im spätromantischen Stil hinterlassen.

„Die Musik", sagt Pater Urban, „ist nonverbale Kommunikation, die die Menschen eint. Sie bereichert nicht nur die Seele, sondern lehrt auch menschliche Beziehungen."

Er erklärt, es gebe einen Zusammenhang zwischen der geringen Zahl der Dorfkapellen, der Schwächung des Gemeinschaftslebens und des Glaubens. „1985, als ich aus der Schweiz herkam, gab es hier achtzig Mönche. Jetzt ist nicht einmal ein Viertel übrig. Die Menschen leben heute länger, aber sie haben keine Lust, sich lebenslang zu binden. Oft entscheidet man sich erst in reifen Jahren, wenn nicht gar im Alter, Mönch zu werden … In unserer Gemeinschaft befindet sich ein Ex-Bankier, der mit sechzig Jahren eingetreten ist. Auch ein Chirurg hat das Gelübde abgelegt und unterrichtet jetzt im Gymnasium Philosophie." In diesem epochalen Wandel bewährt sich die Klosterregel und funktioniert noch immer. „Ein Universitätsprofessor aus Mainz ist der Meinung, dass es Benedikt gar nicht gegeben hat. Er behauptet, der Heilige sei eine Erfindung von Gregor dem Großen. Vielleicht stimmt das sogar. Doch was zählt, ist nur die Kraft der Botschaft. Die dreiundsiebzig Punkte der Klosterregel."

Wir steigen in die Bibliothek hinauf. Urban nimmt eine Gutenberg-Bibel aus dem Regal und blättert sie mit sarkastischem Grinsen durch: „Schauen Sie, in was für einem guten Zustand sie nach fünf Jahrhunderten immer noch ist. Eine Diskette heutzutage ist nach zehn Jahren unbrauchbar." Staubiger Pergamentgeruch, doch durch den Holzboden dringt auch Weingeruch aus dem darunterliegenden Keller. Im Refektorium liest der Organist den Mönchen aus den alten Schriften vor. Er erklärt, „die Deklamation ist eine sportliche Leistung und fast noch komplexer als das Spielen eines Instruments". Dieselbe Theorie habe ich im *Weinberg des Textes* des abtrünnigen Priesters Ivan Illich gefunden. In den Augen des Organisten ist das Mönchtum der „einzige funktionierende Kommunismus".

„Wenn die Akustik gut ist", scherzt er, „findest du *nolens volens* zum Glauben. Und wenn auch noch der Wein gut ist, bist du geliefert." Wir sind beim Wesentlichen eines heiligen Ortes angelangt, dessen Wurzeln wohl in einem weniger heiligen Raum zu suchen sind: im Keller. Im Blut Christi, das vielleicht nicht nur den Geist nährt. Hier ist die Gefahr am größten, dass das *ora et labora* zu reiner Produktivität und Betriebswirtschaft wird und das Gebet verlorengeht. Doch die Weinfässer unter den kräftigen Spitzbögen erinnern uns daran, dass die Evangelisierung Europas mit der Verbreitung der Weinreben vom Mittelmeer bis an die Mosel einhergegangen ist. Dom Pérignon war ein Weinberg der

Benediktiner, bevor er ein Champagner wurde. Warum sich also dafür genieren, dass Brot und Wein von Anfang an auch ein materielles Geschenk für die hungernden Bauern waren? Ein Grundnahrungsmittel und gleichzeitig Werkzeug der Katechese und Zugang zum Rausch des Glaubens in einem dunklen Augenblick des Kontinents?

Genüsslich nimmt Urban einen Schluck Blauburgunder und beißt ein Stück von einem mit Speck belegten Schüttelbrot ab. Er erklärt, dass das Kloster vom Vatikan und dessen Finanzen völlig unabhängig ist und sich von den Erträgen aus Gemüse- und Obstanbau und vor allem aus dem Weinbau erhält. „Die Landkarte der historischen Weingärten in Europa", sagt er, „entspricht mehr oder weniger jener der Klöster."

Jetzt ist alles klar. Das Christentum eroberte die Welt abgesehen vom Bier auch mithilfe von Wein. Bier stammt übrigens nicht aus dem Norden. Es hat eine ganz andere Geschichte. Koptische Mönche brachten die Rezeptur aus Ägypten über Kalabrien nach Europa. Ausgehend vom Kloster San Francesco di Paola, wo sie niedergeschrieben wurde, verbreitete sie sich am Apenninkamm entlang über die Halbinsel, überschwemmte die Poebene, wo die Langobarden ihre langen Bärte mit Bierschaum netzten, und überquerte die Alpen, damit die Karolinger östlich und westlich des Rheins ihren Durst stillen konnten. Es entstanden – na so was! – die Marken Franziskaner und Paulaner, und das Bier setzte seinen Siegeszug Richtung Belgien fort, wo es in der Welt der Zisterzienser und Trappisten, zwei Nachfolgeorden der Benediktiner, seinen Höhepunkt erreichte. Enzyme und Glaube haben vom Nil bis zur Ost- und Nordsee einen legendären Weg zurückgelegt.

Vor der Abtei wirbeln Schwalben. Eine ganze Wolke rund um den Glockenturm. Ihre Triller sind die letzte hohe Frequenz, die ich höre, bevor aus der nächstliegenden Bar das Tum-tum der Musik auf mich einstürmt, mit tiefen Bässen, einem betäubenden Dröhnen, das einem das Trommelfell zu zerreißen droht. Ein angesagter Rapper singt seine Litaneien auf einem musikalischen Gerüst, das höchstens aus sieben Tönen besteht. In melodischer Hinsicht eine absolute Null. Tagtäglich werden wir in ein Klangbad getaucht, in dem die hohen Töne völlig fehlen. Die der Geige, der Flöte oder die des Gedankens.

Seitdem man das Lateinische abgeschafft hat, sind offenbar auch in den Klöstern die hohen Register verschwunden, die den Mönchen vor allem beim gregorianischen Choral auf geheimnisvolle Weise neue Energie schenkten. Alfred Tomatis, ein Erforscher der menschlichen Stimme, war der Meinung, dass mit der Senkung der Tonlage auch in den Klöstern Depression und Müdigkeit eingekehrt sind und so deren Untergang besiegelt haben. Ich esse mit Irene in einer kleinen Oase der Stille unter einer Laube zu Abend. Aus den Weinbergen fällt kühle Bergluft herab und der Wein, den wir zu den Knödeln trinken, stammt natürlich aus dem Kloster. Wir sind erschöpft, die Reise durch die Welt der Benediktiner mobilisiert alle unsere Sinne.

Bei offenem Fenster schlafe ich früh ein. Ein riesiger Mond scheint ins Zimmer und begleitet mich rasch in den Traum. Und schon bin ich in der Altstadt von Jerusalem und irre durch die Gassen, in denen es von gläubigen Juden wimmelt. Ich gehe ohne Ziel, dann betrete ich zufällig eine Talmudschule, einen der Orte, in denen das Buch zu Tode interpretiert wird. Ich gehe eine Wendeltreppe hinauf, trete an eine Brüstung und sehe unter mir ein Gewimmel von schwarzen, flüsternden Kaftanen. Ein Volk von Männern, die paarweise lesen, jeder liest laut einen anderen Teil der Schrift. Die einen flüstern, die anderen jubeln, wiederum andere ärgern sich, weil sie den Text nicht verstanden haben. Manche würden das Buch sogar am liebsten zerreißen, weil es ihnen sein Geheimnis nicht offenbart. Einige schlafen erschöpft auf den Bänken.

Ich wache auf und erinnere mich. Der Tagesrest des Traums ist die Erinnerung an den Besuch in einer Jeschiwa, einem jener Orte des jüdischen Glaubens, wo man das Wort foltert und in einem erbarmungslosen Ringkampf bis ins Kleinste analysiert. Ich weiß, wie sehr die Nachkommen Abrahams stolz das Recht in Anspruch nehmen, es nach Belieben auszulegen. Für sie gibt es keine einheitliche Lesart der Schrift. Und gerade in dieser totalen Freiheit hart an der Grenze zur Anarchie erzeugt das Tohuwabohu der Betenden kein Marktgeschrei, sondern einen sauberen symphonischen Klang wie den eines Orchesters, das dic Instrumente stimmt. Das Buch ist aus dem Oralen entstanden, das das stumme Lesen verbietet. Sonst würde man nicht sagen, dass das Buch von etwas „spricht". Das ausgesprochene Wort verteidigt wie ein Schild, stützt, tröstet. In dieser Talmudschule hatte ich plötzlich das Gefühl, dass das Volk des Buches mich aufnahm, mir Schutz bot. Obwohl ich nicht zum Stamm gehöre, hätte ich mich in der Nähe ihrer Zelte niederlassen und ein Feuer anmachen dürfen. Ich hätte sogar einschlafen können, das hypnotische Gemurmel wie von einem Fluss oder Wind hätte mich in den Schlaf gewiegt.

Jetzt, wo das Mondlicht das ganze Zimmer überschwemmt, kehrt die Erinnerung an das Heilige Land zurück. Diese Reise hat beeindruckende Bilder hinterlassen. Glühende Sterne über der Wüste, die Lichter des Irak, die von den Bergen aus zu sehen waren, Kerzenflammen um heilige Ikonen, ein Tanz auf glühenden Kohlen, ein Stier, der zusammenbrach, nachdem ihm die Kehle durchgeschnitten worden war, Weihrauchschwaden, die von morgendlichen Sonnenstrahlen wie von Schwertern geteilt werden. Doch die Bilder sind nichts im Vergleich zu den Klängen. Auf Reisen reihen sich Klänge aneinander wie auf einer Partitur: eine Sequenz, die den Faden der Straße nachzeichnet. Das Heilige ist Akustik. Doch das habe ich erst nach meiner Rückkehr begriffen, als ich mir die unglaubliche Erfahrung noch einmal vergegenwärtigte. Wenn man sich auf den Klang konzentriert, verschwindet der Rest. Nur das Wort füllt die Leere, das Schweigen und das Halbdunkel. Sollte ich noch einmal von San Nicola in Bari Richtung Osten aufbrechen und durch den Balkan und Anatolien reisen, dann würde ich keinen Fotoapparat mitnehmen, sondern ein Gerät, das die Stimmen registriert.

Wind, Geflüster, Widerhall, Litanei: das macht die Reise einzigartig. Das ist der Faden des Knäuels, der meine Klöster mit Jerusalem verbindet. Ich schließe die Augen, um besser zuzuhören. Da ist die Hochebene Anatoliens, es wird Nacht, das Land schweigt, die Tore des riesigen Himmels öffnen sich. Ich spüre, dass die Wahrnehmung des Heiligen größer wird und andere Klänge anlockt. Das langsame Tröpfeln im stillen Keller der Biblioteca Ambrosiana in Mailand, wo ein wunderbar gekleideter Karl Borromäus ausschließlich im Dunklen vor einem Grab betet. Der Schrei der Schwalben am Tigris, mit Blick auf ein mit Lichtern gesprenkeltes Mesopotamien. Die Vesper-Laudes der Mönche auf der Insel San Giorgio in Venedig, wo sich eine Stimme, die den Osten sucht, in der Lagune verliert.

Ich höre alles wieder. Die Glocke von San Marco, die die Muezzins in Konstantinopel ruft. Den Chor der Ukrainerinnen, Russinnen und Rumäninnen, die sich in Italien in der Krypta von San Nicola versammelt haben. Der Klagelaut der mazedonischen Sackpfeife führt, einem Schlachtruf gleich, direkt zu den griechischen *amanedes,* den rührenden Klängen eines zwischen Ephesos und Smyrna verschwundenen Griechenland. Und dann das Gewitter auf dem Berg Athos … der Gesang der Thraker nach der Opferung des Stiers, die tanzenden Männer mit Ikonen im Arm, das Gebet zum hl. Konstantin, einem Krieger und Kaiser. Das Donnern von den Minaretten zur Stunde des Abendgebets in Istanbul: eine Welle aus Asien, die den Gesang der Griechen zunichtemachte, die von nun an nicht mehr die Glocken läuten dürfen.

In der Dunkelheit werde ich belagert von Stimmen, Gesängen und Flüstern. Ich höre das raue Keuchen, fast ein Orgasmus, der verschleierten Pilgerinnen vor dem grünen Sarg im Mevlana-Museum, dem Mausoleum des Sufi-Mystikers Rumi, und dann die Rohrflöte, mit der man im Orient den Schmerz der Trennung und die süße Abwesenheit besingt. Dann erhebt sich der Sturm der Sprachen in Antiochia, wo Türken dem Arabisch eines Muezzins lauschen, den sie nicht verstehen, wo Juden auf Griechisch beten, die Griechen auf Arabisch, die Katholiken auf Türkisch, die Syrer auf Aramäisch … und wo nur die Armenier ihre eigene Sprache sprechen, aber leise, um nach dem Genozid vor einem Jahrhundert die Türken nicht wieder gegen sich aufzubringen. Und außerdem … außerdem die Polyphonie in Aleppo, guter Gott, wie schön war doch Aleppo vor dem infamen Krieg! So volle Kirchen hatte ich zuvor noch nie gesehen, auch die Christen nannten Gott Allah, eine Armee von Gläubigen schloss die Reihen und sang düstere Gesänge.

Das Gehör ruht nie, es hat ein langes Gedächtnis, selbst nach Jahren hört es noch Stimmen. Jetzt stößt es mich heftig in den Tunnel der Erinnerungen. Ich höre die Gesänge in einem serbischen Kloster beim orthodoxen Weihnachtsfest, das Knistern des

Feuers, auf den der Badnjak – ein Eichenzweig – gelegt wird, das eisige Knistern der Sterne, das Rauschen des Flusses. Und dann im Morgengrauen das Schlurfen der Mönche, die auf den Treppenabsätzen in die Sandalen schlüpfen. Knirschen der Kirchentür, Glockengeläut, das sich im Wald verliert. Trampeln der schwarzgekleideten Männer, die die Kirche durch eine Seitentür betreten. Gesang der frommen Frauen, die auf den Grummelbass des Archimandriten warten, Antwort im Bariton, Donnern auf der Schwelle der königlichen Türen. Seufzen hinter den schrecklichen Schlitzen der Ikonostase, wo das Brotopfer vollzogen wird. An solchen Orten verschmelzen Klang und Licht. Fächerförmige Sonnenstrahlen dringen durch die riesigen Fenster des Ostens ein, durchschneiden die Weihrauchwolke und zeichnen Spuren von in der Apsis hängenden Tönen. Der Klang wohnt wie selbstverständlich in dem konkaven Raum, jeder Raum ist doch konkav wie ein Krebs in seiner Muschel, jetzt ruft er den strahlenden Tag. Kohlmeisen, Spatzen und Amseln singen draußen wie verrückt ein Loblied auf Ihn.

Und dann Ali, ein Türke aus Kappadokien. Was für eine wunderbare Begegnung! Offenbar lebt er noch immer in Ortahisar, in seinem kleinen Altwarengeschäft auf dem Hügel, am Eingang zum Labyrinth aus Felsenkirchen, unterhalb eines Minaretts, unter dem er leidet, weil die Stimme des Muezzins durch die Verstärker so laut ist. Die Staatsreligion dröhnt, sie muss Hegemonie und Macht zum Ausdruck bringen. Das Heilige hingegen zieht Stille und Flüstern vor. Das wollte uns Ali wohl mitteilen, als er uns nachts in sein steinernes Reich führte. Er wurde als „Der Verrückte“ bezeichnet, weil er den Mond anbetete und Gedichte an ihn schrieb, die er in den Kirchen rezitierte, die zuerst christlich waren und dann von muslimischen Sufis in Besitz genommen worden waren. Und zwar genau in dem Augenblick, in dem ein Strahl seines Lieblingsgestirns durch einen Spalt eindrang und einen der Sandsteinaltäre ganz hinten in „seiner“ Höhle beleuchtete.

An jenem Abend vor vielen Jahren, als plötzlich ein blauer Strahl des Vollmonds in die Höhle fiel, sagte der Türke „hör zu“ – und schwieg. Nach einer zermürbenden Pause deklamierte er keine Verse, sondern beschrieb mit der rechten Hand im perfekten Silbenrhythmus eine nach oben führende Spirale. Ein Elfsilbler, der nur aus Pausen bestand. Ein großartiger Effekt, aufgrund dessen wir ungeduldig auf die Worte warteten, die jetzt kommen würden. Und sie manifestierten sich zuerst in Form jambischer Fünfheber auf Englisch, dann in einer von Diäresen und Konsonanten durchsetzten Nomadensprache, wie geschaffen, um Essenzielles zum Ausdruck zu bringen. Dem Türkischen, einer Sprache, die den Termitenhügel des christlichen Glaubens im Herzen Anatoliens mit unerwarteten Klängen füllte.

Das Morgengrauen nach dieser magischen Nacht war unvergesslich. Zuerst krähten die Hähne. Sobald einer krähte, antworteten andere aus den Nachbartälern, bis ganz Kappadokien vor Kikerikis widerhallte. Dann bellten die Hunde, es folgte das Echo anderer Hunde von den nahen Hügeln. Zuletzt, als der Himmel schon safranfarben wurde, kamen die Esel: Herzzerreißendes Schreien zeichnete eine Landkarte der Zufluchtsorte des frühen Christentums. Nur ein Klang fehlte. Der der Glocken. Zum letzten Mal hatten Glocken vor knapp einem Jahrhundert geläutet, doch das gab niemand zu, nicht einmal die Folder zu den von Pfarrgemeinden organisierten Ausflügen. Die Maschinerie des Tourismus banalisierte alles. Der Glaube, der die Welt verändert hatte, war erst vor Kurzem erloschen und schon zu den archäologischen Funden verbannt.

Vier Uhr. Im Kloster zu Fuße der Alpen herrscht Schweigen, doch draußen in den Weinbergen hat ein Heer von Amseln zu singen begonnen, um den Tag zu begrüßen. Das Rund der Berge verstärkt ihren Gesang wie ein Kirchenschiff. Der Mond senkt sich Richtung Vinschgau, hinter den Sarntaler Alpen entzündet sich grüner Schein. Ich möchte bei der Morgenmesse dabei sein und stehe geräuschlos auf. Auf einem Blatt auf dem Schwarzen Brett steht „Tagesordnung im Kloster“ und dann „Matutin und Laudes“ um sechs Uhr. Nirgendwo steht jedoch, wo. Ich gehe über den Chor, gehe die Treppe bis zum Eingangstor hinunter, steige wieder zum Chor hinauf, verirre mich auf Gängen und in Lagerräumen. Auf dem Balken über jeder Tür steht neben dem Jahr der Errichtung die Abkürzung CMB, *Christus mansionem benedicat.* Mir ist, als würde ich immer wieder zum Ausgangspunkt zurückkehren. Und kein Gesang in der Ferne, an dem ich mich orientieren könnte.

Es gibt viele Arten von Schweigen. Peinlich berührtes Schweigen, komplizenhaftes Schweigen, das Worte überflüssig macht, ein mit Alarmsignalen durchsetztes Schweigen in der Natur, das schreckliche Schweigen der verbotenen Sprache wie Deutsch in Südtirol während des Faschismus. Und das Schweigen der Leere: das Schweigen eines Klosters, in dem nur noch ein Häufchen Mönche wohnt. Doch es gibt auch noch ein anderes Schweigen. Ein edleres. Das andere Klänge aufnimmt. Das habe ich ebenfalls am Ende meiner Reise ins Gelobte Land gehört, in einer Nacht, in der der Wind im Jordantal den Duft der Senfblüten zum Leben erweckte.

Ich stand auf dem Dach des Grabes, äthiopische Mönche zündeten rund um den Pfefferbaum Kerzen an und kauerten sich unbeweglich unter das Firmament. Während die Sterne langsam über die Kuppel des Felsendoms wanderten, sagten die Männer in

Schwarz und mit Kapuze zu mir, ich solle keinen Lärm machen, und legten dabei den Zeigefinger auf Nase und Mund. Da verstand ich, dass dies das Finale des Klanggewitters war, das ich auf der Reise gehört hatte. Gleichzeitig bildeten die Ereignisse eine Reihe und führten mich zu einem einzigen Punkt: der Krise meines alten Europa. Der Fall der Mauer, die Bomben auf den Irak, die Zwillingstürme, der zerfallende Balkan, der Syrienkrieg, die große Fluchtbewegung. Alles war auf einmal wieder da.

Ich erinnere mich, dass ich in dieser Nacht einen Komboloi bei mir hatte, den griechischen Rosenkranz, der allerdings keine religiöse Bedeutung hat, und ich ließ ihn in der magischen Stille rhythmisch durch meine Finger gleiten.

An diesem Morgen pfeift nur der Wind in den Gängen von Muri-Gries.

5.

Die Lichtmaschine

Marienberg, Südtirol

Wenn im Kloster Marienberg im Vinschgau die große Uhr am Turm über dem Kreuzgang zu Mittag schlägt, bemächtigt sich ein Knirschen und Ticken des Gebäudes und setzt sich vom Wald bis zur Lichtung auf der den noch immer schneebedeckten Ötztaler Alpen gegenüberliegenden Seite fort. Ein altes mechanisches Geräusch, an das man in Zeiten der stillen Elektronik gar nicht mehr gewöhnt ist. Es rührt von den Seilen her, die das Uhrwerk mit den anderen, insgesamt elf Scheiben an den Wänden der Abtei verbinden: ein leonardesker, Hunderte Meter langer, aus Riemen und Zugstangen bestehender Apparat, der sich anspannt und über Stollen, Rohre, Drehscheiben, Räderwerke und Kettenräder das ganze Gebäude, Gang für Gang, horizontal und vertikal, wie mit einem Spinnennetz überzieht, um allen Mönchen gleichzeitig die Uhrzeit anzuzeigen.

Von den Klippen in Irland bis Nowgorod in Russland und der Sketischen Wüste in Ägypten, von den Felskirchen Kappadokiens bis nach Gibraltar, Georgien, dem Apennin und dem Berg Athos wird das Leben der Mönche im Osten und Westen von Tausenden Uhren, Sonnenuhren, Sanduhren oder einfach dem Lauf der Sonne bestimmt. Doch bei den Benediktinern ist die Zeiteinteilung zweifellos am strengsten. Der Heilige sagte: „Siebenmal am Tage singe ich Dein Lob", und im 16. Kapitel der Klosterregel legte er einen Tagesablauf mit sieben Messen fest. Eine Lebensform, dank der die Pünktlichkeit, verstanden als für das Zusammenleben unerlässlicher Respekt, in ganz Europa zu einer wichtigen Tugend wurde.

Marienberg auf 1335 Metern Seehöhe ist das höchstgelegene Benediktinerkloster in ganz Europa. Eine kalkweiße Bastei mit grünlichen Dächern an der Grenze zum Protestantismus: eine perfekte Einführung in die Tagesroutine der Mönche, die seit dem

Hochmittelalter mehr oder weniger gleich geblieben ist. Die einsam dastehende und von überall sichtbare Festung des Glaubens, die sich an einen mit hohen, im Wind schwankenden Lärchen bewachsenen Hang klammert, könnte sich nirgendwo anders befinden als hier, denn die Heimat der Uhren, die Schweiz, ist gleich ums Eck und der Vinschgau ist eines der hellsten Alpentäler, ein perfektes, nach Süden ausgerichtetes Observatorium, wo die Berge schon reichen, um die Uhrzeit anhand des Stands der Sonne oder der Sterne oberhalb der Gipfel zu bestimmen.

Von hier führt ein Weg in das von Karolingern gegründete Frauenkloster St. Johann im Münstertal im Schweizer Kanton Graubünden, und da in der glasklaren Gipfelluft die Stunden und der Sonnenlauf praktisch ein und dasselbe sind, hat der Grenzweg auf Deutsch zwei austauschbare Namen: Stundenweg und Sonnensteig. Zum Beweis, dass auch St. Johann zur pünktlichen Welt der Benediktiner gehört und grandios deren weibliche Seiten repräsentiert. Aber der ganze Vinschgau, das Gebiet um Trafoi unterhalb des Stilfser Jochs und natürlich die Schweizer Grenzgebiete verströmen die pünktliche und unbeugsame Geschäftigkeit des *ora et labora*. Wahrscheinlich sind ansonsten nur Bauern in Nepal oder in Pakistan am Fuße des Karakorum imstande, nahezu senkrechte Hänge zu mähen.

„Sogar mitten im Winter mussten wir um halb sechs aufstehen, und gleich darauf mussten wir uns in einer Schüssel mit eiskaltem Wasser waschen. Wehe, man war faul, da wurde man sofort bestraft.“ Sebastian Marseiler, ein Bergbauernsohn aus dem Tal, der Schriftsteller geworden ist, hat in den Sechzigerjahren in frühester Jugend drei Jahre lang diese harte Klosterschule besucht. Sein Gesicht ist gebräunt und er hat wie alle Gebirgsbewohner eine wettergegerbte Haut. Er erzählt: „An den Wänden war Reif und wir hatten Frostbeulen. Die Mönche in ihren schwarzen Kutten waren hart wie Lärchen, doch sie waren sehr gute Lehrer und ich habe viel gelernt. In der dritten Klasse Mittelschule nahmen wir bereits Ovid auf Latein durch. Ohne Marienberg wäre ich bestenfalls Maurer in der Schweiz geworden. Ich bin diesem Kloster sehr dankbar, alle ‚Marienberger' sind es. Wir treffen uns einmal im Jahr, um dieses unauflösbare Band zu feiern."

Mals, Agums, Tschengls, Glurns – Malles, Agumes, Cengles, Glorenza – die Ortsnamen in diesem Winkel Südtirols, die von den Habsburgern eingedeutscht wurden, zeugen noch immer von ihrem lateinischen Ursprung und scheinen in der Höhenluft ein Loblied auf den lieben Gott zu singen. Auf Schweizer Seite offenbaren die Ortsnamen noch deutlicher ihre rätoromanischen Wurzeln: Valchava, Fuldera, Fuorn (Ofenpass), Piz Nair, Guarda, Strada, Martina. In diesem entlegenen alpinen Raum kommt ein Europa zum Vorschein, wo jenseits der Grenze nicht plötzlich eine andere Sprache gesprochen wurde, denn die örtlichen Dialekte verblichen nur langsam. Im Mittelalter und vielleicht auch später konnte jeder zu Fuß von Dorf zu Dorf gehen, gemächlich neue Vokabeln lernen und von der lateinischen Welt in die deutsche oder französische überwechseln.

Die Lärchen oberhalb des Klosters schwanken wie Segelmasten, während unten im Tal die Traktoren bei der Heuernte im Einsatz sind und Autos wie Ameisen über den Reschenpass kriechen. Der Ausblick von der Terrasse Marienbergs ist spektakulär, doch die Klänge sind noch beeindruckender: das Rauschen der Bäume und Bäche, das Pfeifen des Windes in den Festungsmauern der Abtei, der Gesang der Amseln, das ferne Hupen eines Lkws, der Ruf eines Waldarbeiters und als Hintergrundgeräusch das unabänderliche Ticken der Zeitmaschine am Turm. Alles zeugt von einer Welt jenseits nationaler Wasserscheiden und elender ethnischer Unterscheidungen. Von etwas, das das Italienische und das Deutsche übersteigt, ganz zu schweigen von der engen Kirchturmperspektive der Tourismus- und Beherbergungsbetriebe. Ich könnte zu Fuß von Kloster zu Kloster gehen, ausschließlich in Benediktinerklöstern übernachten und so den Kontinent bis zur Nordsee durchqueren. St. Gallen, Reichenau, Ellwangen, Moyenmoutier. Und dann Gorze, Saint-Remi, Saint-Riquier, Canterbury, Ely, York.

„Ich habe zu viel gelesen, um Bauer zu werden“, erzählt Sebastian, „deshalb hat mein Vater eines Tages zu mir gesagt: Möchtest du Priester oder Mönch werden? Damals war das die einzige Alternative, wenn man als Sohn eines Bergbauern gut in der Schule war. Also bin ich hier gelandet. Heute weiß ich, selbst wenn ich mein Leben änderte, würde ich Marienberg immer verbunden bleiben. Ich war damals elf und mir war gar nicht klar, dass ich drauf und dran war, meine Familie zu verlassen. Meine Mutter hatte ein leichtes Pappköfferchen für mich gepackt, mit diesem Köfferchen fuhr ich im Zug nach Mals, dann ging ich eine Stunde zu Fuß zum Kloster. Die Mönche hatten mich nach einer einfachen Prüfung aufgenommen. Am Anfang habe ich etwas geweint, dann habe ich gelernt, das häufig wiederkehrende Heimweh zu unterdrücken, sonst hätten die anderen Schüler mich gehänselt. Wer Schwäche zeigte, wurde unbarmherzig aufs Korn genommen. Wir waren fünfundvierzig, auf fünf Klassen aufgeteilt. Wir wurden jeden Tag geprüft, Schummeln ging nicht. Alle drei Wochen bekamen wir als Belohnung eine heiße Dusche, doch die Faulen mussten kalt duschen.“

Jahrhundertelang wurde in den Klöstern außer in der Küche nicht geheizt. Im Winter gefror die Tinte im Skriptorium. In der

Kirche war es dermaßen kalt, dass der Messdiener dem Priester ein kleines Kohlebecken hinstellen musste, damit er sich ein wenig die Hände wärmen konnte. In nördlichen Ländern wie Schottland oder Skandinavien waren die Temperaturen so niedrig, dass man ein spezielles geheiztes Zimmer namens *calefactorium* einrichten musste. In seinem Buch über den Alltag der Benediktiner schreibt Léo Moulin, dass die Brüder in diesem einzigen warmen Raum „beteten und lasen, zur Ader gelassen wurden oder sich die Schuhe putzten". Auch die Beleuchtung war sehr spärlich, außer in der Kirche. Vor allem bei großen Festen wie Ostern und Weihnachten verwandelte sie sich in ein Lichtermeer.

Noch vor fünfzig Jahren wurden in Marienberg nur das Studierzimmer, die Küche und der Speisesaal von großen weißblauen Kachelöfen aus dem 18. Jahrhundert geheizt. Doch das ist Vergangenheit. Es gibt elektrisches Licht, in den Schlafzimmern befinden sich Heizkörper, anstelle der von Mäusen zerfressenen Strohsäcke gibt es Matratzen, auch die Toiletten entsprechen heutigen Hygienestandards. Die Teller sind nicht mehr aus Zinn, sondern aus Porzellan, und zum Frühstück bekommt man keine frugale Brennsuppe aus geröstetem Gerstenmehl, das in zerlassenem Speck geröstet wurde, Wasser, Salz und Kartoffeln, sondern einen starken Milchkaffee mit Brot, Butter und Marmelade. Alle Antiquitäten sind in ein Museum gebracht worden. Nur eines hat sich auf diesem Altan, von dem aus man die reinsten Sonnenaufgänge und die längsten Sonnenuntergänge bewundern kann und die hochgelegenen Weinberge Südtirols paradiesisch wirken, nicht verändert: Man darf niemals an der Uhrzeit zweifeln. Denn das Ticken der Zeit liegt in der Luft. Die Uhrzeit ist allgegenwärtig. Und die Pünktlichkeit wird als Grundregel der Gemeinschaft hochgehalten.

Weihrauch, Verneigungen, Litaneien, Kniefälle. In der mittlerweile barocken Kirche wird seit fünfzehn Jahrhunderten unaufhörlich dieselbe Liturgie gefeiert. Wenn man einen mittelalterlichen Mönch in eine zeitgenössische Abtei versetzte, würde er sich nicht fremd fühlen. Die Pünktlichkeit des Gottesdienstes spiegelt die sorgfältige Organisation des Klosterlebens wieder, alles wird mithilfe einer unumstößlichen Zeiteinteilung und ehrerbietigen Befolgung der vorgeschriebenen Rituale kontrolliert und reguliert, und nur Außenstehende glauben, das sei eine Art Knigge. Mahlzeiten, Körperpflege, die Arbeit, Schlaf, die Art zu grüßen und zu trinken: In derselben Weise, wie die Metrik das Wort befreit und nicht einsperrt, scheint die Klosterregel die Suche nach einem erfüllten Leben nicht zu behindern, sondern zu befördern.

Im Mittelalter war diese Organisation des Gemeinschaftslebens offenbar etwas absolut Neuartiges und hat Außenstehende – Bauern, Kirchenmänner, Feudalherren – sehr beeindruckt. In einer rauen, wenn nicht gar von Gewalt gekennzeichneten Epoche war ein zivilisiertes Leben im Zeichen von Hygiene, Freundlichkeit und Sanftheit in den zwischenmenschlichen Beziehungen absolut unvorstellbar. Und vielleicht ist es in unserer hektischen und von zwischenmenschlicher Härte geprägten Welt auch heute schwer zu begreifen. Ordnung, Ehrerbietung, Pünktlichkeit, Schweigen, Gastfreundschaft und Rituale haben offenbar jahrhundertelang vor allem in den Klöstern, den Garnisonen des guten Lebens, existiert.

In den Klöstern ist man immer vor Morgengrauen aufgestanden. Das Licht der Sterne eignete sich am besten, um Gott in Gesängen und Gebeten zu loben. Heutzutage hat man die Matutin auf eine weniger traumatische Uhrzeit verschoben, doch früher wurden die Mönche zwischen Mitternacht und zwei Uhr aus dem

Schlaf gerissen, danach gingen sie wieder ins Bett. Dann beteten sie die Horen Prim, Terz, Sext und Non bis zu Vesper und Komplet. Allerdings ging man auch sehr früh, vor sieben Uhr abends zu Bett. *Passibus ut tacitis haec transit mobilis umbra …* steht auf einer der vielen Sonnenuhren der Abtei. Wie der bewegliche Schatten dies mit schweigenden Schritten durchläuft, so ziehen alle Dinge des Lebens vorbei.

Sebastian betrachtet seine Berge, die fernen Schneefelder, das glasklare Licht des Himmels, dann schließt er die Augen, um Bilder aus seinem Gedächtnis abzurufen. „Das Licht … ach, wie das Licht unsere Tage einteilte! Und dann die Jahreszeiten, der erste Schnee, die Farbe der Lärchen vor dem blassen Winterhimmel. Wir waren zu jung, um zu verstehen, dass das reine Spiritualität war. Heute weiß ich es."

Früher stammten die Marienberger Mönche fast alle aus dem Tal. Heute kommen sie zum Großteil von weit her. Der Abt Markus Spanier stammt aus Deutschland. Ein etwas argwöhnischer und verschlossener Mensch. Ich habe ihn lange vor meiner Reise um eine Unterredung gebeten und ihm erklärt, es handle sich nicht um eine journalistische Recherche, sondern um eine Pilgerreise. Doch umsonst. Der Abt sagte, er habe wenig Zeit und keine Pilgererfahrung. Dann begegne ich ihm zufällig, wie er eine Gruppe deutscher Jugendlicher durch das Labyrinth des Klosters führt, und ärgere mich. Ich bin immerhin nicht auf Lustreise. Doch in Südtirol hat man manchmal das Gefühl, dass alles im Zeichen des Tourismus steht. Dass sogar die Kühe nur dastehen, um ein schönes Bild abzugeben. Ganz zu schweigen von den Geranien an den Fenstern, die mir seit meiner Kindheit ein Gräuel sind.

Doch das strahlende Licht ist echt, und Sebastian, der ehemalige Schüler, führt uns ins Heiligtum und offenbart uns dessen

Geheimnis: die 1160 geweihte Krypta. Ein Ort der Andacht für alle Talbewohner. Er führt uns über eine schwach beleuchtete Treppe und öffnet eine Tür mit einem großen, alten Schlüssel, den ihm der Pförtner überlassen hat, weil er ein Ex-Schüler ist. Und da taucht im Halbdunkel ein kleiner, mit Fresken geschmückter Raum auf, ähnlich den Tuffsteinkirchen in Kappadokien, mit einem Fenster in der Mitte, das genau so angebracht ist, dass die ersten Sonnenstrahlen aus dem Planeiltal hereinfallen und das Allerheiligste erhellen. Ringsherum nahezu byzantinisch anmutende Engel und Heilige. In den Alpen gibt es nichts Vergleichbares. Fresken aus der Zeit Friedrich Barbarossas und Hildegard von Bingens.

Wenn das reine Berglicht in die Dunkelheit fällt, geraten die himmlischen Heerscharen ein wenig in Bewegung. Elegantes Flügelschlagen, ein Rudern von Händen und Füßen, ein Wehen von Umhängen, staunende und freudige Blicke setzen sich wie ein Schauern zur Figur des Pantokrators fort, und im Halbdunkel breitet sich verblüfftes Flüstern, unterbrochen von Seufzen, aus. Die Engel bewegen sich, sprechen, bringen die ganze ursprüngliche Kraft des Frühchristentums zum Ausdruck. Ich sehe Byzanz, allerdings ohne die strenge Würde, den vorchristlichen Mystizismus des Ostens, die Askese der Pythagoreer und der jüdischen Essener, die Spiritualität der Platoniker, die Einsamkeit der Propheten Elias und Johannes des Täufers in der Einsiedelei, die Wüste der koptischen Eremiten. Lauter Strömungen aus dem Osten. Der Tempel Jerusalems blickte nach Osten, dann imitierten die Christen die Juden, und in den Kirchen trat die Ausrichtung nach Osten an die Stelle der Süd-Ausrichtung, wie sie bei den wichtigsten römischen Bauten noch üblich gewesen war. Heute verwenden wir für „die Richtung suchen" nach wie vor das Wort sich *orient*ieren. Es ist grotesk, dass diese wunderbare Krypta nur deshalb überlebt hat, weil die Wände im Barock weiß getüncht wurden und der Raum als Urnenhain und Gruft für die Särge der Mönche diente. Angesichts eines derartigen Missbrauchs fragt man sich, ob die Wahrnehmung des Heiligen nicht bereits im 17. Jahrhundert gestorben ist und der Glaube allenfalls durch Inszenierung ersetzt wurde.

Der alte Pater Pius, den wir zufällig in dieser wunderbaren Licht- und Gebetsmaschinerie treffen, ist wie Sebastian mit elf Jahren hier gelandet. Er erzählt, die Fröhlichkeit unter der harten Schale der Mönche und ihr Humor hätten ihn sofort eingenommen. Doch er beklagt auch, dass der enge Kontakt zwischen Marienberg und Südtirol abgebrochen ist, obwohl im Lauf der Jahrhunderte von dort die meisten Novizen kamen. „Heute kommen die Hälfte der Mönche aus Deutschland, Österreich und der Schweiz. Nur wenn es uns gelingt, aufs Neue und ernsthaft in den wahrhaft christlichen Geist einzutreten, können wir die Beziehung zum Tal wiederherstellen." Ich frage ihn, ob es einen Hoffnungsschimmer gibt. „Heute versuchen die jungen Leute mehr im Einklang mit der Natur zu leben als vor zwanzig, dreißig Jahren, und nirgendwo kann man diesen Wunsch besser realisieren als in einem Kloster. Vor allem in diesem. Hier erlebt man den Wechsel der Jahreszeiten und das Spiel der Wolken auf ganz eigene Weise", ist seine Antwort.

Der Abend senkt sich herab. Das Licht verwandelt sich, während sich der Wind gemeinsam mit der Etsch nach Süden, Richtung Laatsch aufmacht, die Roggenfelder kämmt, die Obstwiesen streichelt, und dann nach Osten, Richtung Meran abbiegt. Oberwind wird er genannt. Er bestäubt die Pflanzen, und deshalb nennen ihn die Menschen aus dem Tal dankbar Vater des Brots.

Die Tannen wiegen sich harmonisch im Wind. Kühe kleben an den steilen Wiesen und käuen ruhig wieder. Eine letzte Schwalbenexplosion um den Turm des Klosters. Unten breitet sich Schatten wie ein Tintenfleck aus, doch der beeindruckende Südhang der schneebedeckten Ötztaler Alpen leuchtet in einem orangen Licht.

Am nächsten Tag brechen wir früh Richtung Grenze auf. Seit meiner Kindheit habe ich sie in guter Erinnerung. Die Grenzpolizei wollte die Grüne Versicherungskarte sehen, mein Vater zeigte sie ihnen durch das Fenster des Kombis, und die Österreicher machten ihm ein Zeichen, weiterzufahren. Ich war so klein, dass ich vom Rücksitz aus gerade mal den Gürtel des Zöllners mit der groben, olivgrünen Hose sah. Mit diesem oberflächlichen Ritual vollzog sich in den Fünfzigerjahren die Grenzüberschreitung am Reschenpass oder am Brenner. Vor allem über den Brenner fuhr man mit einem fast erregenden Schauer, denn beim Fleischer Alois Flickinger in Gries, einem Dorf mit dreißig Häusern und einem spitzen Kirchturm, kaufte man Räucherspeck. Außerdem Rum, Schwarzbrot, weiße Pfefferminzbonbons in der Form von Münzen. Österreich hatte für mich den Duft von Pfefferminzbonbons.

Genauso begeistert fuhren die „Deutschen“ nach Sterzing hinunter und kauften in Maria Bernmeisters unglaublichem Bazar Unmengen Puppen, Holzgondeln und Chianti. Für sie bestand Italien im Duft nach Fleischragout und gestikulierenden südlichen Zöllnern. Sie kamen im Motorradgespann oder im VW-Käfer, mit dem glücklichen Blick der Nordländer, die ins Land der Zitronen unterwegs sind. Der Krieg war erst seit Kurzem vorbei, und einer von zehn hatte nur ein Bein oder war in anderer Weise invalide. Nicht einmal die Bombenattentate, die im Namen der Heimat die Hochspannungsmasten Südtirols zum Einsturz brachten, konnten die Geschäfte beeinträchtigen. Wegen der Terrorbekämpfung wurde die Grenze vom Heer bewacht, aber für uns war es ein Fest, sie zu passieren.

In weiten, sanften Kurven fahren wir zum Reschenpass hinauf, die Reise verläuft nun entlang der Via Claudia Augusta, dringt ins Herz der Alpen vor. Ich habe viel Zeit an der österreichischen Grenze Südtirols zugebracht, ich kenne hier jeden Berg. Mein Vater war Offizier, und in den Sommer- und Winterferien verbrachte meine Familie immer einige Wochen in den Soldatenhotels, die man in Südtirol und im Friaul in ehemaligen k u. k Kasernen eingerichtet hatte. In Tarvis und Gossensaß waren Heerscharen von Alpini mit Maultieren unterwegs und hinterließen eine Spur von Exkrementen, selbst im Urlaub gaben sich die Berufssoldaten einer aufregenden Illusion wie in Buzzatis *Tatarenwüste* hin. Sicher, man ging oft „drüben" einkaufen, doch die Präsenz des Heeres wurde wie selbstverständlich hingenommen, sie war eben notwendig, um die heilige Grenze der Heimat zu bewachen. Nur den wenigsten war bewusst, dass der Brenner im Lauf der Jahrhunderte nie eine Grenze gewesen war und der Limes Österreichs sich bis 1918 am Gardasee befunden hatte.

Die Grenze war meine Welt und ich erlebte unbewusst das Drama der Option und der Juden, die vor weniger als fünfzehn Jahren in Zügen von hier aus nach Auschwitz deportiert worden waren. Meine Mutter, die österreichischer Abstammung war, hatte mich mit einer kurzen Lederhose und einem dunkelgrünen Tirolerhut mit Hahnenfeder und einer Menge bunter Abzeichen ausgestattet, die von Pässen der Schweizer und Julischen Alpen stammten. Ich wanderte zum Becherhaus ganz hinten im Pflerschtal und jeden Sonntag um zehn konnte ich es gar nicht erwarten, die Tiroler Schützen zu sehen, ohne zu wissen, dass sich in deren

Trommelwirbel eine identitäre Botschaft verbarg und meine Wurzeln mitteleuropäisch waren.

Vor allem der Brenner war ein Ort der Begegnung und des Austauschs. Die Züge funktionierten, es herrschte ein ständiges Kommen und Gehen, und der Rangierbahnhof war ein faszinierendes Universum. Lokomotiven keuchten von Franzensfeste herauf und begegneten massigen Triebwagenführern der Österreichischen Bundesbahnen. Ein hünenhafter Maurer namens Andreas Untertoller nahm mich auf die Knie und sprach ein faszinierendes Mischmasch aus Deutsch und Italienisch. Die Eisenbahnerhäuser gleich an der Grenze wurden von legendären Menschen bevölkert, die mit mir Pilze suchen gingen. Sie wussten, wie man über die Grenze ging, ohne sich von der Polizei schnappen zu lassen, und wo man unter dem Blätterteppich im österreichischen Wald fri sche Steinpilze fand.

Dann kam die Zeit der Lastwagen. Von November bis März schwärzten die Abgase den Schnee. Manchmal begann die Schlange schon in Mauls, 25 Kilometer vor der Grenze. Es gab keine Bombenattentate mehr, Italiener und Südtiroler hatten in Bozen ein friedliches Abkommen geschlossen, und ich streifte mittlerweile mit den Skiern durch unberührte Berge, in denen es noch keine Liftanlagen gab. Weil ich immer wieder hier auf Urlaub war, kannte ich inzwischen jedes Geheimnis der Südtiroler Täler. Ich kannte sie besser als die Zöllner. Man stieg mit Seehundfellen auf und fuhr nach Obergurgl oder zur Nürnberger Hütte im Stubaital ab. Wer weiß, wie oft ich am Ötzi vorbeigefahren bin, dem Urahn aller Grenzgänger, der damals noch im Schnee ruhte. Nachdem ich mir in einer Rinne ein Bein gebrochen hatte, lernte ich im Krankenhaus die ersten Brocken Deutsch. Nach wie vor hier, nahe der Grenze.

Die Zeit der neuen Mauern war noch in weiter Ferne. Europa feierte seinen Frühling, die Grenze, dachte ich, würde sich noch weiter öffnen, der Brenner war nur noch eine Formalität. Im Juli 1989 lernte ich im Zug nach Innsbruck einen Wiener namens Jozsef Barna kennen, der in Ungarn zur Welt gekommen und nach dem Ungarnaufstand 1956 geflohen war. Er erzählte mir von seiner Flucht, von seinem Leben als Emigrant und dass er es geschafft hatte. Er betrachtete die Tannen, die am Fenster vorbeizogen, und sagte: „Die Heimat ist das Land, das dich nährt, und für mich war Österreich sofort die neue Heimat. Ich bin Österreicher geworden. Die neuen Einwanderer sind nicht so. Sie bleiben Fremde." Erst vor wenigen Tagen war der Eiserne Vorhang genau an der Grenze gefallen, die er unter Lebensgefahr überschritten hatte. Eine Befreiung, dachte ich. Doch Herr Barna war nervös. Er fürchtete, das kleine Österreich könne dem Ansturm der befreiten Völker nicht standhalten.

Tatsächlich folgte der Balkankrieg, Flüchtlingsströme setzten sich wieder in Bewegung, und diesmal überquerten Bosnier, Kosovaren, Serben die Grenze. Viele blieben in Italien, doch die meisten träumten von Deutschland. Österreich tat, was es konnte, nahm sogar die Tschetschenen auf, die vor Putins Repression flüchteten. Am Anfang fanden die Neuankömmlinge ein Schlaraffenland vor. Sozialstaat, 2000 Euro für Familien mit drei Kindern, Wohnbeihilfe. Der Slogan des Wiener Bürgermeisters lautete „Humanität und Ordnung". Doch dann kam Sand ins Getriebe. Das kleine Österreich unterschrieb ängstlich die Schengener Abkommen, und die Ängstlichkeit schlug sich nieder in Wählerstimmen für Jörg Haiders Populisten.

Der Pass, dann hinunter nach Nauders, Finstermünz, durch die Innschluchten, über die Straße, die Richtung Landeck breiter wird. Ich kenne jeden Meter, jede Kurve dieses Tals. Die Wiesen sind noch immer dieselben, doch die Atmosphäre hat sich verändert. Zu viele Kontrollen, zu viele Uniformen, zu viel Druck an der alten Grenze. Man spricht wieder von Schranken und Zäunen. Europa ist zerbrochen, schottet sich ab, wird schwach, macht genau das, was Islamisten, Russland, Amerika und China erwarten. Ausgerechnet jetzt, wo wir einander in Europa immer ähnlicher werden, wo jeder dasselbe globale Dorf bewohnt, wo wir alle entwurzelt sind, dieselben Flüchtlings- und Finanzkrisen erleben, ausgerechnet jetzt verbreitet sich die gefährliche Illusion, dass es besser wäre, sich abzugrenzen.

Ich habe ein Laster: Ich lese Landkarten. Schon seit meiner Kindheit. So hat meine Kenntnis der Welt begonnen, auf Landkarten, die mein Vater aufschlug, bevor er mit mir in den Alpen wandern ging. Die Straßen über den Reschenpass und den Arlberg kannte ich zuerst auf der Landkarte auswendig, dann lernte ich sie erst in Wirklichkeit kennen. Ich kenne Europa wie meine Westentasche und weiß, was es umgibt und bedroht. Noch nie in der Geschichte haben wir so viele gemeinsame Probleme gehabt, doch Europa streitet, anstatt zusammenzurücken, stellt Zäune auf, teilt sich, stellt die Demokratie in Frage. Es verleugnet seine Wurzeln. Vergisst, dass es ein Land der Regeln ist. Das Land Benedikts.

Das Auto fährt ins Rheintal hinab, innerhalb von drei Stunden haben die Gewässer dreimal die Richtung geändert. Mittelmeer, Schwarzes Meer, Nordsee.

Ich befinde mich im Herzen des Kontinents, und die Vision nimmt in ihrer Klarheit nahezu groteske Züge an. Seit einigen Jahren diktieren uns ausgerechnet die ehemals kommunistischen Länder der EU die Politik: Polen, Ungarn und andere Länder des ehemaligen Warschauer Pakts. Wir sollten die manipulierende Kraft der Regierungen, die bis in die jüngste Vergangenheit mithilfe von Angst regiert wurden und die gewaltsame Teilung eines ganzen Landes, Jugoslawiens, vorangetrieben haben, nicht unterschätzen. Wir müssen erkennen, dass manche nur darauf warten, unsere Demokratien auszuhebeln, uns zu einer Kolonie zu machen und die Ausplünderung des Planeten fortzusetzen.

An der Schweizer Grenze gibt es sie wieder: Zoll, Grenzpolizei, Wechselstube und die Aufforderung, die Grüne Karte zu zeigen. Das alte, tröstliche Ritual kehrt zurück. Wir fahren weiter, mit dem Verdacht, dass das Europa der Passkontrollen nicht abgeschafft ist.

6.

Die Apotheke der Seele

St. Gallen, Schweiz

Auch in St. Gallen veranstalten die Schwalben ein Konzert. Zu Hunderten wirbeln sie um die Zwillingstürme der Kathedrale, gleiten mit ihren wie zu einem Kruzifix ausgebreiteten Flügeln über den Platz, streifen uns, scheinen der zur Sonntagsmesse versammelten Menge einen blitzschnellen Segen zu erteilen, dann heben sie ab, verdichten sich trillernd zu einer Wolke, die gleich darauf wieder ausfranst. Die Schwärme erzählen, dass vor vierzehn Jahrhunderten ein strenger Mönch namens Gallus aus Irland aufbrach und sich nach einer langen Reise über den Kontinent hier mitten in einem Wald voller ungläubiger Heiden niederließ, in einer Hütte am Ufer der Steinach, nur ein paar Kilometer vom Bodensee entfernt. Das war anno 612. Heute gibt es das Benediktinerkloster nicht mehr, das auf dem Boden dieser ersten Kapelle entstanden ist. In der heutigen Kirche ist ein pompöses Rokoko an die Stelle der mittelalterlichen Schlichtheit getreten, die Väter des Glaubens sind verschwunden. Nicht jedoch die Schwalben. Wie in Praglia, Sankt Ottilien, Viboldone, Muri-Gries und Marienberg besuchen sie noch immer diesen Ort und stimmen ein Dankes-Te-Deum für den lieben Gott an. Ihr Federkleid, das so schwarz ist wie die Kutten der Mönche, bezeichnet die Topografie des Heiligen im Abendland.

In der westlichen Apsis halten sich fünf Chorsänger streng an die gregorianische Notation, doch die Seele des Ortes befindet sich woanders. Gewiss ist sie nicht in den üppigen barocken Dekorationen dieser riesigen Kirche zu finden, die offenbar nicht errichtet wurde, um die Kraft der ursprünglichen christlichen Botschaft zu preisen, sondern um sie zu verschleiern. Auch hier hat die Gegenreformation die mittelalterliche Schlichtheit geopfert, um den Protestantismus auf demonstrative Weise zu bekämpfen. Und die Seele von St. Gallen ist auch nicht in den beiden riesigen

Glockentürmen zu Hause und auch nicht in den mächtigen Chororgeln mit ihren Türen, Stollen, Schränken und Holzdekorationen, deren Hebel und Blasebälge sich unter dem Hauptaltar befinden. Den Geist der Gründer muss man woanders suchen. Im Plan der dreischiffigen romanischen Vorgängerkirche, im mittelalterlichen Untergeschoß, in der Krypta, wo Gallus' Schädel aufbewahrt wird, und in der Krypta des ersten Abts, des hl. Otmar, der von den Alemannen jenseits des Rheins abstammte. Man spürt ihren Geist in den naiven Darstellungen des Bären, den Gallus im wilden Wald zähmte, oder des legendären Fasses, in dem der Wein nicht versiegte, auf den Gemälden neben dem des Klostergründers. Oder in der irischen Glocke aus dem 7. Jahrhundert, die die ersten Gläubigen in den Alpen zum Gebet rief. Dem ältesten Objekt der Kathedrale.

Angeblich spürt man in der Krypta eine enorme Energie, und gewiss spürte auch Gallus diese Kraft, der hier die erste Kapelle erbaute, nachdem er das Land in den Alpen mit vielleicht noch druidischer Intuition erkundet hatte. Ohne diese ursprüngliche christliche Bastion würde man die Stadt im Osten der Schweiz wahrscheinlich nicht verstehen. Nicht einmal die Lage, denn St. Gallen beherrscht die Landschaft nicht, es liegt nicht hoch oben über dem See und mit Blick auf die hohen Berge, sondern verkriecht sich in einem Tal zwischen zwei Hügeln, als wolle es nicht gesehen werden. Der Pilgermönch, der über den Atlantik gekommen war, musste sich nämlich zuerst einmal vor den Gebirglern verstecken und den Ort mit äußerster Vorsicht bekehren. In den Alpen hielt sich das Heidentum hartnäckig – so hartnäckig, dass Gallus' Reisegefährte, der hl. Columban, der von den Heiden in Brigantium, dem heutigen Bregenz, mit dem Tod bedroht wurde, nach Italien weiterzog, wo er jenseits des Po das Kloster Bobbio gründete, auf einem Land, das ihm die Langobardin Theodelinde geschenkt hatte.

Doch in gewisser Weise ist auch die Schweiz von benediktinischem Geist durchtränkt. Er äußert sich in der nahezu obsessiven Wahrnehmung der Zeit, der Pünktlichkeit, der sorgfältigen Raum- und Zeiteinteilung, dem helvetischen Bedürfnis, selbst die unwegsamsten und wildesten Orte einer Regelung zu unterwerfen, der Manie, alles einzuzäunen und keine Flächen brachliegen zu lassen, keine Freizonen, in denen sich Spuren verwischen könnten. Ganz zu schweigen vom Käse, der mittlerweile zur Identität des Landes gehört und ursprünglich mit den raffinierten Methoden der Mönche aus dem Apennin hergestellt wurde. Genauso wie Wein, Bier, Met und Kräuterschnaps. Auf den Spuren der großen Klöster, den einzigen Betrieben, die imstande waren, die für den Vorgang nötige Milchmenge zu produzieren, kann man die Verbreitung der Käsereitechnik von Mittelitalien bis zu den Ländern am Rhein, Flandern und den britischen Inseln nachverfolgen. Ohne die Benediktiner gäbe es gewisse edle Käse der Trappisten wie Munster oder Chaligny nicht. Um die Apenninbewohner von ihren absurden Minderwertigkeitskomplexen zu befreien, müsste man ihnen vor Augen führen, dass die Käse in den Alpenländern italienischer Abstammung sind.

In der Kathedrale treffe ich Peter Erhart, den Stiftsarchivar. Beim Mailen kann man sich das Aussehen seines Gesprächspartners nicht vorstellen, und aus irgendeinem Grund erwartete ich einen gebeugten älteren Herrn, der zwischen staubigen Regalen geboren und aufgewachsen ist. Stattdessen kommt mir ein junger schlanker Mann im T-Shirt entgegen, fröhlich und von der Bergsonne gebräunt, mit blaugrünen Augen und strohblondem Haar. Er stammt aus Vorarlberg – dem Land der Straßenräuber, die den hl. Gallus zwangen, sich zu verstecken, und den hl. Columban, über die Alpen weiterzuziehen –, ist verheiratet und hat Kinder, und abgesehen von seiner Leidenschaft für eine Arbeit, die ihn im Geiste zu den Wurzeln des Christentums führt, und einer Familiengeschichte, die ihm den Weg gewiesen hat, hat er nichts von einem Mönch an sich. „Mein älterer Bruder hat sich entschieden, Benediktiner zu werden. Als er weggegangen ist, war ich zehn Jahre alt. Ich habe ihn jeden Sommer besucht, dann bin ich mit ihm nach Rom, auf die päpstliche Hochschule Sant'Anselmo gegangen. In Rom habe ich schließlich eine Doktorarbeit über das Mönchtum in Italien geschrieben."

Peters Enthusiasmus ist von Anfang an ansteckend. „Hier offenbart sich das ganze dokumentarische und archivarische Geschick des Ordens. Das Archiv gehört nicht nur zu den ältesten auf der ganzen Welt, hier werden auch die originalen Gründungsurkunden aus der Zeit der Merowinger aufbewahrt."

Schon die Holzbibliothek der ehemaligen Abtei, eine der berühmtesten der ganzen Welt, besagt, dass man über die Schwelle eines Heiligtums tritt. Die Inschrift über der Tür, PSICHE IATREION, Apotheke der Seele, bereitet einen auf ein barockes Wunder vor, das man, um den Boden nicht zu ruinieren, nur mit Filzpantoffeln betreten darf und in dem die Besucher ehrfurchtsvoll und bewundernd flüstern. Ein Raum von perfekter Harmonie, mit Regalen voller Bücher aus der Renaissance, wunderbaren Tischlerarbeiten, Galerien und Fensternischen mit Klapptischen, die extra angefertigt wurden, damit die Mönche bei Tageslicht lesen konnten. Hier kann man sich leicht einen Großen der Literatur vorstellen, wie er Handschriften studiert. Über einer Tür ein Gemälde mit einem Christus nach der Kreuzesabnahme, er liegt tot da wie auf einem Seziertisch: das Symbol einer Welt, in der

Gott dem Untergang geweiht ist und das Halbdunkel des Heiligen vom Licht der Wissenschaft erbarmungslos vertrieben.

Aber das Beste des enormen Schatzes an Erinnerungen wird im Bunker verwahrt, einem unterirdischen Raum, zu dem Besucher keinen Zugang haben und den wir nur dank unseres äußerst kundigen Führers betreten dürfen. Peter öffnet das Schloss einer gepanzerten Tür, streicht zärtlich über Wände und Regale, schaltet die Alarmanlage der Lade mit den kostbarsten Dokumenten ab und holt äußerst vorsichtig einen Ablassbrief des päpstlichen Hofes in Avignon mit einem Dutzend Siegeln hervor, die im muslimischen Spanien hergestellt wurden. „Damals benutzten die Päpste problemlos die Erzeugnisse des Islam", sagt der Herr der Pergamente lächelnd. Und das ist nur die Ouvertüre zu einer Reise in die Vergangenheit.

Anno 926: ein Dokument berichtet über eine Flucht aus dem Kloster wegen eines Ungarneinfalls. Und da ist auch die berührende Aussage eines Novizen, der der Welt entsagt, die Profess ablegt und der Klosterregel Gehorsam schwört. Da sind auch die ersten irischen Pilger, die das Grab ihres Heiligen Gallus besuchen. Und eine reiche Landbesitzerin namens Pietas verkauft Abt Otmar Gründe am Zürichsee, um sich mit ihrem Gefolge eine Pilgerreise nach Rom leisten zu können, und erhält im Gegenzug siebzig Goldstücke *et cavallos quinque cum saumas et rufias* (fünf Pferde mit Zaumzeug und Sätteln).

Ergriffen berühre ich die Geschichte, wie ein Blinder das Braille-Alphabet. Ich atme den Geruch der Codices ein. Ich betrachte die transparenten Farben der von einer Lampe beleuchteten Miniaturen. Ich höre zu, wie die Blätter rascheln. Die Zeit wird so sinnlich erfahrbar, dass ich das Papier am liebsten kauen würde, so dankbar bin ich ihm. So wie ich als Kind die Buntstifte angeknabbert habe. Und als Peter ein Dokument aus dem Jahr 780 aus der Lade zieht, in dem Karl der Große eine Steuer einführt und das Dokument persönlich besiegelt, indem er seinen Ring mit dem Bild des Kaisers Antonius Pius in Wachs taucht, ist der Druck der Hand auf das heiße Wachs so spürbar, dass ich die Geste imitiere und eine Faust mache. Der wundersame Effekt der Reliquie, den der Orient viel unbefangener genießt als wir, die wir Jünger Descartes' sind. Und die Reise führt noch tiefer in die Vergangenheit, in die Zeit der Merowinger, als von den Schreibern zum ersten Mal Pergament verwendet wurde.

„Wenn wir weiterhin Papyrus verwendet hätten, wäre dieser ganze Schatz schon zu Staub zerfallen. Pergament ist viel langlebiger und hat zur Rettung vieler Dokumente aus klassischer Zeit, die von den Mönchen kopiert wurden, beigetragen."

Peters Augen glänzen, während er mit den Fingerspitzen eine Bilderhandschrift aus dem 12. Jahrhundert aufschlägt. „Wenn man bedenkt, dass für ein Buch die Haut von hundert Schafen nötig war, kann man sagen, dass unsere Erinnerung an die Antike blökt und stinkt."

Schafe. Daher rührt also der intensive Geruch in der Bibliothek von St. Gallen. Ein typisch italienischer Geruch. Jede spiralförmige Säule, jedes Kapitell, jeder Architrav, jede Bibliothek, jeder Weg durch den Apennin ist durchdrungen vom Blöken, spricht vom Auftrieb der Herden und verzweigt sich in ein beeindruckendes Netz von Triftwegen. Die ganze Kultur der Halbinsel zeugt von der Wanderung der Schafe von Alm zu Alm. Alles hat im Süden begonnen. Die Alpen waren Nachzügler. Das Pergament bestätigt, dass nicht der Norden, sondern das in Vergessenheit geratene Italien der Hirten im Zentrum stand. Und seine benediktinische Seele.

Aus Pergament ist auch die detaillierte Darstellung eines Klosterbezirks, die als erste die ideale Gestaltung einer Klosteranlage zur Karolingerzeit zeigt. Der Klosterplan besteht aus fünf zusammengenähten Teilen aus Pergament und zeigt ein Bauprojekt von perfekter Funktionalität: ungefähr fünfzig Gebäude, die eine autarke Welt bilden und in existenzieller, ökonomischer, kultureller, religiöser und administrativer Hinsicht vollkommen transparent sind. Ställe, Werkstätten, Latrinen, Zellen für Mönche und Novizen, Schulräume und Studierzimmer, Küche, Lager, Krankenzimmer für die Armen. Und außerdem die Kirche, ein Kreuzgang, ein Lager für Bücher und das Skriptorium. Auf dem St. Galler Klosterplan wird dieser Raum zum ersten Mal in der abendländischen Geschichte dargestellt. Man liest aus ihm das geschäftige Treiben der Mönche, Bauern, Reisenden und selbst der Schwalben, die bis heute die Kathedrale aus dem 18. Jahrhundert umschwirren.

Zu den ehrwürdigsten Dokumenten St. Gallens gehören die Handschriften aus Irland, die die Mönche aus dem Norden in ihren Tragsäcken mitgebracht haben. Bilderhandschriften und solche mit Notationen des gregorianischen Gesangs und anderer Melodien, die Angelpunkte der christlichen europäischen Literatur. Manuskripte, die wie Reliquien verehrt werden und wie das *Book of Kells* und das *Book of Durrow* auf der irischen Insel von einer Spiritualität zeugen, die von Mönchen und nicht von Bischöfen getragen wurde, strenge Buße verlangte und die Tonsur einführte, bei der der Schädel bis auf einen Haarkranz kahlgeschoren wurde. Ein unbekannter Schatz des keltischen Mönchtums, das sich in einem Land verbreitete, das von den Römern nicht erobert worden war und nach dem Vorbild des hl. Patrick halb Europa bekehrte. Aus diesen Handschriften spricht die ganze Kraft des Frühchristentums. Und dank der Mönche, die von dieser von

Atlantikstürmen gepeitschten Insel am Rande Europas stammen, wird die Beichte zu einer häufigen, sogar täglichen Praxis. Eine Revolution gegenüber der Vergangenheit, als man die Beichte als einsamen Akt der Buße betrachtete, den man nur einmal am Ende des Lebens vollzog.

Ich frage Peter, wie die Bibliothek es geschafft hat, diesen enormen Schatz zu bewahren. Wobei die größte Gefahr nicht in Überfällen und Kriegen, sondern in Bränden bestand, die seinerzeit ganze Dörfer im Handumdrehen in Schutt und Asche legten. Der Wächter der Manuskripte lächelt, als wolle er sagen: Glaubst du, die Mönche hätten keine Vorsorge getroffen? Und erklärt, dass sich die Abteien hingebungsvoll um die Bewahrung für sie wichtiger Dokumente kümmerten, immerhin bildeten sie die rechtliche Grundlage ihres Besitzes. Im Mittelalter war das Archiv so wichtig, dass im Fall von Invasionen, Bränden oder Überschwemmungen als erstes die Dokumente in sogenannten „Fluchtkisten" gerettet wurden. Ein wunderbarer Begriff, kaum vorstellbar in unserer Welt, die jeden Respekt vor dem Papier verloren hat. Bei dem großen Brand, der 937 die Abtei vernichtete, wurden alle Manuskripte gerettet; sie waren in einen befestigten Turm gebracht wurden, der extra zu diesem Zweck vom St. Gallener Abt Hartmut errichtet worden war, ein Name, der aus einem Roman von Tolkien zu stammen scheint.

Tja, das Feuer. Das barbarische Feuer, ein alter Bekannter Europas. Ich sehe den Brand im Kloster aus *Der Name der Rose* vor mir, die von der Inquisition verbotenen und verbrannten Bücher, den Scheiterhaufen Giordano Brunos auf dem Campo de' Fiori in Rom, den Brand in der Bibliothek von Sarajewo, die Fackelzüge der Nazis. Bilder steigen auf: Hexen und Ketzer werden bei lebendigem Leib vor Bischöfen und dem Pöbel verbrannt, die

Zerstörung der Bibliothek von Alexandria, das Gesicht von Josef Goebbels bei der Bücherverbrennung. Funken sprühen bis in den dunklen Himmel. Das alte Europa probt zuerst die Vernichtung der Bücher und macht sich dann an die der Menschen.

In St. Gallen haben die Schweizer Gegenmaßnahmen getroffen. Sie haben alle Dokumente fotografiert und auf Microfiches gespeichert, dann haben sie neue, moderne Fluchtkisten aus feuerfestem Material fertigen lassen und sie so auf die Regale gestellt, dass man die Bücher noch immer gut sehen und konsultieren kann.

„Die Arche der Erinnerung kann in wenigen Minuten geleert und die Bücher können an einen sicheren Ort gebracht werden", verkündet Erhart stolz, und dabei wirkt er wie der glücklichste Mann auf Erden inmitten seiner jahrtausendealten Schätze.

„Europa", sagt er leidenschaftlich, „existierte schon damals, in den Köpfen der Menschen gab es nicht die Grenzen von heute."

Er erzählt, dass die Bewohner des Abendlands daran gewohnt waren, enorme Strecken zurückzulegen.

„Stellt euch vor, die Abteien tauschten Listen von Mönchen aus, um mehr Fürbitten lesen zu können … das war das Facebook des Mittelalters …"

Besser als wir Zeitgenössischen, denke ich, die wir Mauern bauen und uns dabei mit Slogans wie *sans frontières* beschwichtigen.

Die Mönche aus St. Gallen und ihre Glaubensbrüder aus dem Norden reisten häufig, auch sie begaben sich auf die klassische Bildungsreise nach Italien. Doch im Gegensatz zu Goethe, der fast nur mit Adeligen und Mäzenen verkehrte, trafen die Mönche auch Bettler, Bauern, Landarbeiter. Ihre Wahrnehmung der Gesellschaft war vollständig und erfasste alle Schichten. Sie waren erfahrende Reisende. Peter schlägt ein erst kürzlich entdecktes Dokument auf, das auf Latein von der Reise zweier Mönche im Oktober 1700 nach Neapel erzählt. Er liest vor, in Kampanien sei die Erde so fruchtbar gewesen, dass sogar die Bauern faul wurden. „Ganz klar ist zu befürchten, dass Neapel durch Müßiggang und Nahrungsüberfluss Sodom und Gomorrha ähnlich würde, wenn Gott ihnen nicht zwei wachsame Ruten vor Augen gestellt hätte. Eine ist das Erdbeben, das gerade neulich seine Spuren hinterlassen hat, indem man viele Häuser sehen kann, die mit Balken abgestützt werden, damit sie nicht einstürzen; andere aber sieht man dauernd ausgebessert werden. Die andere Rute ist der Vesuv, der nie zu rauchen aufhört und mit Feuer droht, wie er es vor wenigen Jahren gemacht hat, als er einen Lavastrom bis nach Neapel auswarf …"

„Ich sage, diese Ruten", liest der Bibliothekar weiter vor, „halten die Neapolitaner ein klein wenig im Zaum, und sie bewirken, dass sie dem Hochheiligen Sakrament, der Seligen Jungfrau, dem heiligen Januarius und den anderen Schutzheiligen große Ehrfurcht entgegenbringen. Im Übrigen prahlen sie oft mit der Fruchtbarkeit ihres Landes, indem sie sagen: ‚Wenn Italien der Garten Europas ist, dann ist Neapel das Paradies Italiens'; und das Volk pflegt zu sagen: ‚*Magna bruocoli, vedi Napoli, e poi muori, ben' mio*'*, fast so, als ob es nichts Schmackhafteres zu essen gäbe als das Broccolikraut, das dort im Überfluss wächst, und als ob man im Leben nichts Lieblicheres sehen könnte als die Stadt Neapel."

Die von Mönchen verfasste Reiseliteratur – die noch weitgehend der Entdeckung harrt – ist offenbar so umfangreich, dass man an der *stabilitas*, einem der Grundpfeiler der Klosterregel, zweifeln könnte. „Mönchsein und reisen, wie geht das zusammen?",

* „Brokkoli essen, Neapel sehen und dann sterben, mein Lieber."

schreibt der ehemalige Abtprimas Notker Wolf. Ja, es geht, denn die Wahl des Ortes ist die Endstation einer Pilgerreise auf der Suche nach weltabgewandten Orten. Eine Art selbstauferlegtes Exil, vielleicht nach irischem Vorbild. Einer Pilgerreise, die eine sorgfältige Erforschung des Terrains ist. Deshalb wohnt den Abteien eine gewisse nervöse Wanderlust inne, das wird von den vagierenden Mönchen der Alpenländer bestätigt, die es immer schon ans Mittelmeer gezogen hat. Von Geschichten wie der des weltreisenden Mönchs aus der Abtei Einsiedeln, der 1976 nach Italien reiste und bei einem Sturz in den Krater des Stromboli sein Leben verlor, wie übrigens auch der Philosoph Empedokles, der sich angeblich in den Rachen des Ätna stürzte, um das Geheimnis von dessen Ausbrüchen zu ergründen.

Mönchsein und Reisen … ein faszinierendes Thema. Peter sieht mich wissend an: „Adalbert de Vogüé war ein französischer Mönch der Abtei Sainte-Marie de La-Pierre-qui-Vire, und weißt du, wo er die besten Texte über die *stabilitas* geschrieben hat? Auf Flughäfen. In den Pausen seines Nomadenlebens. Es ist ihm sogar gelungen, nicht in seinem Bett zu sterben. Er ist spazieren gegangen, und seine Mitbrüder haben seine Leiche nach acht Tagen im dichten Wald gefunden. Eine Legende."

7.

Klavier und Flüstern

Cîteaux, Frankreich

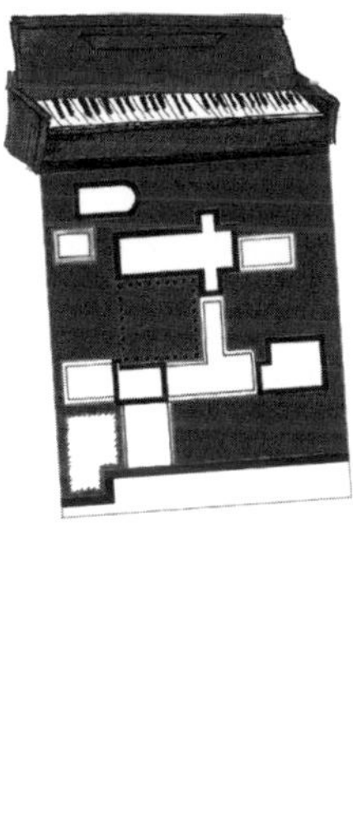

Frankreich liegt unter einem dicken Wolkendach: Weizenfelder und ein Wind vom Atlantik, der sich in die Burgundische Pforte zwischen Vogesen und Jura zwängt. Lkws, Flussschleusen, geradlinige Straßen, keine Tunnels, weite Horizonte. Je weiter man sich von den Alpen entfernt, desto lockerer wird die Muskulatur des Kontinents. Frankreich ist schwach besiedelt, es verströmt ein strenges Schweigen ohne Echo. Doch genau wegen der Stille fahre ich ja nach Cîteaux, dem antiken Cistercium, wo sich 1098 die Zisterzienser von den Benediktinern abspalteten – die eine allzu mächtige Wirtschaftsmacht geworden waren – und eine Rückkehr zu evangelischer Armut und strenger Einhaltung der Klosterregel predigten. Gastfreundschaft, Zuhören, Solidarität, Gesang, körperliche Arbeit, Mildtätigkeit: Alle elementaren Lehren des Heiligen wurden im 12. Jahrhundert von diesen neuen Hünen des Glaubens auf großartige Weise wiederbelebt, innerhalb eines Jahrhunderts gründeten sie mehr als fünfhundert Klöster. Meine Reise wird immer mehr zu einer Wiederentdeckung der Werte, die von der Moderne zunichte- oder lächerlich gemacht werden. Am meisten sehne ich mich jedoch nach Schweigen.

Die Zwiebeltürme Bayerns liegen hinter mir. Im Herz des Sechsecks befinden sich freundliche Flussläufe und grüne Hügel; eine Welt von Booten, Seerosen und Fahrrädern, in der hin und wieder gotische Türme und robuste romanische Kirchen auftauchen. Nach dem Zusammenfluss der Saône mit dem Rhone-Rhein-Kanal erfährt die Reise Richtung Westen eine Beschleunigung wie auf einer schiefen Ebene. Hypnotisiert von der Sonne, die sich in dieselbe Richtung bewegt, bis am Horizont eine schwarze Linie auftaucht, einer Woge gleich, die das Zentrum Frankreichs von Norden bis Süden zu teilen scheint: die Côte d'Or, das Land der großen Weine des Burgund. Am Fuße dieses

Hügels taucht die legendäre Abtei auf, beziehungsweise die Ruine, die nach den Plünderungen des Dreißigjährigen Krieges und den Zerstörungen während der Revolution übriggeblieben ist. Der Kern des Klosters stammt aus moderner Zeit und ist zum Teil erschreckend karg. Mit Erstaunen nimmt man zur Kenntnis, dass im Burgund, wo jedes Dorf einen mittelalterlichen Kern besitzt, ausgerechnet Cîteaux wenig Altes aufzuweisen hat.

Doch hinter der Mauer heißt einen nach wie vor Frankreich willkommen. Ein ländliches, nahrhaftes Frankreich. Duft nach Heu, Kühen und Mist. Vor einer *Fromagerie* hebt ein Traktor Erde aus, zwei Arbeiter in blauem Overall säubern die Abflusskanäle des Stalls. Doch sobald man durch die Pforte der Abtei tritt, befindet man sich in einer Welt des Flüsterns. Der Bruder Pförtner gibt ein paar höfliche Sätze von sich. Er hat Pranken wie ein Landarbeiter und weist uns fröhlich ein, als wären wir Schafe. Seine Zisterzienserkutte, weiß mit schwarzem Skapulier, wird in der Taille von einem praktischen Ledergürtel zusammengehalten, dem Symbol der wiedergefundenen Handfertigkeit.

Die Kirche ist nahezu ikonoklastisch karg. Ein Kreuz, eine Muttergottes und das Bildnis der drei Schutzheiligen: Alberich, Stephan und Bernhard. Eine Suche nach dem Wesentlichen, in der die Tradition des 12. Jahrhunderts durchschimmert. Die Architektur der Zisterzienser versuchte Schönheit nicht durch Hinzufügen, sondern durch Weglassen zu erzeugen, und wahrscheinlich spricht sie deshalb auch zu den Ungläubigen. Auch das Schweigen ist Teil dieser Philosophie. Zwischen den einzelnen Gesängen ist das Schweigen dichter als im Hochgebirge. „*Seigneur, que ma prière s'élève/devant toi comme un encens.*“ Herr, mein Gebet steige / vor dir auf wie Weihrauch. Verbeugungen, Kniefälle, Mönche, in Habtachtstellung wie Soldaten. Ich frage mich, ob ich einem Tod oder einer Wiedergeburt beiwohne. Und ob Orte wie dieser dem Lärm des Nichts standhalten können, das sie belagert.

Hier werden Rituale eingehalten, die sich seit vierzehn Jahrhunderten nicht verändert haben. Sieben Gebete pro Tag, Arbeit in den Feldern und der Käserei, uralte Bewässerungskanäle, rauschendes Wasser neben einer ehemaligen Mühle. Alles ist im Fluss, auch der Tod. Bei unserer Ankunft liegt Hubert, der älteste Mönch dieser außergewöhnlichen Glaubensgemeinschaft, im Sterben, begleitet von seinen Mitbrüdern. Er ist vierundneunzig, sechsundsiebzig Jahre hat er in der Klostergemeinschaft verbracht. „Mein Gott", flüstert er, „wie schwer ist es doch zu sterben." Und fleht: „Sagt Jesus, er soll mich holen." Nach seinem Tod offenbart mir der Abt Olivier Quénardel – ein ein Meter neunzig großer und steifer Mann – die Details seines Hinscheidens. „Hubert. Ein bescheidener, sanfter, starker Mensch. Der Sohn von Adeligen hat sich dafür entschieden, mit den Händen zu arbeiten, und die Berufung auf exemplarische Weise gelebt. Zu Mittag hat er die Kommunion empfangen und drei Stunden später ist er gegangen." Ich hänge an den Lippen des Abtes. Wie man stirbt, wollte ich immer schon verstehen.

Als sein Tod bei der Komplet, dem Abendgebet, kundgetan wird, erhebt sich ein leiser Wind und lässt die Linden im Garten erbeben, sie werfen ihren Schatten auf den Weizen, der sich beugt wie die betenden Mönche. Ich höre wunderbare Worte, die sich gegen die Konsumgesellschaft richten: „Öffne mein Herz für deine Bedürfnisse, nicht für den Gewinn". Und dann: „Begleite die, die zur Flucht gezwungen sind und eine Heimat suchen." Mit Irene trete ich ins gleißende Sonnenlicht hinaus, das den Thymian- und den Rosmarinstrauch im Garten ebenso wie die gestutzten Buchsbaumsträucher unter den Kreuzen im Friedhof in flammendes Licht taucht. Die Toten gehören hier zur Gemeinschaft. Viele sind paarweise bestattet. Ich höre nur unsere Schritte auf dem Kies, das Summen der Bienen, das Rascheln des Laubes, das Rauschen des Wassers in den Kanälen. Wieder das Gefühl, dass sich in diesen Grundfesten eine enorme Energie verbirgt. Als ob sich die Mönche vor tausend Jahren aufgrund ihres Instinkts als Wünschelrutengänger, aufgrund einer ganz konkreten Empfindung für diesen Ort entschieden hätten. Als ob das Heilige auch aus der Tiefe und nicht nur aus dem hohen Himmel käme.

Aus der Kirche dringt herzzerreißender, sehnsuchtsvoller Gesang: „Verborgen im Herzen deines Geheimnisses erkennen wir dich, ohne dich je zu begreifen." Wie ein Schrei, der in der Wüste widerhallt, in der sich die ersten ägyptischen Eremiten niederließen, um den Kampf mit dem großen Verführer noch drastischer zu erleben. Vielleicht hat die Welt der Zisterzienser in diesem aufs Wesentliche reduzierten Gebet, verstanden als Feier einer Abwesenheit, die Kraft für ihre explosive Verbreitung im Europa des 12. Jahrhunderts gefunden. Cîteaux, am Fuße der burgundischen Weinberge, hat daraus die Kraft geschöpft, nach Zerstörungen, Hungersnöten, Plünderungen, Pestepidemien unzählige Male wiederaufzuerstehen. Die Mönche wurden verjagt, in der Abtei wurden ein Stall, eine Zuckerfabrik, sogar ein Jugendgefängnis untergebracht, doch sie ist immer wiederauferstanden. Wie die Schwalben im Frühling kehrte sie immer wieder zu ihrer ursprünglichen Berufung zurück.

Der lange, dünne Abt empfängt uns im Sprechzimmer, von Anfang an überrascht er uns mit einem Arsenal von Worten, in denen die unleugbare Energie der Zisterzienser widerhallt.

„Der Mönch ist ein Kämpfer, ein Sportler, ein Athlet. Bernhard von Clairvaux war kein lauer Mensch. In ihm brannte ein Feuer, dieselbe Leidenschaft erkenne ich heute bei Papst Franziskus. Der Mönch ist ein Pyromane, in dem das Feuer des Glaubens brennt … und der heftigen Stürmen der Seele ausgesetzt ist."

Ich frage ihn nach dem *ora et labora*, ich möchte wissen, was wichtiger ist. „Ich bin nicht nach Cîteaux gekommen, um Käse zu machen, sondern um Gott zu suchen … *On ne se fait pas bouffer du travail* … wir arbeiten uns nicht zu Tode."

Außerdem möchte ich wissen, sage ich, wie ein derart abgeschlossener Raum die Welt besser machen kann.

Er: „Es ist eine Illusion, das zu glauben, doch zumindest im Kleinen sind wir Handwerker des Friedens. Eines weiß ich ganz gewiss: Alle, die hierherkommen, fahren verändert nach Hause. Die Menschen willkommen zu heißen, ist für uns die Grundlage von allem. Hinter der Gastfreundschaft verbirgt sich das Geheimnis der Inkarnation. Wer auch immer an unsere Tür klopft, es ist Christus selbst."

Doch wir kehren immer wieder zum Hauptthema zurück: „Das hier ist ein Ort der Stille, wo der Mensch das Wort zurückhält. Das Schweigen ist der Wächter der Zunge, und die Zunge läuft immer Gefahr zu sündigen. Es hilft uns, zu Gott und auch zu uns selbst zu gelangen. Es begünstigt brüderliche Beziehungen. Schweigen ist die Musik des Himmels, letztendlich verleiht es dem Wort neuen Wert."

Ich habe mehrere Wochen in einem einsamen Leuchtturm verbracht, ich weiß, was Schweigen ist. Es hilft dabei, Seelenreisen zu unternehmen, aber vor allem hilft es, zwischen Wichtigem und sinnlosem Geschwätz zu unterscheiden, das uns überwuchert wie Unkraut. Schweigen befreit uns. Es reißt die armseligen Dämme ein, die wir errichten, um Gedanken, Ängste, Hemmungen, Erinnerungen, unsere Leichen im Keller im Zaum zu halten. Diese Art des Schweigens ist absolut keine Kapitulation angesichts einer lauten Realität. Es ist ein intensives Training, das notwendig ist, um ihr entgegenzutreten. In den *Unsichtbaren Städten* erklärt Calvino, es gäbe zwei Arten, das Inferno der Lebenden auszuhalten: „Man kann ein Teil davon werden, bis man es nicht mehr sieht, oder man kann versuchen herauszufinden, wer und was mitten im Inferno kein Inferno ist, und ihm Dauer verleihen und Platz einräumen. Doch das ist riskant und erfordert ständige Aufmerksamkeit und ständige Übung." Harte Arbeit, mit dem Schweigen im Zentrum. Wir werden von feindlichen Worten belagert. In Jugoslawien wurden die echten Kanonenschüsse von den Kanonenschüssen der Medien und den Lügen der geheimen Verführer sorgfältig vorbereitet. Eine Menge verantwortungsloser Regierender hätte einen Zwangsurlaub – wenn nicht gar eine Haft – an Orten wie diesem Kloster verdient. „Lehre meine Lippen, die ferne, frühe Stummheit wiederzuerlangen / einem klaren Ton gleich / der seit seiner Entstehung in Reinheit vibriert." Wie gut passen doch die Verse Osip Mandelstams zu Cîteaux.

Vor allem beim Abendessen spürt man die Dichte des Schweigens. Ein frugales Mal, viel frugaler als im üppigen Bayern. Dem französischen Katholizismus haftet etwas Strenges im Sinne von Descartes an, er ist im Vergleich zu Italien und Deutschland viel konservativer. Man hört nur das Klappern des Bestecks. Aus einem kleinen Lautsprecher dringen die Worte der Lesung, die gleichzeitig in der Mensa der Mönche stattfindet, die streng von unserem Speisesaal getrennt ist. Der Mönch liest die Geschichte der Abtei und schiebt zwischen den Worten wohlkalkulierte Pausen ein. Das ist eine wunderbare Gewohnheit, die die Worte mit Sinn auflädt, sie nahezu prall macht. Mozart erinnert uns daran, dass die Kraft der Musik nicht in den Tönen, sondern in den Pausen liegt.

Beim Abendessen sind wir zu siebt, plus zwei Priester auf Besuch. Suppe, ein kleines Stück Fleisch und Salat. Die Klosterregel ist eine Hymne auf die Bescheidenheit und eine Absage an alldem Überflüssigen. Wir essen schweigend, in einem geselligen Schweigen, das die Gruppe eint und den Charakter der Menschen sichtbar macht. Der Holländer ist mir allein aufgrund der Art und Weise, wie er Butter auf sein Brot schmiert, sympathisch. Zu meiner Linken hingegen sitzt ein Franzose, der nie lächelt, und die Art und Weise, wie er mit strenger Geste ein Glas Wein zurückweist, gibt mir zu verstehen, dass es zwischen uns nie Empathie geben wird. Ein Franzose, der keinen Wein mag, *parbleu*. Gemeinsam schweigen erzeugt ein Netz an Wahlverwandtschaften, das tatsächlich keiner Worte bedarf. Schweigen zwingt einen, auf viel direktere Weise, mithilfe der Mimik, mit dem Blick, der Haltung zu kommunizieren. Man spürt einander, was hundertmal besser ist als einander zu verstehen. Vielleicht entstehen Missverständnisse am schnellsten aufgrund einer gemeinsamen Sprache.

Nach acht Uhr wird das Schweigen so dicht, dass man eigentlich nur noch ins Bett gehen kann, das erste Gebet findet ohnehin schon um vier Uhr morgens statt. Doch die Sonne ist noch nicht untergegangen, und wie so oft auf dieser Reise bin ich nicht müde. Mir steht eine schlaflose Nacht bevor, die sich gut dazu eignet, eine Bestandsaufnahme seines Lebens zu machen. Ich kann auch gleich loslegen, gleich auf das Wesentliche zusteuern und das Überflüssige weglassen. Es ist nicht einfach, eine Inventur des eigenen Lebens zu machen, doch ich versuche es. Gleich zu Beginn: Meine Söhne sind Europäer, die weit weg von mir wohnen. Sie sind Weltbürger mit starken Wurzeln, Grenzgänger. Ihre Berufe kommen dem Planeten zugute: einer versucht das Klima zu retten, der andere pflegt regionale, von der Globalisierung bedrohte Nahrungsmittel. Sie haben mir Enkel geschenkt, allerdings habe ich das Gefühl, nicht genug für sie zu tun. Sie entgleiten mir, werden wahnsinnig schnell groß. Einer ist ein lieber, altruistischer Schelm. Er liest gerne Atlanten. Als er noch im Kindergarten war, habe ich ihn dabei überrascht, wie er das Sonnensystem studierte. Der andere, der jüngere, hat einen staunenden Blick und Musik im Herzen. Sein Vater spielt Gitarre und hat ihm bereits im Mutterleib vorgespielt. Beide sind schon als Kleinkinder gereist, sie haben verstanden, was Pässe sind. Sie haben gute Mütter und deshalb können sie auch andere willkommen heißen. Sie wissen bereits, dass die Welt aus unterschiedlichen Menschen besteht. Sie kleben nicht ständig am Bildschirm. Sie sind mit Kühen und Pferden vertraut und haben keine Angst, über den Boden zu rollen. Das ist alles. Und es ist nicht wenig, dafür muss man dem lieben Gott dankbar sein.

An diesem Abend im Burgund habe ich Sehnsucht nach den beiden Schelmen. Ich weiß jetzt schon, dass sie mich eines Tages fragen werden, was nun dieses Europa ist, von dem ich ständig spreche, und dann muss ich antworten können, ohne zu zögern. Ich könnte ihnen Münzen zeigen, für verbündete Ländern geprägt, die sich gestern noch bekriegt haben. Ich könnte sie daran erinnern, dass auch der Großvater ihres Großvaters ein Flüchtling war und aus Hunger ein großes Meer überquert hat wie die heutigen Migranten. Oder ich könnte ihnen von den Kriegen des letzten Jahrhunderts erzählen und sagen, es gibt einen alten Dämon, der vielleicht wiedererwacht. Ich überlege mir oft, was man sagen soll, um bei den Jüngsten wieder das Feuer der Gründungsväter Europas zu entzünden. Vielleicht sollte man ganz einfache Dinge sagen. Vielleicht, dass unsere Heimat das Abendland ist. Ein großes, vielschichtiges Vorgebirge, das an Asien angewachsen ist, wo die Sonne aufgeht. Oder dass Europa wunderbar, fruchtbar, reich an Sprachen, Flüssen, Straßen, Städten, Bergen ist und dass hier immer Völker aus der Ferne angekommen sind, zu Fuß oder zu Pferd, die hier notgedrungen innehalten und sich niederlassen mussten, denn dahinter war nur der Ozean und den konnten sie nicht überqueren.

Die Größe der Benediktiner bestand darin, die Vielfalt unserer Welt zu verstehen. Insbesondere Stephan Harding, einer der drei Gründer von Cîteaux, ein überaus gebildeter Engländer, verstand, dass die Christenheit des Abendlands sich nur weiterentwickeln konnte, wenn sie kulturelle, politische, juristische und sprachliche Unterschiede akzeptierte. Stephan verbrachte zehn Jahre seines Lebens mit dem Studium klassischer Texte und die folgenden fünfundzwanzig Jahre auf Reisen durch die damals bekannte Welt. Dank dieses Studiums gründete er zuerst Cîteaux und dann Pontigny, La Ferté, Morimond und Clairvaux, ein beeindruckendes Netzwerk von wirtschaftlich autonomen, jedoch eng miteinander verbundenen Abteien. Dieses System veränderte Europa und zivilisierte die brachliegenden Räume.

Mir fallen Viboldone und die alte Klosterschwester ein, die hinter einer halb offenen Tür Wolle spann. In Cîteaux nimmt ihr weißes Knäuel plötzlich eine wichtige Bedeutung an, wird zum Symbol, scheint sich auszurollen, wie eine Spinnwebe ganz Europa zu überziehen. Der Wollfaden ist die perfekte Darstellung des benediktinischen Netzwerks, das sich später in den Orden der Zisterzienser verzweigte. Viele dieser Fäden sind gewiss verlorengegangen, doch das geduldige, hartnäckige Weben der Klosterschwestern und -brüder hat den Kontinent besser zusammengehalten und verteidigt als hundert Heere und Millionen Schützengräben. Nicht einmal der hl. Franziskus hat derart deutliche Spuren hinterlassen.

Die Sonne geht hinter der Côte de Nuits unter, der Himmel färbt sich orange, dann violett und während dieses Farbenwechsels geschieht etwas absolut Unerwartetes. Etwas Unerhörtes. Eine leise Klaviermusik bahnt sich ihren Weg zwischen den Klostermauern. Eine Improvisation zu klassischer Musik. Das Schweigegebot wird verletzt! Ich verlasse meine Zelle, versuche herauszufinden, woher die Musik kommt, doch umsonst. Ich wecke Irene auf, gehe mit ihr ins Erdgeschoß hinunter. Die Musik ist nun näher, sie scheint aus den Grundfesten der Abtei zu kommen. Dann höre ich leichte Schritte auf dem Gang. Es ist Nathalie, die häufig im Kloster zu Gast ist, sie begreift augenblicklich und flüstert uns mit einem Kopfnicken zu: „Kommt. Ich bringe euch zu Frédéric." Sie hat die Kellerschlüssel bei sich, öffnet damit die Tür und führt uns durch einen Gang mit Ziegelwänden bis zu den Grundfesten der Kirche. Jetzt ist die Musik ganz nah. Nach einer letzten Tür dann ein Anblick wie aus einem Roman. Ein alter Mönch mit Kapuze, der uns noch nicht bemerkt hat, gleitet mitten in einem unglaublichen Chaos mit den Fingern glücklich über die Tasten eines alten, etwas verstimmten Klaviers. Inmitten von Bach-Noten, Pralinen, einer Quarz-Geode, zwei Plüschkühen, einer Muttergottes mit Kind.

Was für ein Wunder. Ein sanftes Aufbegehren gegen die Regel. Wenn etwas Derartiges vom Abt toleriert wird, bedeutet das, dass die Bewohner des heiligen Klosters wissen, dass die Musik die Frucht des Schweigens ist, es noch stärker macht. Notker, der Supermönch, fällt mir ein, der Stücke der Deep Purple spielt. Urban an den Tasten der Orgel, glücklich inmitten der Weinfässer Südtirols. Vielleicht braucht die Klosterwelt diese faszinierenden „Außenseiter". In Cîteaux wissen alle, dass Frédéric, Jahrgang 1933, Doktor der Geophysik, Veteran des Algerienkriegs und mit einem großen Sinn für Musik und geistreichen Bemerkungen ausgestattet, zu jenen Männern gehört, die dem Schweigen einen Ausweg bieten, eine Brücke zu den Stimmen der Welt schlagen. Also lassen sie ihn weise gewähren, solange er nicht übertreibt. Frédéric ist sehr beliebt, ein Publikumsmagnet. „Er hat jede Menge Fans, die ihm Mails schreiben", sagt Nathalie leise, um das Konzert des Mannes, den sie offensichtlich bewundert, nicht zu stören.

„Ihr solltet ihn hören, wenn er an der Orgel improvisiert", flüstert sie, „in diesem Augenblick senkt sich der Himmel auf die Erde."

Jetzt hat der Pianist uns bemerkt, dreht sich langsam um, zieht die Kapuze herunter und offenbart ein schmales, faltiges Gesicht, einen ironischen Blick unter schneeweißen, widerspenstigen Haaren. Er lächelt strahlend, obwohl sein Blick vorübergehend getrübt ist.

„Was willst du, *mon frère*", sagt er und meint damit sich selbst, „das Kloster ist wie die Arche Noah. Hier gibt es von allen etwas. Es gibt Lustige und Ernsthafte, Gesunde und Kranke, Verrückte und Normale. Einer hat sogar riesige Barbapapas gebaut."

Natalie sagt lachend: „Frédéric ist nun mal so. Wenn er keine Späße macht, heißt das, dass es bald regnet."

„Mein echter Name ist Jean-Marie, ich bin in Verdun geboren. Mein Nachname ist Petithomme, kleiner Mann." Er sagt einen französischen Kinderreim auf, der mir den Schlaf rauben wird: *„Mon père m'a donné un mari / mon Dieu quel homme / quel petit homme / je l'ai perdu dans mon grand lit / mon Dieu quel homme / qu'il est petit."*

(Mein Vater hat mir einen Ehemann gegeben / einen kleinen Mann / und ich habe ihn in meinem großen Bett verloren / weil er so klein war.)

„Als Kind wollte ich Forscher werden oder Astronaut. Auch heute würde ich mich am liebsten auf einen Ring des Saturn setzen und als himmlischer Laternenanzünder arbeiten wie der im *Petit Prince*, doch der liebe Gott hat zu mir gesagt: bleib hier. Also habe ich in dieser Abtei Wurzeln geschlagen." Wie zur Untermauerung seiner Worte stürzt er sich wieder auf die Tasten und improvisiert im Stile Debussys.

„1958 hat man mich zum Militärdienst nach Algerien geschickt. Es war Krieg. Siebenundzwanzig Monate und siebenundzwanzig Tage. Bei meiner Rückkehr habe ich beschlossen, ein Soldat Jesu' zu werden. Ich bin hier eingetreten und Novize geworden. Im Grunde gab es keinen großen Unterschied zwischen Kaserne und Kloster. Ähnliche Disziplin."

Nathalie: *„Il aime plaisanter* ... Er macht gerne Witze und führt oft Selbstgespräche. Und er ist immer auf der Suche nach jemandem, der mit ihm Schach spielt."

Ich frage ihn nach dem Unterschied zwischen Benediktinern und Zisterziensern und er grinst: „Uns unterscheidet, dass wir dieselbe Regel haben."

Er schließt den Klavierdeckel und geht mit uns zum Kaffeeautomaten im Erdgeschoß. Es ist zehn Uhr. Um niemanden zu stören, unterhalten wir uns flüsternd und mit Gesten. Vielleicht ist die Stummensprache im Kloster entstanden, um das Schweigegebot zur Nachtzeit zu umgehen.

Ich frage ihn, ob der Lärm der Moderne nicht auch diese Insel des Friedens zu überschwemmen droht.

„Aber nein! Seit jeher beklagt man den Untergang des Abendlandes. *O tempora o mores ... Monde foutu, jeunesse pourrie* ... Das stand auch schon auf den Pyramiden. Ich glaube, dass die Jugendlichen heute zum Zusammenleben fähig sind."

Nathalie: „Das Klosterleben stellt unsere hoch technologisierte Gesellschaft, die in spiritueller Hinsicht erschreckend verarmt ist, infrage. Ich frage mich, ob wir morgen nicht alle Golems sein werden …"

Wir setzen uns an einen leeren Tisch und reden über burgundische Weine und Käse. Frédéric macht wieder einen Witz. „Ach, heute segeln wir aber tief. Doch andererseits kann man nicht immer auf höchster Höhe sein."

„Pauvre martin / pauvre misère / creuse la terre / creuse le temps." (Wir singen ein Chanson von Georges Brassens. Armer Martin, große Misere, grab in der Erde, grab an der Zeit.) Niemand hat besser als er von der Solidarität mit den Ärmsten der Armen erzählt. *Chanson pour l'Auvergnat. Pauvre Martin.* Der heitere und unvorhersehbare Frédéric spricht charmant über die Bußbereitschaft der französischen Mönche.

Ich frage ihn nach seiner Beziehung zu Gott.

Er wirft mir wieder einen spöttischen Blick zu. „Wenn Christus nicht wirklich wiederauferstanden ist, würde das bedeuten, dass ich seit fünfzig Jahren ein Hanswurst bin." Für das Wort „Hanswurst" verwendet er wie Brassens den Begriff *guignol.*

Er bringt mir noch ein Kinderlied bei, in dem ein kleiner Mann, *„le petit Grégoire"*, vorkommt, ein herzensguter Mensch, der jedoch selbst für den hl. Petrus zu klein ist, sodass er ihn wegschickt, als er an die Himmelspforte klopft. Doch da kommt Jesus, ruft ihn zu sich und drückt ihn an sich, nachdem er seinen rosa Mantel geöffnet hat.

Draußen haben die Zikaden das Schweigen gebrochen. Nathalie: „In Cîteaux ist das Schweigen tief, doch ich habe noch tieferes Schweigen gehört. Das in der Abtei Pierre-qui-Vire am Rande des Morvan ist ein mineralisches, absolutes Schweigen. Etwas Ähnliches gibt es meiner Meinung nach nur in Tibet. Ihr müsst die Abtei unbedingt besichtigen. Sie ist beeindruckend."

Frédéric: „Ich kenne Pater Guillaume in Pierre-qui-Vire. Ein tüchtiger Mann. So hat er die letzten Päpste der heiligen römischen Kirche definiert: Johannes Paul II. war ein Papst zum Anschauen. Benedikt XVI. ein Papst zum Zuhören. Franziskus I. ist ein Papst zum Anfassen."

Langsam und auf etwas wackeligen Beinen geht der kleine Mann ins Bett. Jetzt kann Nathalie endlich offen sprechen. „Er hat einen einzigartigen, Charakter. Er erstaunt mich immer wieder, obwohl er schon sehr gebrechlich ist. Er ist ein untypischer Mönch. Aber wie Einstein treffend sagte: Ein Genie denkt anders, es denkt *à coté*. Ihr habt ja keine Vorstellung, wie viel Freiheit er den anderen vermittelt. Aber jetzt muss ich mich von euch verabschieden, meine italienischen Freunde. Die Vorsehung hat euch hierhergeführt." Wir gehen ins Zimmer zurück. Auf den Hügeln der Côte d'Or ist nur noch ein Rand goldenen Lichts. Der klavierspielende Mönch hat uns mit seiner Pfadfindermentalität in gute Laune versetzt.

„*Le chat l'a pris pour une souris / mon Dieu quel homme, quel petit homme / le chat l'a pris pour une souris / mon Dieu quel homme, qu'il est petit.*" (Die Katze hat ihn für eine Maus gehalten, den kleinen Mann, die Katze hat ihn für eine Maus gehalten, den kleinen Mann / o Gott, wie ist er doch klein.) In Gedanken kehre ich zu meinen kleinen Enkeln und zu meinem Europa von gestern, heute und morgen zurück. Ich könnte ihnen viele wichtige Dinge erklären. Doch Frédéric hat mich gelehrt, dass man die Dinge auf die leichte Schulter nehmen soll, wie er das Klavierspiel. Ich könnte die beiden zum Beispiel entführen, mit ihnen einen Flug auf einem Zauberteppich unternehmen und ihnen zeigen, was man darunter sieht. Flüsse, Ebenen, Berge, Lichter der Stadt. Sagen: Schaut, euer Großvater hat das alles kennengelernt. Er ist auf den Hochebenen Spaniens unter kreisenden Geiern gewandert, hat in Russland an Bord langer Züge geschlafen, die zwischen gefrorenen Seen dahinbrausten, und in Griechenland ist er in Odysseus' Meer gesegelt.

Eines Morgens hat euer Großvater auf einem schneebedeckten Gipfel in der Schweiz das Meer funkeln gesehen, und an der englischen Küste ist er mit Seehunden geschwommen. Eines Tages ist er in Frankreich mit einer kleinen Taschenlampe in eine Höhle eingedrungen, in der Neandertaler lebten. In Portugal hat er von einem mit Weinstöcken bedeckten Berg den endlosen Ozean betrachtet, und eines Nachts hat er in Italien gesehen, wie der Vollmond auf ein Meer von silbrigen Olivenbäumen schien. Ich muss sagen, Europa ist schön. Ich muss es wiederholen. Es ist überhaupt nicht banal. Im Flugzeug begreift man sofort, wo unsere Welt beginnt, denn die gelbe Wüste wird von grünen Feldern abgelöst. Und nachts sieht man die Lichter zahlreicher friedlicher Städte voller Geschichte und Denkmäler.

Ich kuschele mich unter die raue Decke der Zisterzienser. Ich muss wieder auf die älteste und wirksamste Form der Erzählung zurückgreifen, das Märchen. Das Märchen ist im Grund der Keim des Mythos, die Legende vom Großen Anfang, den das Abendland vergessen hat. Um den Patriotismus der vereinten Völker aufzubauen, muss man bei den Kindern anfangen, den Bürgern von morgen. Seit Jahren höre ich niemanden liebevoll von Europa sprechen. Als ob wir Europa ins Reich des Gähnens und des Jammerns verbannt hätten. Also lieber im Geiste reisen, lieber die Orte heraufbeschwören, die schönen wie die schrecklichen. Sie sich vorstellen, sie am besten im Winter mit dem Zug durchqueren, denn Kinder lieben den Schnee und ich könnte sie unter dem Vorwand der Kälte fest an mich drücken, sie wären mir endlich nah, meine süßen *petits hommes.* Das Erzählen ist immerhin mein Geschäft. Als Großvater und Reisender.

Ich würde also sagen: Wir sind in Paris, die Lokomotive verlässt einen Bahnhof mit einem Dach aus Glas und Eisen und fährt durch Wälder und Ebenen Richtung Südosten. Vor dem Fenster wirbelt der Schnee. Brücken, Flüsse und alte Städte mit gotischen Türmen. Glockentürme, gepflasterte Gassen, Straßenbahnen, die im Schneegestöber steckenbleiben, Springbrunnen, aus denen weiße Fialen ragen. Ich würde sagen: Schaut, wie schön unser Europa ist.

Es wird langsam Nacht, die Waggons trommeln auf die Gleise. Schlaft ruhig, Kinder, euer Großvater bewacht euch. Wir überqueren einen großen Fluss namens Rhein, auf dem Boote unterwegs sind. Wir nähern uns dem Mittelpunkt unserer Welt. Offenbar versteckt er sich zwischen den Wäldern Schlesiens und der Hohen Tatra, einen Steinwurf von Auschwitz entfernt. Auch hierher fuhren einmal Züge, aber sie waren voller Verdammter. Millionen Unglückliche verhungerten hier, wurden umgebracht und verbrannt. Die Züge haben Europa groß gemacht, aber sie haben auch Millionen von Soldaten und Zivilisten in den sicheren Tod gebracht. Auch Kinder. Das dürfen wir nicht vergessen.

So, liebe Kinder, die erste Nacht im fahrenden Zug ist vorbei. Zum Frühstück essen wir Kekse und trinken Tee. Nun sind andere Passagiere im Zug und der Zugführer trägt eine große Kappe mit goldenen Bordüren. Wir fahren an einem hellgrünen Fluss entlang, der in der eisigen Kälte dampft, dann fahren wir in ein Land mit hohen Bergen. Im Morgengrauen fahren wir durch einsame Täler, die Lokomotive keucht nach oben, während der Wind zwischen den Waggons pfeift. Dann fahren wir in eine weite, eiskalte weiße Ebene hinunter. Ungarn. Zwei nette Mitreisende bieten uns Würste und einen teerschwarzen Wein an, dann singen sie in einer merkwürdigen Sprache. Derweil steigt ein riesiger Mond aus den verschneiten Feldern auf.

Jetzt stehen wir für Kontrollen am Grenzübergang. Ich erkläre, dass die Polizei nicht in den Zug gekommen ist, um Straßenräuber festzunehmen, sondern um die Armen aufzuhalten. Die vor dem Krieg fliehen, frieren und kein Zuhause mehr haben. Sie behandeln sie schlecht, werfen sie ins Gefängnis. Sie wollen sie nicht ins reiche Europa einreisen lassen. Christus hat uns allerdings gelehrt, die Schwachen zu beschützen: die Alten, die Kranken, die Armen, die Kinder. Merkt euch: Demokratie ist dort, wo die Schwachen beschützt werden. Die Demokratie ist in Europa entstanden, aber das haben viele inzwischen vergessen. Demokratie bedeutet, dass man nicht machen kann, was man will, nur weil man mächtig und reich ist. Sie bedeutet, dass die Polizei dich nicht schlagen darf. Und dass alle studieren dürfen und ein Recht auf medizinische Versorgung haben.

Alte Burgen, vom Mond beschienene Lichtungen, von Wäldern bedeckte Berge. Doch die Sonne geht auf und wir fahren wieder in eine Ebene hinunter, in der sich der größte Fluss Europas wie eine Schlange windet. Es ist die Donau, was für ein schöner Name. Der Zug donnert über eine Eisenbahnbrücke, unter der eiskaltes Wasser dampft, dann klettert er wieder zwischen Schneewänden die Berge hoch. Es weht ein heftiger Wind. Im Waggon serviert uns eine dicke Dame in Uniform kochend heißen Tee und Kekse. Derweil fahren wir ein letztes Mal hinunter, diesmal zur türkischen Grenze, und die türkische Polizei – man höre und staune – lächelt nie. Vor allem jetzt nicht. Auch hier steht eine hässliche Mauer, um die aufzuhalten, die keine Dokumente haben.

Wir sind fast am Ziel, meine lieben Kleinen. Es ist Mittag, die Reise war lang. Der Zug schlängelt sich zwischen dem Meer und einem Hügel, auf dem viele Moscheen stehen. Da ist auch eine riesige Burg, in der einst der mächtige Sultan des Ostens herrschte. Das graue Meer zwängt sich in eine enge, schneebedeckte Schlucht, gleicht nahezu einem Fluss. Wir sind in Istanbul, der letzten großen europäischen Stadt. Knirschend bleiben wir stehen. Alle steigen aus, in der Stadt wimmelt es von Menschen mit bis zum Hals zugeknöpften Mänteln. Jetzt sind wir in einem schönen Hotel und essen eine Gemüsesuppe, die euch so gut schmeckt. Es hat aufgehört zu schneien. Ein roter Sonnenuntergang. Es riecht nach geräuchertem Fisch. Wir befinden uns am Ende Europas. Schaut gut hin, Kinder, auf der anderen Seite der Meerenge funkelt Asien. Ein endloses Land, in dem die Züge tagelang unterwegs sind. Aber jetzt schlaft erst mal.

Gute Nacht. Am Himmel funkeln die Sterne, der himmlische Laternenanzünder hat bereits seine Arbeit erledigt. Vielleicht sind auch diese Abteien ein in der Dunkelheit Europas leuchtendes Sternbild.

Danke, Frédéric. Das Klavier im Keller schweigt. Absolutes Schweigen.

8.

Der Dämon des Mittags

Saint-Wandrille, Frankreich

Die Mönche von Saint-Wandrille lieben die Dunkelheit. Sie wohnen in der Dunkelheit wie Fledermäuse. Um sie zu sehen, muss sich das Auge zuerst an die Dunkelheit gewöhnen. Zur Stunde der Komplet, des Abendgebets, dauert es eine Weile, bis man die schwarzen Kutten erkennt, die im Dunklen in die Kirche kommen und sich neben dem Altar aufstellen. Sie schlurfen nicht wie gewöhnliche menschliche Wesen, sie schweben schweigend wie byzantinische Ikonen. Die Klosterkirche ist ein großer, einfacher Getreidekasten aus Eichenholz. Es riecht nach Gras und Harz und die Gläubigen segeln in ihr wie in einer umgedrehten Galeone, an deren Flanken sich anstelle von Schießscharten kleine Fenster befinden. Da die alte Steinkirche während der Revolution in Schutt und Asche gelegt wurde, haben die Mönche an ihrer Stelle diese alte *grange*, einen Getreidespeicher, den sie am anderen Ufer der Seine gefunden haben, gekauft, abgetragen, jeden einzelnen Ziegel, jeden Holzbalken nummeriert und hierhertransportiert. Eine schöne Wiedergeburt, die die Schäfchen im *ora et labora* bestärkt hat.

Die Kutten rascheln. Die letzten Männer in Schwarz stellen sich neben dem Altar auf. Die Besucher halten den Atem an. Im Dunkel ist es unmöglich, das Messbuch zu lesen und dem Gesang der Mönche zu folgen. Keine einzige brennende Kerze, nichts. Nicht einmal die Lesepulte sind beleuchtet. Die Mönche singen auswendig. In der Dunkelheit ein einziges Licht. Ein Polarstern: das Kreuz.

„Misereatur nostri omnipotens Deus / et demissis peccatis nostris/ Perducat nos ad vitam aeternam.“ (Erbarme dich unser / und erlöse und von unseren Sünden / gib uns das ewige Leben …)

Nur drei Töne, einer davon dominiert. Die Pracht des einstimmigen Männergesangs, die Macht des Lateinischen. Zwei Gegengifte gegen das anonyme gemeine Geschwätz. Draußen verlöscht das letzte grüne, sehr reine Licht. Die Arche segelt in Richtung der Nacht und des Schweigens, duckt sich in ein idyllisches grünes Tal gleich neben der Seine. Das Meer ist nur wenige Meilen entfernt.

Odile, eine fromme Frau, flüstert mir zu: *„Je suis tombée amoureuse.“*

„In wen hast du dich verliebt?“

„In diese Abtei und in die Mönche.“

Ich warte auf das Treffen mit dem Abt Jean-Charles Nault, meine Freunde im Kloster Bose haben in den höchsten Tönen von ihm geschwärmt. Er hat ein Buch über die Gefahr geschrieben, die mit allzu viel Licht einhergeht. Gemeint ist der Dämon des Mittags, den schon die Antiken fürchteten. Wenn die Sonne im Zenit steht, kommt die Acedia herbei, ein in der zeitgenössischen Welt weitverbreitetes Übel, das jedoch merkwürdigerweise von der Liste der Todsünden gestrichen wurde. Heutzutage erinnern wir uns nicht mehr an sie, in der Tradition Sartres spricht man nur von *nausée,* die etwas anderes ist: eine ganz normale Depression.

Acedia. Ich schlage im Wörterbuch nach: Gefühl der Sinnlosigkeit, Unfähigkeit zu handeln, Gleichgültigkeit, Überdruss, Pfeifdrauf. Ein Gefühl, das einen an der eigenen Aufgabe zweifeln lässt und einen zwingt, sich zum Flüchtigen und Kurzlebigen zu bekehren. Und wenn die Sonne im Zenit steht, reicht einem das Tier die Pfote. Offenbar läuft es zu dieser Stunde auch in den Klöstern herum. Merkwürdigerweise hat uns der Abt ein Treffen ausgerechnet am nächsten Tag um 12 Uhr mittags vorgeschlagen, noch dazu am 21. Juni, dem Tag der Sommersonnenwende, dem hellsten Tag im Jahr. Die Verabredung scheint eine Falle zu sein, um uns auf die Probe zu stellen.

Schweigendes Abendessen in einem kleinen Gästehaus jenseits des Flusses. Mit Hackfleisch gefüllte Zucchini. Mir gegenüber sitzt eine wunderschöne junge Klosterschwester aus Martinique. Mit Irene gehe ich im Licht der Sterne über die Kieswege, die kreuz und quer durch den englischen Rasen des Klosters führen. Ein sehr stimmungsvoller Ort. Die Kapelle mit den ständig brennenden Kerzen, das Haus, in das sich Abbé Pierre zurückgezogen hat, die Ruine der von den Revolutionären zerstörten gotischen Kirche. Vor dem Himmel die Umrisse schwarzer Spitzbögen, atemberaubend. Kein Dach mehr, wie bei der vom Erdbeben zerstörten Kirche des hl. Benedikt in Norcia. Und wie in Norcia bergen auch hier die Ruinen das Versprechen auf Wiedergeburt. In den vierzehn Jahrhunderten seit der Gründung hat Saint-Wandrille einiges über sich ergehen lassen müssen, von den Einfällen der Normannen bis zu den Bomben der Alliierten 1944, es hat sich jedoch immer wieder mit neuem Elan aus den Trümmern erhoben.

Hinter dem Hügel geht der Mond auf, während die Grillen wie verrückt zirpen. Der Glockenturm der kleinen romanischen Kirche Saint-Michel auf der anderen Seite der Straße trägt einen spitzen Hut wie der Zauberer Gandalf in *Herr der Ringe*. Die Kirche ist offen und leer. Sie hat eine perfekte Akustik und ich gebe der Versuchung nach, die Stille zu füllen. Romanische Kirchen sind ideal für Solisten, während sich die gotische Pracht eher für Chöre eignet. *„Non nobis Domine, non nobis, sed nomini tuo da gloriam."* (Nicht uns, nicht uns, o Herr, sondern deinem Namen verleihe die Pracht.) Psalm 113, die Stimme passt sich mühelos dem konkaven Kirchenschiff an, der Gesang beginnt mit Baritonklängen und hebt sich beim *tuo da gloriam* mit einer Energie, die ein Banner im Wind ist. Singen ist schön, sogar allein in einer leeren Kirche.

Und am nächsten Tag, an einem lichterfüllten Mittag, treffen wir Jean-Charles Nault. Er wurde schon mit achtunddreißig Jahren gewählt und ist somit einer der jüngsten Äbte in ganz Europa.

Schlank, energiegeladen. Ein Krieger des Glaubens. „Ich habe mich nicht sehr gefreut, als ich gewählt wurde. Doch dann ist etwas passiert: Mein Vorgänger ist am selben Tag gestorben, und ich habe festgestellt, dass er dasselbe Motto hatte, an das ich gedacht hatte: *Sicut qui ministrat.* Wie der, der dient. Da habe ich mir gesagt: *Voilà, tu es à ta place*, du bist am richtigen Ort. Und habe beschlossen, ein glücklicher Abt zu sein." Das ist der Kern der Klosterregel: die Berufung der Brüder und die gemeinsame Wahl des Abts. Eine funktionierende Demokratie. „Das ist etwas sehr Aktuelles, es überzeugt noch immer Politiker und Industriekapitäne."

Wer weiß: Wenn die EU es ein wenig dem Heiligen nachmachte, der beschlossen hatte, seinem Nächsten zu dienen, dann würden die Dinge vielleicht besser funktionieren. Aufgrund der Regel ist der Abt verpflichtet, alle anzuhören, bevor er eine Entscheidung trifft. Eine parlamentarische Demokratie im Zeichen des Anti-Zentralismus. Nur wenige wissen, dass die Benediktiner bereits 1115, ein Jahrhundert vor der *Magna Charta Libertatum*, das erste übernationale europäische Parlament gegründet haben. Auf Verlangen Stephan Hardings, des Engländers in der Abtei Cîteaux, entstand ein *Parliamentum,* das die Aufgabe hatte, die *summa potestas* des Ordens zu repräsentieren und *juxta et praeter statuta* Gesetze zu erlassen, beziehungsweise die bereits existierenden Gesetze zusammenzufassen und zu vereinfachen, sodass sich niemand mehr hinter dem Vorwand des Nichtwissens verschanzen konnte.

Fast kann ich die Mönche sehen, die auf der Europakarte zu Fuß zu ihrer Generalversammlung marschieren.

Saint-Wandrille ist ein Schlachtfeld, ein Ort der harten Auseinandersetzung. Im Klosterladen finde ich nicht nur gutes Klosterbier und göttliche Schnäpse, sondern auch Bücher wie *Neunzig Fragen an einen Exorzisten, Ich bin Satan begegnet, Die Rückkehr der Barbaren, Die Strategien des Teufels.* Hier erkenne ich, dass es gefährlich ist zu glauben, die Gefahr käme nur von außen, und sich selbst die Absolution zu erteilen. Eine schreckliche Gefahr, denn Frankreich ist nicht nur Bataclan. Frankreich ist auch das Große Nichts, das sich wie in Italien via Web verbreitet. Hass tritt an die Stelle von Verantwortung. Doch der wackere Nault scheint sich all dessen bewusst zu sein. Wie Notker Wolf glaubt auch er daran, dass das Zuhören der Schlüssel zu allem ist. Er scherzt: „Ein System wie das unsere braucht Eingewöhnung. Wie bei der Majonäse: Am Anfang muss man sich Mühe geben, doch dann ist sie köstlich."

Auch hier belagern uns Schwalbengeschwader. Sie haben keine Angst vor der Mittagsstunde. Sie zwitschern, während wir den Rosenkranz der heiligen Regeln beten: Jeden Einzelnen respektieren, denn Diversität ist Reichtum. Einen guten Eifer an den Tag legen, um bei der Arbeit nicht zu verhärten. Sich um verirrte Schäfchen kümmern. Nichts über Christus stellen. Der Versammlung bis zum Ende beiwohnen, denn manchmal kommt der richtige Rat vom jüngsten oder unerfahrensten Mönch. Jean-Charles: „Wir sind die Einzigen in Frankreich, die Bier herstellen. Die Idee, Hopfen und Gerste zu verarbeiten, ist vor einiger Zeit bei der Versammlung entstanden. Heute wird Saint-Wandrille, *brassée par les moines*, in vierzig Klöstern verkauft. Und es zieht Menschen an, die sonst nie hierherkommen würden. Die Menschen von der Peripherie kommen hierher, ohne dass wir zu ihnen gehen müssen. Ein Geschenk Gottes." Außergewöhnlich: Bier im Dienste des Heiligen. Ich frage mich, wie es in Belgien sein wird, von wo aus das Klosterbier seinen Siegeszug in der ganzen Welt angetreten hat.

Nault spricht von den Mosaiken in Sant'Apollinare in Ravenna, insbesondere vom Bild des Bischofs, der die Herde hütet und das verirrte Schäfchen auf den Schultern trägt. Ich frage ihn, ob er sich als Hirte fühlt. Er gibt eine außergewöhnliche Antwort: „Aber nein, der Hirte ist da oben", und zeigt auf einen Punkt weit oberhalb der Decke. „Ich bin nur der Hirtenhund. Der Schäferhund, der ununterbrochen arbeitet, nie stillhält, auf und abläuft, um die Herde auch ohne Gehege und Zäune zusammenzuhalten, ohne die Gruppe von der Welt zu trennen. Ein Abt ist so weit von der Macht entfernt, wie man sich nur vorstellen kann. Abt sein bedeutet zu dienen, jedoch mit Freude." Und der Dämon des Mittags? Er lächelt, und dabei blitzt auch in seinen Augen ein Lächeln auf. „Nun, es ist erwiesen, dass das Morgengrauen und die Abenddämmerung sich am besten zum Beten eignen." Doch ich habe den Verdacht, dass er mir nicht alles sagt. Draußen strahlt das Licht wie nie zuvor. Der Wind vom Ärmelkanal bringt salzige Luft.

Ich gehe ins Dorf. Auch in Frankreich ist in den Zeitungen von Immigranten die Rede. Man ist besessen von der Idee einer Barbareninvasion. Wie langweilig. Wenn es eine wirkliche Invasion gäbe wie seinerzeit, als Hunnen und Vandalen brandschatzend durch das Land zogen, könnten wir keinen Widerstand leisten. Doch der Glaube der Mönche bekehrte allein mit der Kraft des Wortes unbezähmbare Horden. Wären wir dazu imstande, wir, die wir schon Schiffbrüchigen und armen Teufeln die Zähne zeigen? Ich fürchte nicht, denn wir sind nicht mehr imstande, Worte, von denen wir überzeugt sind, wie ein Schild zu heben. Das ist mir klar, seitdem ich in Praglia eine Art Erleuchtung hatte. Wir sind so sehr Geiseln der Konsumgesellschaft, dass wir angesichts einer echten Bedrohung die Flucht ergreifen würden. Wir haben nicht einmal mehr ein Zehntel der Energie der frühen Christen.

Seit Beginn der Reise notiere ich in einem Notizbuch ein kleines antirassistisches ABC. Diese Pflicht raubt mir den Schlaf. Wir müssen Metaphern, Symbole und eine Grammatik finden, um der Bestie zu antworten. Ich weiß, dass man dem Hass nicht höflich gegenübertreten kann und dass die Antwort so scharf sein muss wie ein Säbelhieb. Das Problem besteht darin, sich dabei nicht auf dieselbe sprachliche Ebene wie der Gegner zu begeben. Viele schweigen aufgrund dieser Angst, doch sich herauszuhalten macht sich nicht bezahlt. Das dämonische Gerede breitet sich im Web auch deshalb aus, weil sich noch immer zu wenige zu antworten trauen. Fürs Erste müssen wir das schlimmste Schweigen bekämpfen, das Schweigen aus Feigheit.

Die politische Klasse hat die Pflicht, die identitären Stürme, die von der Internetgesellschaft entfacht werden, zu verstehen und eine Antwort darauf zu finden. Doch der aprioristische Hass ist etwas ganz anderes, er ist von Angst manipulierte Degeneration. Bestialität. Deshalb müssen wir unbedingt eine Sprache finden, die ihm entgegentritt, und einen emotionalen Erzählkanal ins Leben rufen, der die richtigen Worte aus den geschlossenen Zirkeln, den armseligen Kaffeekränzchen der sterbenden Linken befreit und die Herzen der vergessenen Peripherien öffnet. Wir müssen direkt und effizient auf die Provokationen antworten. Sie zum Schweigen bringen, beschämen, mit der feinen Klinge oder mitunter auch dem Beil antworten. Politische Korrektheit zieht nicht mehr. Man kann den Äußerungen des Bauchs nicht mit Vernunft begegnen, die andere Wange hinhalten oder sich in raffinierten Überlegungen verstricken. Man muss eine Waffe bereithalten. Ein Vokabular wie blitzender Stahl.

Wie doch der Wind im Licht der Sommersonnenwende weht. Er kommt von Westen, von den fernen, felsigen Abteien der Bretagne. Orten wie Landévennec, die an Artus' Schwert erinnern, wo in der Bucht von Brest die Gezeiten donnern. Er weht von den wunderbaren Ruinen von Saint-Mathieu, wo seinerzeit – angeblich – der Schädel des Evangelisten Matthäus aufbewahrt wurde. Er pfeift von Mont Saint-Michel, der nach Montecassino und Westminster bekanntesten Benediktinerabtei. Ein Vorgebirge der Seelen, an dem man besser als anderswo das Schicksal dieser Endstation der Völker spürt, die sich Europa nennt. Aus diesen Ländern kamen die Iren Patrick, Gallus und Columban, die Söhne der Stürme. Sie zogen Richtung Osten und Süden, denn für sie war das die einzig mögliche Richtung.

Ozeanische Gedanken. In so einem Land sind Willkommen und Selbstzerstörung keine Alternativen. Doch die Willkommenskultur muss verwaltet werden, sagt Jean-Charles zu uns, und zwar von Seelenhirten, die die Herde allein mit der Kraft des Wortes zusammenhalten. So war es immer im Lauf der Jahrhunderte. Ich frage mich, ob das auch heute noch möglich ist, wo das Wort desavouiert, entleert, zur Beruhigungspille degradiert worden ist.

Und wenn das benediktinische Modell heute nicht mehr anzuwenden wäre, weil es mit der digitalen Welt nicht kompatibel ist? Mein Freund Antonio Salvati, der mein Herumziehen Schritt für Schritt verfolgt, schreibt mir: „Wäre der Weg des Heiligen möglich gewesen, wenn seine Welt zwar nicht soziale Netzwerke, aber Echtzeit-Informationen gekannt hätte wie wir heute? Wenn die Angst vor den vorrückenden Türken, bei der man sich in langen Nächten im Kerzenlicht Schutzwälle und Fluchtwege ausmalte, durch eine Echtzeit-Vision ersetzt worden wäre, bei der man wie in einem Film die Truppen des Sultans sah, die auf einer interaktiven Karte vorrückten?"

Auf dem Weg von Cîteaux hierher sind wir durch Chartres gefahren. Ich wollte die Kathedrale wiedersehen, die ich vor fünfzig Jahren zum ersten Mal besichtigt hatte. Ich hatte noch immer das strahlende Bild der beiden Kirchentürme vor mir, die wie ein Raumschiff in einem vom Wind gepeitschten Weizenfeld liegen. Damals war alles sichtbar. Der verwitterte Stein erzählte von den Steinmetzen, Baumeistern, Tischlern, Ochsenkarren, die die Straßen Frankreichs füllten, um ihren Beitrag zu diesem enormen Glaubensakt zu leisten. Heute ist davon nichts mehr zu sehen. Armes Chartres. Aufwendig renoviert, wie von einem chinesischen Milliardär oder einem arabischen Scheich. Der Staub der Jahrhunderte ist weggewischt. Der Marmor weiß wie Schlagsahne, glatt wie Sanitäranlagen. Eisdielen, das Läuten von Handys, Touristenbähnchen auf Gummirädern. Und außerdem ist das Land verschwunden. Das Spinnennetz der Metropole hat sich bis hierher ausgedehnt. Nordfrankreich ist ein Vorort von Paris geworden. Guter Gott, wer hat Chartres so profaniert? Der Islam oder wir selbst, die wir alles zur Ware machen?

Die Werte, die damals bei der Gründung galten, schreibt mir Antonio, sind noch nicht tot: „Es ist einfach schwierig geworden, sie in diesem Lärm zu hören." Doch wenn dem so ist, dann brauchen wir Männer, die in der Lage sind, der Geschwindigkeit eine menschliche Dimension zu geben, den Worten, Silben, Metaphern, dem Gesang wieder Sinn zu verleihen. Vor allem die Schriftsteller müssten dafür sorgen, dass „dieser konstante Fluss an Nachrichten, Informationen, Meinungen, Worten unterwegs nicht seine kostbarste Last verliert: die Menschlichkeit". Eine gewaltige Herausforderung. Ich bin voller Zweifel: Ich weiß nicht, ob die Werte, die ich auf dieser Reise hautnah erfahren habe, auch tatsächlich überleben werden. Sicher, die Herausforderung besteht darin, ihnen in dieser hektischen und hypervernetzten Plastikwelt eine Stimme zu geben, bevor es zu spät ist. Die Handwerker des Worts haben eine wichtige und dringliche Aufgabe.

Allein wandere ich über die Alleen der Abtei. Man hört nur die Spatzen. Brecht schrieb: „Wirklich, ich lebe in finsteren Zeiten … weil ein Gespräch über Bäume … so viele Untaten mit einschließt." Diesen Vorwurf will ich dereinst nicht von meinen Enkeln hören, und ich weiß, es gibt viele Möglichkeiten, angesichts des Hasses nicht zu schweigen. Man kann mit einem Fluch reagieren, mit Ironie, gelassener Heiterkeit, Bibelzitaten. Doch ausgerechnet hier in Saint-Wandrille fällt mir ein, dass die wirkungsvollste Antwort vielleicht darin besteht, einem eingefleischten Rassisten zu wünschen, er möge niemals das Schicksal eines Flüchtlings teilen. Wir alle hegen ja unbewusst die Angst, eines Tages hilfsbedürftig zu sein.

Ich versuche die Antwort so zu formulieren: „Ich wünsche dir, dass dein Sohn nie elend hinter Stacheldraht eingesperrt sein wird. Ich bete zu Gott, dass dein Pass und dein Geld nie von einem Polizisten wie wertloses Papier behandelt werden. Ich bete zum lieben Gott, dass deine Enkel nie einen Winter im Dreck in einem Zelt verbringen müssen, einen halben Kilometer von einem Gemeinschaftsklo entfernt, mit Skorpionen und Schlangen unter der Bettdecke. Ich bete, dass dein Zuhause nicht in Schutt und Asche gelegt wird und dein einziger Kontakt zu deiner Familie das Handy ist." So könnte ein gutes Finale lauten: „Ich bete, dass du das, was du gerade gesagt hast, nie hören musst." Missbilligung, als Geber formuliert, kann den Gesprächspartner entwaffnen.

Die meisten glauben ja, sie blieben vor einem derartigen Unglück verschont. Der Schiffbruch der anderen bestätigt sie allenfalls in dieser Überzeugung, in der Unterscheidung zwischen

„uns“ und den aufgrund von Abstammung oder Kultur minderwertigen „anderen“. Sie bedauern zwar, dass Schlauchboote mit Kindern darin untergehen, fühlen sich aber auch erleichtert. Schon Lukrez schrieb in *De rerum natura*: „Süß ist's, anderer Not bei tobendem Kampf der Winde / auf hochwogigem Meer vom fernen Ufer zu schauen / Nicht als könnte man sich am Unheil anderer ergötzen / sondern dieweil man sieht, von welcher Bedrängnis man frei ist.“ Doch man begreift auch, wie sehr uns heute jede christliche oder Klassensolidarität abhanden gekommen ist. Antonio schreibt mir: „Wir haben uns derart beeilt, diese – christlichen oder ideologisch gefärbten – Werte loszuwerden, dass nur noch die nackte, brutale Realität übriggeblieben ist.“

Ich gehe an der Seine entlang, vor einer großen Brücke mit einem weißen Bogen. Der Wind wird noch stärker, er kommt aus Honfleur. Der Name dieser antiken Hafenstadt klingt wie ein Heißluftballon, er besagt, dass mit dem Wind hier nicht zu spaßen ist. Der Ort, wo die Alliierten in der Normandie an Land gegangen sind, befindet sich in unmittelbarer Nähe. Jenseits des Meeres, ganz nah, liegt Großbritannien. Ich atme die Atlantikluft tief ein, und allmählich sehe ich klarer. Worte rufen Gewalt, Ungeduld, Aggression hervor. Hat nicht ein Durcheinander von Worten zur Trennung Großbritanniens von Europa geführt? „Fühlst du dich als Engländer oder als Europäer?“ Auf diese arrogante Frage könnte man die Alternative beim Referendum reduzieren. Eine sprachliche Dummheit. Der Beweis, dass uns die Bestie vom Wort trennt, uns mit nicht existierenden Antagonismen nährt und uns wie Schlafwandler an den Rand des Abgrunds drängt. Ihre Metaphern beruhen auf Angst, sie werden kunstvoll geschmiedet, um wie in einem Notstand antidemokratische Antworten zu provozieren.

Wie soll man den Brexit-Befürwortern antworten? Am besten, indem man britische Gelassenheit an den Tag legt und sagt: *Well, my friend*, wäre ich ein IS-Terrorist, würde ich mir die Hände reiben und denken: Ich brauche gar keine Bomben mehr, die Europäer erledigen sich ohnehin selbst. Sie teilen sich, anstatt näher zusammenzurücken. Sie erwecken Grenzen zu neuem Leben, die schon längst geschliffen waren. Sie untergraben den Säkularismus, den Rechtsstaat, die Schulbildung. Sie verlangen den Polizeistaat. Sie hassen sogar die, die unserem Hass zum Opfer fallen. Sie beseitigen die, die ihren eingeschworenen Feind am besten kennen und sie vor unserer Aggression beschützen könnten. Sie sind totale Idioten. Großer, barmherziger Allah, was könnte ich mir Besseres wünschen?"

Ich gehe ins Gästehaus zurück. Bald essen wir zu Abend. Die südamerikanische Köchin hat im Erdgeschoss *Crêpes aux épinards* zubereitet. Ich atme den Duft ein, doch das Gespenst des entfesselten Rassismus verfolgt mich noch immer. Ich halte ihm entgegen: „Brülle die Migranten ruhig an … Brüllen ist die einzige Freiheit, die du besitzt. Sie werden dir so viele Megafone geben, wie du willst, und dich gewähren lassen, denn mit deinem Brüllen erledigst du ihre Arbeit. Du enthebst sie der Verantwortung. Sie verschrecken die Fremden und senken die Löhne. Die Mafia, die Großhandelsmärkte, die Hochfinanz bedanken sich herzlich bei dir. Doch wisse, nach den Ausländern ist deine Familie, sind unsere Kinder dran. Eine perfektere und perfidere Form der Herrschaft ist noch nicht gefunden worden."

Man ruft uns zu Tisch, ein Mönch kommt und segnet das Abendessen. Ein gutaussehender, ungefähr sechzigjähriger Mann mit einem dichten grauen Bart. Er liest so etwas Ähnliches wie einen Bannfluch vor, doch seine Stimme ist heiter: „Die Fremdlinge sollst du nicht unterdrücken, denn ihr wisset um der Fremdlinge Herz, dieweil ihr auch Fremdlinge im Ägyptenland gewesen." Bibel, 2. Buch Mose. 23.9.

Ich nehme die Anregung der Bibel auf. Sie passt zu meinen Überlegungen. Ich schreibe auf die Papierserviette: „Vor Betrügern, Schuften, Arroganten, falschen Propheten, Dieben und Einbrechern sollst du dich in Acht nehmen sowie vor jenen, die falsche Nachrichten verbreiten und schlecht reden, ebenso vor Clowns, die Schmierenkomödien aufführen." Man muss schon ein ziemlicher Trottel sein, um zu glauben, dass ein Milliardär wie Trump oder ein Ex-Kommunist wie Putin Beschützer der Benachteiligten sein können. Nach zwei Weltkriegen, nach der Selbstzerstörung Jugoslawiens und den Massakern in der Ukraine können nur noch Volltrottel an den Nationalstaat glauben. Ich mache mir weiter Notizen, in der Mensa herrscht so große Stille, dass man nur das Kratzen meines Kugelschreibers hört. Aus den Augenwinkeln sehe ich, dass meine Tischgenossen mich neugierig und liebevoll anblicken.

Die Linden verströmen einen überwältigenden Duft, die ersten Sterne Richtung Rouen zischen wie in einer Bratpfanne. Sogar das Wort „Wandrille" funkelt an diesem Abend, allein der Name ist Gesang. Vielleicht liegt es daran, dass die Abende im Nordwesten schier endlos sind, oder vielleicht bin ich trunken vor Luft, jedenfalls hält mich das Kommen und Gehen der Gedanken noch länger wach als sonst. Es wird immer deutlicher: Ich reise nicht im Raum. Ich reise in meinen Inneren. Wie mühevoll ist es doch, in der Welt zu sein und in einem Zustand ständiger Alarmbereitschaft an Gegenworten zu arbeiten. Wie viel Adrenalin wird auf diese Weise umsonst in den Herzmuskel gepumpt! Die große Energie könnte besser eingesetzt werden. Wer weiß, ob das alles den in ihrem Mikrokosmos eingeschlossenen Mönchen nicht erspart bleibt. Aufgrund dieser Hoffnung ist die Versuchung, sich in ein Kloster zurückzuziehen, auch für einen Laien sehr groß.

Im Nordwesten zerschneidet das Licht des Leuchtturms von Le Havre den Himmel. Wer weiß, wie viele europäische Emigranten sich von ihm verabschiedet haben, als sie nach Amerika ausgelaufen sind. Le Havre, *l'air du large*, was für ein wunderbarer Ort, um in See zu stechen. Früher wurden Leuchttürme offenbar von Klöstern verwaltet. Wie die Lanterna in Genua, die mit den Benediktinern in San Benigno verbunden war, und der Leuchtturm auf der Insel Tino im Golf von La Spezia, wo eine Kapelle zum Gedenken an den heiligen Mönch Venerio errichtet wurde, den Schutzheiligen der Leuchtturmwächter. Auch der Leuchtturm von Gaeta, der 1943 von den Deutschen gesprengt wurde, wurde jahrhundertelang von den Benediktinerinnen der Abtei Santa Caterina betreut. Matrosen, Soldaten, Fischer, Händler, Segler, gewöhnliche Leute an Bord von Frachtschiffen und Fähren, Sklaven auf Galeeren: Wer weiß, wie viele Tausende Augen in Kriegs- und in Friedenszeiten das Licht der Lampe gesucht und gefunden haben, ohne dass die Lampe, von ihrem eigenen Licht geblendet, sie in der dichten Dunkelheit des Meeres hat sehen können.

Vielleicht ist der Leuchtturm selbst ein Mönch, der das Bleibegelübde abgelegt hat. Er verkörpert jedenfalls hervorragend das Paradigma der *stabilitas*. Das Licht mahnt uns: „Ihr fahrt vorbei, ich bleibe. Meine Existenz ist nicht flüchtig. Ich habe ein langes Gedächtnis. Ich bin an die Küste geschmiedet, stehe ewig, Jahr für Jahr, Nacht für Nacht, hier und diene seit Jahrhunderten, stehe Menschen zur Verfügung, die oft ahnungslos oder undankbar sind, die meine Hingabe für selbstverständlich halten."

Tatsächlich bemerken wir den Leuchtturm erst, wenn er aus Wartungsgründen kurz abgeschaltet wird. Dann erschrecken wir und stellen fest, wie dunkel es auf dem Meer ist. Auch auf dem Festland stellt man in diesem Augenblick fest, dass im Gleichgewicht der Nacht etwas aus dem Tritt geraten ist. Doch die Leuchttürme haben nicht nur Licht. Sie haben auch eine Stimme. Der von Bell Rock südlich der Hebriden erzählt von dem Sturm, der innerhalb weniger Stunden siebzig Schiffe auf Grund laufen ließ. Der von Fanad Head in Donegal, Irland, erzählt davon, wie der Mönch Brendan tausend Jahre vor Kolumbus nach Island und vielleicht sogar nach Amerika segelte. Der Lichtpinsel von Cabo da Roca in Portugal erhellt auf der letzten Bastion Europas den Sprung der Seelen ins Nichts.

Und während das Lichtschwert von Sidon im Libanon mit den Meteoriten spielt, die von der Bekaa-Ebene und vom Hermon herunterhageln, hört der tausend Meilen entfernte Leuchtturm auf Lampione, südlich von Lampedusa, den letzten Schrei der Schiffbrüchigen. Nur wenige wissen, dass sie beim Ertrinken ihren Namen schreien, denn nur so können sie verkünden, dass es sie gegeben hat. In Tunis grüßt der letzte Lichtstrahl die Verzweifelten im Namen der „Brandstifter", denn vor Jahrhunderten verbrannte Tariq ibn Ziyad seine Schiffe, nachdem er in Spanien an Land gegangen war, um nicht in Versuchung zu kommen, es nicht zu erobern. In mondhellen Nächten enthüllt der Tempel von Jupiter Anxur in Terracina seinen fernen Ursprung als Leuchtturm und füllt sich mit den Geistern von Priestern, die sich an Kohlenbecken und mit Reisigbündeln zu schaffen machen. Schon für die Antiken war der Leuchtturm etwas Heiliges. Ein Symbol, wie auch die Brücke. Ihn zu zerstören, abzuschalten oder verwahrlosen zu lassen war Blasphemie.

Der Leuchtturm steht uns zu Diensten, wie der Geist in Aladdins Lampe. Er ist altruistisch. Er verkörpert eine uneigennützige Hingabe an die Menschheit. Was umso wichtiger ist in einer Welt, die von jenen regiert wird, die Ressentiments schüren, und sich in ihren Egoismen verschanzt. Ich frage mich, ob es nicht perfekt dem benediktinischen Geist entspricht, wie der Leuchtturm dem Unendlichen mutig die Stirn zu bieten und in den finstersten und abgelegensten Gegenden, am Rand von Vorgebirgen und Abgründen, Wurzeln zu schlagen.

9.

Schwalben und Braukessel

Orval, Belgien

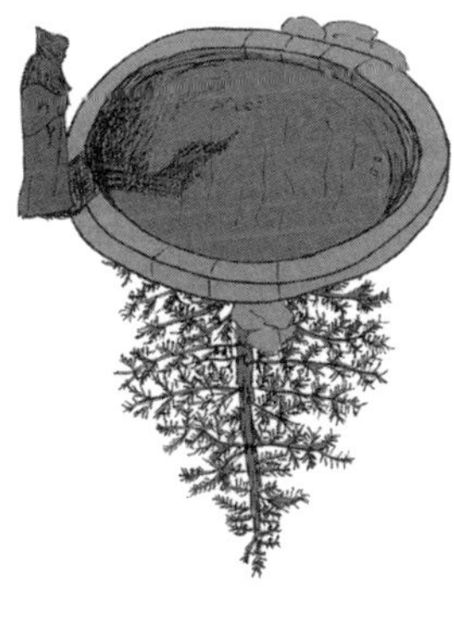

Erst im letzten Augenblick erblickt man die Abtei Orval, die sich im dichten Wald der Ardennen versteckt. Sie ist eine Festung mit silbrigen Schindeldächern und Rauchfängen, aus denen weißer, nach Bier duftender Dampf aufsteigt. Eine abgeschlossene Welt, in der sich wie in einem Bienenstock das geschäftige Leben der Trappisten abspielt, die Zisterzienser der strengeren Observanz, sozusagen doppelt strenge Benediktiner sind.

Es ist schon fast Zeit fürs Abendessen und wir schaffen es gerade noch rechtzeitig, das Gepäck abzustellen, da schubst uns die Pranke des *frère hôtelier* schon energisch in Richtung der Herde. Ungefähr fünfzig Personen – sehr viele im Gegensatz zu den Klöstern bisher – haben sich bereits in einem Saal mit vier langen, gedeckten Tischen versammelt und warten auf den Befehl, sich zu setzen, während englische Renaissancemusik aus den Lautsprechern dringt. Belgische, französische, deutsche Pilger. Altertümliche Gesichter wie auf der „Bauernhochzeit" von Pieter Breughel. Vor jedem Teller steht eine Flasche mit frischem, bernsteinfarbenem Bier, das von den Mönchen gebraut wurde, mit dem typischen bauchigen Glas daneben. Nach dem Gebet öffnet der Verwalter, nachdem er mit einem raschen Blick um Zustimmung ersucht hat, die Flaschen, was eine Reihe von Plopps erzeugt: der liturgische Beginn des Abendessens.

Das frugale, von der Trappistenregel streng festgelegte Menü wird schweigend verzehrt, man hört nur das leise Klappern des Bestecks. Der Speisesaal von Orval wirkt wie eine Kaserne. Beim gemeinsamen Mahl sollte reine Freude herrschen, doch die Tischgenossen sind alle schrecklich ernst. Ich zwinge mich zu lächeln, doch das fällt negativ auf. Die Tischgenossen gegenüber sehen mich streng an. Ich fühle mich ein wenig unwohl, die Klosterregel sollte eigentlich Freude und guten Eifer nahelegen. Doch das versteht das Publikum nicht. Unsere lärmende Welt kann Schweigen und Freude nicht zusammenbringen. Ach, was für ein Unterschied zu dem Geplauder in den Speisesälen der bayerischen Klöster! Erst gegen Ende, als Bestecke und Essensreste eingesammelt werden, verliert sich die merkwürdig gedrückte Stimmung ein wenig. Hier erinnert alles, sogar die Butzenscheiben mit den Gesichtern der Evangelisten und die gekachelten Wände, an eine Bierstube. Erst später stelle ich fest, dass sich ausgerechnet in diesem Ritual der Sinn der benediktinischen Gastfreundschaft verbirgt. Wortlos macht sie dir klar, dass jeder Neuankömmling einen Pakt unterschreiben muss: Ich nehme dich auf, doch du musst meine Regeln befolgen. Ich frage dich nicht einmal, ob du gläubig bist. Du beugst dich den Regeln der Gemeinschaft, amen.

Die Maschinerie der Gastfreundschaft funktioniert in Orval unbarmherzig, fast wie am Fließband. Bruder Bernard-Joseph wirkt in seinem Büro wie ein in die Jahre gekommener Hotelbesitzer. Lebendiger Blick, vorspringende Nase, hagerer Körper und Hände wie ein Bauer. Nach dem Abendessen mustert, prüft er uns, katechisiert uns schnell. Setz dich. Hör zu. Wiederhole. Hast du verstanden? Du kannst gehen. Einen, der zu spät gekommen ist, behandelt er ruppig. „Hast du ein Laken?" Nein. „Hast du ein Handtuch?" Nein. „Du bist eine Katastrophe." „Nun, eigentlich hatte ich nicht vor, hier zu schlafen, aber ich habe im Dorf kein Zimmer bekommen." Da öffnet Bernard-Joseph theatralisch eine Truhe, kramt darin und drückt dem Unglücksraben ein Notfallset in die Hand. „Zimmer 305." Der sieht ihn verwirrt an. „Wie komme ich dahin?" „Ganz einfach, es ist vor 306 und nach 304." Dann sagt er augenzwinkernd: *„Nous, les trappistes, on est toujours les meilleurs."* Wir Trappisten sind die Besten.

Wir gehen über einen langen Gang, bis wir einen riesigen Garten mit einem Springbrunnen und einem Laubengang erreichen, in dem sich kleine Zimmer für Pilger befinden. Die Entfernungen sind so groß, dass manche Mönche mit dem Rad fahren, das schwarze Skapulier flattert dabei wie ein Flügel über der milchweißen Kutte. Die Besucher genießen die Abendluft und trinken ein letztes Bier. Der Himmel ist perfekt majolikablau und die Kirche, die nach der Zerstörung im Zweiten Weltkrieg wiederaufgebaut worden ist, färbt sich honiggelb. Wie immer schwirren Hunderte Schwalben wie Blitze um die Kirche. Im Mai und Juni sind die Abende hier endlos lang.

In der Abtei gibt es keinen Ausschank, also gehen wir auf ein letztes Bier hinaus. Wir sind zu dritt. Es begleitet uns Giulio Groppi, ein ehemaliger EU-Beamter, der wie ich aus Triest stammt und nach Brüssel übersiedelt ist. Ein sehr liebenswerter, ironischer und lässig gekleideter Mann, ein hervorragender Gesprächspartner mit einem unstillbaren Durst auf Klosterbräu. Nur 100 Meter entfernt, an der ersten Kreuzung, finden wir eine Kneipe, und mit Pommes als Grundlage trinken wir zuerst Rochefort und dann Westmalle, Chimay, Achel und Westvleteren. Zusammen mit dem Orval sind das sechs Biere, und alle stammen aus glorreichen belgischen Benediktinerbrauereien. Das schwarze Sechseck mit dem weißen Rand, auf dem *Authentic Trappist Product* steht, beweist zweierlei: erstens, dass die alte Originalrezeptur beibehalten wurde und zweitens, dass der Verkaufserlös ausschließlich der Erhaltung der Abtei und wohltätigen Zwecken zugutekommt.

Unser Freund erklärt uns, dass der Verkauf des Klosterbiers sehr streng gehandhabt wird; wer Konzessionen an den Markt macht, verliert das Recht auf die Marke. Giulio lebt sehr zufrieden in seiner zweisprachigen Wahlheimat; er isst und trinkt, dass es eine Freude ist. Während der guten Jahre, als Europa ein Credo, ein wunderbarer Aufbruch war, hat er mit Begeisterung in Brüssel gelebt. Sein föderalistischer Geist hat wahrscheinlich schwer unter der Veränderung gelitten, als die Länder des ehemaligen Warschauer Pakts in die EU aufgenommen wurden, und später, als eine neue Generation von bisweilen arroganten und inkompetenten Diplomaten die Amtsräume überschwemmte. Ganz zu schweigen von den neuen Politikern: Heuchlern, die für Gesetze stimmten, von denen sie sich zu Hause distanzierten. Ich am anderen Ufer des Flusses habe bei meinen Reisen an die Peripherien ganz andere Erfahrungen gemacht.

Auf diesen Reisen habe ich unzählige Male gehört, wie dein Name, Europa, vergebens heraufbeschworen wurde. Du hast das belagerte Sarajewo im Stich gelassen. Deine Soldaten haben beim Massaker von Srebrenica zugesehen, ohne mit der Wimper zu zucken. Ich habe gesehen, wie du mit Diktatoren auf der ganzen Welt paktiert hast, du hast die Aufständischen in der Ukraine im Stich gelassen, die von Erdogan unterdrückten türkischen Intellektuellen, die jungen Serben, die sich gegen die nationalistische Bande aufgelehnt haben, die das Land in Geißelhaft hielt. Jetzt lässt du die Migranten im Meer sterben und siehst zu, wie das Mittelmeer zum größten Massengrab des Planeten wird. Du, meine Mutter, hast Auschwitz hervorgebracht, den Tod von Zivilisten in Kauf genommen, schreckliche Kriege angezettelt. Das alles ist in jüngster Vergangenheit passiert, doch uns „Zivilisierten“ erscheint das wie graue Vorzeit, ein Schrecken, der sich unmöglich wiederholen kann. Und das ist furchtbar, denn die Erinnerung an den Schrecken ist das einzige Mittel zu verhindern, dass er sich wiederholt.

Meine Leidenschaft für Europa, erkläre ich Giulio, ist aus diesen Niederlagen, aus dieser Verzweiflung entstanden, nicht aus der

Unzufriedenheit mit einer immer schlechter werdenden Politik. Europa ist nämlich vor allem ein Glaubensakt. Stefan Zweig, schreibt Navid Kermani, der bedeutende, in Deutschland lebende iranische Intellektuelle, floh aus der Hölle des Faschismus und beging im Exil Selbstmord, träumte jedoch mit messianischem Furor von einem vereinten Europa wie dem Gelobten Land. Die Idee hat seine Niederlage überlebt, sie ist vielmehr daraus hervorgegangen. Als Victor Hugo 1851 vor der Französischen Nationalversammlung von einem geeinten Europa sprach, erntete er nur Pfiffe, doch Europa ist trotz des Spottes der inkompetenten Mehrheit des Volkes entstanden. Adenauer, De Gasperi und De Gaulle gründeten die EU nach der Katastrophe zweier Weltkriege und Hundert Millionen Toter.

Mein lieber Freund, wenn sich Helmut Kohl bei der Einführung des Euro auf Umfragen gestützt hätte, hätte er einen Rückzieher gemacht. Als großer Staatsmann beharrte er aufgrund einer einfachen Überlegung auf dem Euro, auch wenn er damit riskierte, beim Volk in Ungnade zu fallen: Sein Großvater war im Ersten Weltkrieg gefallen, und nun war es an der Zeit, „es reicht" zu sagen. Er vertraute darauf, dass die neue Währung ein hervorragendes Mittel zur Bekämpfung neuer Konflikte war.

Auf meinen Reisen habe ich verstanden: Nur die, die Europa nicht haben, lieben es. Kein westlicher Politiker hat den Namen Europas jemals so leidenschaftlich ausgesprochen wie eine alte, arme ukrainische Hirtin namens Ljuba, die ich am Ufer des Dnister kennengelernt habe. Oder so enthusiastisch wie die Einwohner von Tiflis in Georgien: Eines Abends im Theater, als Beethovens Neunte aufgeführt wurde, erhob sich das Publikum spontan von den Sitzen und sang lauthals die Ode an die Freude auf Deutsch mit. In Rom, Berlin, Brüssel wäre das unmöglich. Als ob das Herz des Kontinents nicht in, sondern außerhalb der EU schlüge. Östlich von Mitteleuropa. In den Ländern, wo sich die deutsche Kultur unauflöslich mit der jüdischen und der slawischen vermischt hat. Europa muss man an den Grenzen suchen. Wie das Christentum: Um seine Botschaft zu verstehen, muss man sich so weit wie möglich von Rom entfernen und Länder betreten, wo die Christen eine verfolgte Minderheit sind und nicht den Versuchungen der Macht erliegen.

Doch auch das Europa, dem ich auf meiner Reise durch die Klöster begegne, hat wenig mit der „Brüsseler Blase“ zu tun. Auf meiner Pilgerreise habe ich eine Gegenwelt zu den vielen Ministerien, Glaspalästen, Pressebriefings oder Hotels voller Konzern-Lobbyisten entdeckt, die einzig dem Zweck dienen, die Entwicklung der EU zu behindern. Selbst in Brüssel muss man nur die Welt der Eurokraten verlassen, die neoklassische, kolonial geprägte Architektur, die eingezäunten Plätze rund um das Palais de Justice mit den Triumphbögen, den Absperrungen, die Welt der Badges und Check-Ins, und schon entdeckt man eine andere Stadt. Aus den Vororten strömen Zehntausende Jugendliche, die für das Klima, für den Planeten, für die Willkommenskultur demonstrieren. Diese Jugendlichen kümmern sich nicht um die Einteilung in Flamen und Wallonen und haben sich längst über die Stammeskriege ihrer Vorfahren hinweggesetzt.

Sogar in Brüssel entfaltet Europa eine zentrifugale Kraft. Ich erzähle Giulio von meinem Zickzackweg von Abtei zu Abtei, beschwöre für ihn die Orgel Pater Urbans in Muri-Gries herauf, das irre Licht in Marienberg in den Alpen, das Klavierspiel Frédérics im Keller von Cîteaux, die Klosterband in Sankt Ottilien in Bayern. Das Wunder der Wässerwiesen in der Lombardei, die Weinberge in Frankreich, die Wälder in den Alpen, die nach Parmesan duftenden Bauernhöfe in der Poebene. Aber vor allem die Klosterregel. Die Regel als Schlüsselwort, als Kennzeichen von Zivilisation. Dank dieser Regel kann man in Europa einen Missbrauch anzeigen und selbst wenn man ein Niemand ist, vor Gericht gewinnen. Wenn man eine eigene Meinung hat, landet man nicht im Gefängnis oder wird umgebracht

Ein sanfter Wind rüttelt an den Bäumen im Wald. Es ist noch immer heiß, das kühle Bier zischt runter. Ich schaue mich um: Alles rund um mich ist Europa. Die menschengerechten Räume, der Dampf aus den Braukesseln, die alten Schmieden, die Kanäle, die Walmdächer, das Straßen- und Wegenetz, die karolingische Seele der Dörfer. Der Duft der fermentierten Gerste steigt in den Himmel auf wie ein Gebet. Ein Raum innerhalb eines heiligen Kreises, um den herum man sich grenzenlose Wälder, Wüsten, Berge und Weizenfelder vorstellen kann. Auch die Erinnerung an den Krieg, der innerhalb von dreißig Jahren zweimal hart zugeschlagen hat, gehört zu Europa. Die Humanisierung der Landschaft ist Europa. Die Demokratie, die gotischen Türme und die Wiener Kaffeehäuser sind Europa. Unsere Welt gründet auch auf Griechenland, Rom, die arabische und slawische Kultur, die keltische und die germanische Welt, doch am Ursprung Europas stehen vor allem Menschen, die sich zum Christentum bekannten. Und christlich ist die Vermischung all dieser unterschiedlichen Kulturen. Ein Christentum der einfachen Leute, Gottes Volk.

Wir kommen gerade noch rechtzeitig zurück, bevor die Ausgangssperre verhängt wird und die Türen geschlossen werden. Eine halbe Stunde nach Sonnenuntergang setzen sich die Schwalben zum Schlafen auf die ausgebreiteten Arme einer riesigen Christusstatue aus schwarzem Marmor, über der ein Halbmond aus Pappmaché aufgeht. Ich koste das Schweigen in der Ruine des alten Kreuzgangs aus. Soweit der Blick reicht, dehnt sich der Wald Richtung Frankreich, Deutschland und Luxemburg aus. In den Ruinen der alten Abtei, die früher Schmiede und Müller beherbergte, gurren Tauben zwischen steinernen Eidechsen und Drachen auf den alten Regenrinnen. Es ist herrlich, am Abend in Orval auf einer Bank des Laubengangs zu sitzen, leise zu plaudern und auf den großen Garten und die Kirche zu blicken.

Unter dem Sternenhimmel gehen wir zu den großartigen Ruinen des antiken Orval. Im ehemaligen Kapitelsaal wimmelt es von Schwalbennestern, in denen flauschige piepsende Küken sitzen. Ein Stück weiter hinten, auf dem Sockel einer Statue des hl. Bernhard befindet sich eine wunderbare Aufschrift. „Tag und Nacht kaut Bernhard das Wort / und sucht den Wechsel des Wortes / wie der Schlaflose die Morgenröte sucht." In Sankt Ottilien hatte mir Abt Wolf gesagt: „Wir Benediktiner kauen das Wort, bis es seinen ganzen Geschmack abgegeben hat und uns in Fleisch und Blut übergegangen ist." Die geheimnisvolle Energie des laut ausgesprochenen Wortes, das bis auf die letzte Bedeutung ausgequetscht und wie im Talmud hartnäckig wiederholt und abgehorcht wird, hat all das hervorgebracht.

„Ach, *la bonne parole*", flüstert Frère Xavier, der junge, kräftige Verwalter des Klosters, der sich zu einem Plauderstündchen zu uns auf das Mäuerchen setzt. „Vor allem wenn ich nichts tun kann, um eine materielle Bitte zu befriedigen, bin ich verpflichtet, wenigstens ein gutes Wort zu sprechen. In unserer Gesellschaft geht es nur noch um materiellen Komfort. Benedikt ist das Gegenteil, er zeigt uns die Einfachheit und Armut als ideale Bedingung für menschliche Beziehungen. Das ist sein Primat."

Xavier: „Schenk mir ein Wort, sagt der Schüler zum Abt. Und in diesem Wort liegt der ganze spirituelle Atem, die Dynamik unserer Bewegung. Wenn ich daran denke, wie oft Orval zerstört und wiederaufgebaut worden ist, kommen mir vor Rührung die Tränen. Es ist beeindruckend, wie sehr der Same Benedikts nach wie vor Früchte trägt. Vielleicht glaubte nicht einmal er, dass die Klosterregel dem Zahn der Zeit standhalten könnte. Doch in ihr liegt ein unglaublicher *souffle*, ein Atem, eine enorme Dynamik."

Rund um uns erhebt sich ein starker Wind, als würde der Himmel zustimmen. Die Schwalben wirbeln nicht mehr herum, sondern bereiten sich auf den noch warmen Armen Christi auf die Nacht vor.

„Die kräftigsten Pfeiler des Ordensgebäudes", so der Mönch, „sind in einem Augenblick aufgestellt worden, als Europa höchst instabil war." Hinter der Einfriedungsmauer schütteln sich die Bäume des Waldes. Der Forellenteich inmitten der gotischen Ruinen dampft. In diesem Wasserspiegel hat Gräfin Mathilde von Canossa angeblich einen Ring verloren und eine Forelle hat ihn ihr wiedergebracht, sie hielt ihn im Maul. Diese Legende ist zum Symbol Orvals geworden, Forelle und Ring befinden sich auch auf dem Bieretikett.

„Wir müssen ein neues Gleichgewicht zwischen Gebet und Arbeit finden. Wenn die Arbeit unsere einzige Perspektive ist, werden wir alle depressiv. Also müssen wir dafür sorgen, dass das Gebet aufs Neue die Arbeit nährt. Und dass gleichzeitig das Dienen und die Freude an gut erledigter Arbeit das Gebet nähren."

Bei der Abendmesse gelten die Fürbitten den Ärmsten der Armen.

„Für die Verfolgten, Herr, wir bitten dich."

„Für die Emigranten, Herr, wir bitten dich."

„Für die, die ihre Heimat verlassen mussten, Herr, wir bitten dich."

Orval ist ein Spiegel einer Welt von Migranten. Mönche aus aller Herren Länder, aus Syrien, sogar aus Ruanda. Kalabresen haben als erste diesen Ort entdeckt. Ich höre: „Wir fühlen uns Europa untrennbar verbunden." Und: „Wir fragen uns nicht, wo die christlichen Wurzeln Europas liegen, sondern welche Aspekte der Klosterregel uns heute, in diesem Augenblick, in dem es wenig Barmherzigkeit gibt, nützlich sein können. Immer wenn hier ein neuer Mönch ankommt, bewirkt das eine Veränderung, an die alle sich anpassen müssen. Das Charisma des Klosters hat die Kraft, die unterschiedlichsten Menschen zu einen."

Mit der Migration, erzählen uns die Trappisten, verändert sich das Dasein des Menschen rapide. Also lauten die Fragen: Wer geht an unserer Seite? Welchen Weg sollen wir nehmen? Dieses sich ständige Befragen hält die Gemeinschaft zusammen und formt sie.

Salve Regina, mater misericordiae
Vita, dulcedo et spes nostra, salve
Ad te clamamus, exules filii Hevae
Ad te suspiramus, gementes et flentes …

Sei gegrüßt, o Königin, Mutter der Barmherzigkeit,
unser Leben, unsre Wonne und unsere Hoffnung,
sei gegrüßt!
Zu dir rufen wir, verbannte Kinder Evas,
zu dir seufzen wir, trauernd und weinend …

In der Kirche stimmt der Chor der bierbrauenden Mönche das *Salve Regina* an. Nicht weit vom Springbrunnen entfernt rüttelt der Wind an einer jungen Zeder, die ein Mönch aus dem Libanon gepflanzt hat. Sie ist nicht nur das Symbol der Verbindung des

Mannes mit seinem Herkunftsland. Sie symbolisiert auch die Hauptrichtung des Glaubens. Christus wurde im Osten geboren, dort lebte und starb er, und dort wurde auch eine Prinzessin namens Europa geboren.

10.

Die Wunderkammer

Altötting, Deutschland

Mosel, Rhein. Zusammenfluss von Flüssen und Ländern – Belgien, Holland, Frankreich, Deutschland –, das Europa der Karolinger. Die Reste der sinnlosen Maginotlinie, eine Metapher für die sinnlosen Zäune, die uns vor der Flut der Migranten schützen sollen, die sich dadurch nicht aufhalten lassen werden. Ich lese Zeitung und habe das Gefühl, den Zerfall live mitzuerleben. Zum dritten Mal in hundert Jahren zerstört die Idee der Nation Europa. Doch diesmal ist gar kein Krieg vonnöten. Mittlerweile muss man nicht mehr in ein Land einmarschieren. Die Termitenheere müssen bloß Gift ins System spritzen und die Großmächte Kapital verschieben. Der x-te Betrug zulasten der Armen. Ich würde gern laut herausschreien, dass die EU in eine Falle geht, die andere ihr gestellt haben. Eine Koalition, die von Zuckerberg bis zum Kreml reicht und zu der alle Feinde von Papst Franziskus gehören. Der Totalitarismus der Monopole und der totalen Ausbeutung wendet sich gegen die letzte Bastion der Demokratie. Gegen das Europa der Regeln, der Barmherzigkeit und der Willkommenskultur, das sich der Vernichtung des Menschen widersetzt.

Aber da sind wieder die Zwiebeltürme, die Donau. Der katholische Bauch des Kontinents, das alte bäuerliche Bayern. Das Land Josef Ratzingers, dieses einsamen Mannes, den ich nie verstehen wollte, weil er so eindeutig nach Priesterseminar roch. Jetzt will ich verstehen, was sich hinter dem Geheimnis seiner Melancholie verbirgt, warum er sich für den Namen Benedikt entschieden hat, warum er Papst geworden ist und dann auf das Amt verzichtet hat und Mönch geworden ist. „Wir brauchen Männer wie den Heiligen aus Nursia“, lese ich in einer seiner Schriften, dieser habe in einer Zeit der Regellosigkeit und Dekadenz die Kräfte versammelt, aus denen eine neue Welt entstanden sei. Die Empfehlungen für die Mönche am Ende der Klosterregel zeigten auch uns einen

Weg, der aus den Ruinen hinausführe. Ich stimme ihm voll zu, ich sehe keinen Widerspruch zu den Lehren von Papst Franziskus. Benedikts Weg verläuft parallel zu dem von Franziskus. Die *stabilitas* der Abtei geht mit dem Armutsgelübde der Wandermönche einher. Beide sind sehr aktuell.

Am Vorabend seiner Wahl hat Ratzinger nicht zufällig am Heiligen Grab in Subiaco, wo der hl. Benedikt ein paar Monate lang als Einsiedler lebte, eine Rede gehalten. Der zukünftige Papst sagte, Europa sei die Wiege des Christentums, aber auch der wissenschaftlichen Rationalität, die „große Chancen, aber auch große Gefahren" berge. Und er stellte fest, dass die rein funktionale Rationalität die Kategorie des Guten zum Verschwinden bringe und in radikalem Widerspruch „nicht nur zum Christentum, sondern auch zu den religiösen und moralischen Werten der Menschheit" stehe. Weiter: Die Vorstellung, „dass nur die radikale Aufklärung" die Grundlage Europas bilden könne, führe in die Irre. Im Grunde gehe es darum: „Der auf die Spitze getriebene Versuch, bei der Gestaltung unseres Lebens völlig auf Gott zu verzichten, führt uns immer mehr an den Rand des Abgrunds, zur Hintanstellung des Menschen." Auch hier kann man ihm nur Recht geben. Ob man nun von Gott spricht, von der Ehrfurcht vor den Naturgewalten, vom Respekt vor Mutter Erde oder der Wahrnehmung des Unsichtbaren: Wenn man von Kloster zu Kloster reist, spürt man immer deutlicher, dass die *civitas* zunehmend vom Materialismus bedroht wird.

Altötting im Osten Münchens ist ein Zentrum der Marienwallfahrt, und die Gnadenkapelle mit der Madonna, deren Gesicht vom Kerzenrauch geschwärzt ist, ist das Zentrum von Altötting. Die bescheidene Kapelle, ein ehemals heidnischer Tempel, ist jetzt eine silbern funkelnde Wunderkammer, deren Wände von

Votivgaben bedeckt sind. Eine Gebetsmaschine, die ununterbrochen Messen produziert und Heere von Pilgern aufnimmt, die mit brennenden Kerzen und blau-weißen bayerischen Fähnchen Gebete sprechen. Die Votivgaben offenbaren eine fast neapolitanische Lust an theatralischer Inszenierung, ein Widerspruch nicht nur zur lutheranischen Strenge, sondern auch zur benediktinischen Schlichtheit: Umgestürzte Traktoren werden vom Lichtstrahl der Muttergottes getroffen, Säue samt Ferkeln werden vor einer Epidemie gerettet, sich aufbäumende Pferde werfen Kinder aus dem Sattel, und überall steht MARIA HAT GEHOLFEN.

Vor allem am Abend hat der Pfarrer, Bruder Mandel, jede Menge zu tun. Menschenmassen drängen sich vor der Tür der Sakristei, um gegen Bezahlung Messen zu bestellen, gleichzeitig kommt eine Prozession aus der Kirche, angeführt von einem Messdiener mit einem großen leuchtenden Kreuz. Im Inneren der Kapelle knien die Gläubigen in den Bänken, sie verneigen sich vor der mit Juwelen geschmückten Figur und den Schreinen, in denen sich die Herzen der bayerischen Könige befinden. Die Menge draußen singt „Maria, wir rufen zu dir“, und die Souvenirläden verkaufen Rosenkränze, Lämpchen, Weihrauch und Püppchen. Einem Mitteleuropäer wie mir ist das etwas zu viel. Und als eine kroatische Abordnung mit rotweiß karierten Fähnchen anmarschiert, stelle ich fest, dass ich in Altötting all das erlebe, was mir die Benediktinerklöster bis jetzt erspart haben: die Äußerlichkeit des Glaubens, Inszenierung, Fähnchen und nationale Identitäten. Neue Gesänge werden angestimmt, noch mehr Kerzenträger kommen. Büßer umrunden die Kapelle mit einem Kreuz auf den Schultern. Ein junges, großgewachsenes, elegantes Paar aus Äthiopien zieht die Schuhe aus, bevor es sich der Muttergottes nähert. Ein älterer, gut gekleideter Herr frisiert sich, um der Muttergottes würdig entgegenzutreten, dann steckt er den Kamm sorgfältig wieder ein. Die Gesänge steigen auf und erinnern mich an Weihnachten in der Vergangenheit.

Was für ein Bild bayerischen Lebens. Frauen im Dirndl mit üppigem Busen und tiefem Dekolleté. Pilger auf dem Fahrrad oder mit Wanderhose. Industriekapitäne und Bauern, identisch gekleidet. Kleine Familien, die an Wirtshaustischen im Freien ihre Jause auspacken. Das ist die Demokratie des Biers, des ältesten, klassenlosesten und paternalistischen Getränks. Doch hier schmeckt es anders als in Orval. Hitler trat seinen Triumphzug in Bierlokalen an, und noch heute gewinnt man die Wahl in Bayern mit dem Bierkrug in der Hand. Die Gesänge, die Choreografie der Prozessionen, die Fackelzüge sprechen von einer teils böhmischen, teils lateinischen Sinnlichkeit, mit der die Norddeutschen nichts anfangen können.

„Hier ist auch Gott bayerisch", grinst Alessandro Melazzini, ein in München lebender Journalist des europäischen Senders Arte. „In Altötting sieht man Dinge, die in Hamburg unvorstellbar wären." An diesem Ort voller Reliquien, wo am Eingang der Hauptkirche eine Uhr in Form eines Skeletts angebracht ist, das die Minuten mit der Sense zählt, gleich neben dem Reiterstandbild des Grafen Tilly, der die Protestanten im Dreißigjährigen Krieg unbarmherzig niedermetzeln ließ, hätte sich Thomas Mann nicht wohlgefühlt.

11.

Der Vorläufer des Om

Niederaltaich, Deutschland

Das bronzene Geläut von Altötting, der kalte Wind, die tiefhängenden Wolken, das Flüstern der Linden und die Donau führen Richtung Polen und Karpaten, doch wenn man dem größten europäischen Fluss folgt, versetzt einen die ungefähr 100 Kilometer nordöstlich gelegene Benediktinerabtei Niederaltaich direkt nach Russland. Mit Genehmigung des Ordens feiert ein Teil der Mönche die Gottesdienste in einer kleinen Kapelle neben der Hauptkirche nach byzantinischem Ritus. Hier ist kein Platz für die prunkvolle Inszenierung des bayerischen Katholizismus. Anstelle der Skelette der Gegenreformation und der gewundenen barocken Statuen tritt hier die Starrheit der frühchristlichen Ikonen. Der modernistische Gesang der katholischen Pilger wird von einem altertümlichen Grummelbass abgelöst, der fast wie ein Vorläufer des Om der tibetischen Mönche klingt. Hier denkt man an Byzanz, Sofia, Athen, Belgrad. Prunkvolle Weihrauchfässer, Kandelaber und Glöckchen. Das Auge braucht eine Weile, bis es sich an die Dunkelheit, das flackernde Kerzenlicht, das Hantieren der Priester und Messdiener hinter der geheimnisvollen Ikonostasis gewöhnt hat.

Die tiefen Männerstimmen des Zweitongesangs werden überlagert von der silbrigen Litanei der Frauen, einem Glockengeläut im Frühling gleich. Eine singt im Dirndl, doch die deutsche Sprache fügt sich wunderbar in den Rhythmus des russischen Psalmodierens ein. Vor allem an solchen Orten versteht man, dass der Katholizismus mit dem Verzicht auf die Schönheit des gregorianischen Gesangs viel verloren hat. Der christliche Osten ist erst sehr spät, 1945, nach Niederaltaich gekommen, als zwei russische Soldaten am Ende des Zweiten Weltkriegs in der Abtei landeten. Sie blieben hier und schufen ein ökumenisches Klima, das die Gemeinde, die gerade den Krieg überstanden hatte, sehr bereicherte.

Bruder Johannes, ein großer, gutaussehender Mann in schwarzer Kutte, mit dem Bart eines Archimandriten, kommt uns nach der Messe entgegen. Er stellt sich vor. „Ich bin Bayer und katholisch. Ich bin hierhergekommen, weil mich die Offenheit dieses Ortes angezogen hat. In diesem Ritus", erklärt er, „sollte sich eigentlich jeder Christ zu Hause fühlen, doch wir haben vergessen, dass das Christentum im Osten entstanden ist und ursprünglich von einer großen Pluralität geprägt war. Zum Beispiel der hl. Nikolaus: Alle kennen ihn, doch nur die wenigsten wissen, dass er aus Kleinasien kam."

Tja, der hl. Nikolaus. Als ich in die Volksschule ging, tauchte im Dezember ein Weihnachtsmann auf, der ihm zu ähneln versuchte. Wie konnte dieser Clown mit aufgeklebtem Bart es wagen, sich das Fest meines Lieblingsheiligen unter den Nagel zu reißen? Und das in einer Stadt wie Triest, wo griechische Priester und bärtige Serben in wunderbaren Gewändern in Kirchen den Gottesdienst feierten, die vor Gold und Kerzen funkelten. Also pflanzte ich mich vor ihm auf, und da ich schon als Kind eine Nervensäge war, beschuldigte ich ihn im Namen der ganzen Klasse, ein Betrüger zu sein. Für mich, sagte ich, gäbe es zu Weihnachten nur das Jesuskind. Am Tag darauf hielt die Lehrerin meinen Eltern eine Standpauke, worauf sie mich zerknirscht zu Hausarrest verdonnerten. Heute bin ich stolz auf diese Tat, die überhaupt nichts entweihte, sondern allenfalls den materialistischen Missbrauch eines geheimnisvollen Festes anprangerte. Schon damals störte mich die verlogene Maskerade. San Nicolò, wie man ihn bei mir zu Hause nannte, wurde von den Kindern geliebt, weil er sich anders als der Usurpator aus Übersee nie zeigte. Am Abend des 5. Dezember legten wir ihm ein Brötchen, ein Glas Wein und etwas Heu für den Esel auf den Balkon. Im Morgengrauen liefen wir noch im Schlafanzug hinaus und entdeckten seine kleinen Gaben auf dem Fensterbrett.

Die Amerikaner, die die Stadt in jenen Jahren verwalteten, Coca-Cola und schließlich das Wirtschaftswunder begingen ein perfektes Verbrechen. Die neue Welt beseitigte im Handumdrehen das Unsichtbare, auch zu Weihnachten wurde das Geheimnis des Heiligen Abends liquidiert und durch Geschenkehysterie und verordnete Fressgelage am 25. Dezember ersetzt. Ganz offensichtlich verkleidete, feuerrote Weihnachtsmänner überfluteten bereits Anfang Dezember die Straßen, und die Lehrerinnen erklärten, es sei an der Zeit, erwachsen zu werden: Nicht der hl. Nikolaus bringe die Geschenke, sondern die Eltern. Unerhört: Nicht der Weihnachtsclown wurde infrage gestellt, sondern der echte Heilige des 6. Dezember. Es gab Tränen, und für viele Kinder brach eine Welt zusammen. Und als mich meine Söhne zwanzig Jahre später – anlässlich derselben erbärmlichen Enthüllung – fragten, ob die Lehrerin recht hätte, zog ich mich aus der Affäre und sagte: „Der hl. Nikolaus kommt nur zu denen, die an ihn glauben. Alle anderen, die armen Teufel, werden von Mama und Papa beschenkt." Die Antwort, die darüber hinaus den Vorteil hatte, die Lehrerin nicht als Lügnerin dastehen zu lassen, gefiel meinen Söhnen so sehr, dass sie sogar noch heute, als Erwachsene, den Schauder dieses Festes verspüren.

Ich lade Johannes zum Mittagessen ein und stelle fest, dass sich an der östlichen Seite des Klosters ein Biergarten befindet, wo kräftige Kellnerinnen im traditionellen Dirndl Sauerkraut und Schweinsbraten servieren. Die französische Kargheit ist bereits Erinnerung. Während wir fröhlich zulangen, sprechen wir von Gott, dem Buch der Psalmen, den vier Evangelien, die unterschiedliche Dinge berichten und dadurch zeigen, dass das Wort auf vielerlei Weisen ausgelegt werden kann. Dann hilft uns ein gutes Bier vom Fass, das Thema der Querverbindungen des Glaubens in Angriff zu nehmen.

„Überlegt euch mal", sagt der bärtige Ökumene, „die buddhistischen und hinduistischen Mönche beten untertags im selben Rhythmus wie die christlichen. Ähnlich wie die islamischen Sufis. Benedikt sagt, jeder, der Gott sucht, darf der Kirche beitreten. Du musst keinerlei sonstige Sicherheiten, Eigenschaften oder Fähigkeiten vorweisen."

Aber heute?

„Heute werden uns nur noch Skills beigebracht, und deshalb ist uns das spirituelle Leben abhandengekommen. Man versteht nicht, dass dieser weniger quantifizierbare Teil des Lebens ebenfalls praktische Übung erfordert. Sonst entartet sie zu Fundamentalismus, und zwar in jeder Religion."

Ich erinnere Johannes daran, dass Benedikt Europa in einem Augenblick geschaffen hat, als die alte Welt die Hoffnung verloren hatte.

Er: „Manchmal gibt die Hoffnung ihr Bestes, wenn sie aus ihrem Gegenteil entsteht. Aus der Hoffnungslosigkeit." Ein einzigartiger deutscher Ausdruck.

Ich gehe am Damm der Donau spazieren. Im Deutschen ist der Fluss weiblich. Die Donau, die große Mutter Europas. Langsam gleiten Boote vorbei, eine winzige Fähre transportiert Fahrräder. Aus der Ferne ertönen Fanfarenstöße auf dem Damm. Ich gehe in diese Richtung und lande bei einer Messe. Neben einem großen Holzkreuz ist das halbe Dorf versammelt, um die Vermählung mit dem Fluss zu erneuern. Die Gläubigen haben Most, Apfelkuchen und Bier gebracht. Anhänger von fünf Religionen feiern gemeinsam eine Messe. Das Thema ist die Ausbeutung der

Natur; sie muss beendet werden, sonst zerstören wir uns selbst. Es ist Zeit, „genug" zu sagen. Auch zu den nationalen Egoismen. Ein protestantischer Pfarrer donnert: „Wehe, wenn alle *‚America first'* sagten." Vor der Regenbogenfahne und dem Sternenbanner der EU, die zwischen zwei riesigen Linden gespannt sind, werden Worte, die von der Politik verleugnet werden – Friede, Liebe, Solidarität –, laut ausgesprochen. Vielleicht habe ich den Namen Europas nirgendwo so laut sagen hören wie in Deutschland.

Nachdem die kleine Kapelle in traditionellen Kostümen zu spielen aufgehört hat, unterhalte ich mich mit dem Mann mit der Tuba. Er stutzt meine Begeisterung zurecht: „Vorsicht, ausgerechnet aus Deutschland kommt eine neue Bedrohung für Europa. Vor allem aus Ostdeutschland. Die Nazis kehren zurück. Sie sind zahlreich, sie besetzen Räume, ohne dass die Intellektuellen es bemerken. Sie geben jenen eine Stimme, die vom Markt betrogen worden sind. Sie können die Massen wunderbar mobilisieren. Sie haben eine Mission: Deutschland retten. Tausende von ihnen demonstrieren und die Polizei schreitet nicht ein. Die Sozialisten haben ihnen das Feld überlassen, sie haben die Massen im Stich gelassen. Paolo, Sie können sich ja gar nicht vorstellen, was die Frustration für eine Kraft entfalten kann. Das spürt man, wenn man in den Osten, in Städte wie Leipzig oder Dresden fährt. Aber ich glaube, schön langsam spürt ihr das auch in Italien."

Ein langer Abend, das Licht verlöscht unglaublich langsam. Im Refektorium der Abtei nehme ich ein frugales Mahl ohne Alkohol zu mir, dann gehe ich zur Abendmesse. Dort treffe ich Johannes. Er feiert die Messe in fast totaler Dunkelheit. Völlig schwarz gekleidet singt er mit seiner Baritonstimme, dann bleibt er vor den königlichen Türen stehen und schließt sie mit liebevoller, väterlicher Geste. Als wolle er die Nacht zudecken.

12.

Die Tyrannei der Sonne

Göttweig, Österreich

Bei der Schlinge von Weißenkirchen zwischen den Weinbergen der Wachau fließt die Donau wieder Richtung Morgenröte, und man hat augenblicklich das Gefühl, im Herzen Europas zu sein. Dazu trägt auch das weibliche Gewässer, die Hauptschlagader des Kontinents bei, die mütterlich, gemeinschaftlich und hartnäckig Richtung Balkan fließt. Eine fruchtbare Schlangengöttin, die sich nicht um ethnische Zugehörigkeiten, unsichere Grenzen, Auseinandersetzungen zwischen Völkern, um die Erinnerung an lange oder weniger lange zurückliegende Kriege kümmert. Doch das Ufer setzt ein noch deutlicheres Zeichen. Auf der einen Seite die weichen Hügel mit den terrassenförmig angelegten Weingärten, in denen Rosen blühen: ein Hohelied auf die perfekte Vermählung von Mensch und Natur, in der das Wesen der benediktinischen Landschaft in Europa beschlossen liegt. Auf der anderen Seite die Zwiebeltürme, die bereits an Konstantinopel, an Moscheen und an die Türkenbelagerung im Osten von Wien gemahnen. Die Türken sind übrigens in dieser Gegend allgegenwärtig, vor allem am Sonntag, wenn die Einheimischen massenweise zu Ausflügen aufbrechen und sie die öffentlichen Parks bevölkern, grillen oder ihr Auto auf Hochglanz bringen, um ein Foto davon an ihre Verwandten nach Anatolien zu schicken.

Es ist affenheiß. Der Sommer hat gerade begonnen und nachdem es im Mai ständig geregnet hat, ist es jetzt staubtrocken. Seit Wochen liegt die Temperatur konstant bei 35 Grad. Endlos lange Tage, mit der Sonne im Zenit. Die Donau führt noch gut Wasser, aber nur aufgrund der schnell schmelzenden Gletscher. Auf dem kitschigen blauweißen Glockenturm von Dürnstein winden sich die barocken Heiligen unter der südlichen Sonne, und die überflüssigen Obelisken, die wie Kandelaber an den Ecken des Turms stehen, geben dem Ganzen einen ägyptischen Anstrich. Nur die mittelalterlichen Häuser mit den meterdicken Mauern und die alten Weinkeller, die in den roten Sandstein gehauen sind, versprechen Kühlung. In Unterloiben sagt mir eine Kellnerin, der Boden sei schon so trocken, dass man die Kartoffeln fast nicht ernten kann, sie sind regelrecht im Boden einzementiert. Selbst wenn es regnete, könnte das Wasser nicht in die Erde eindringen, denn die ist mittlerweile eine harte Kruste. Wenn ich am Abend in Stein spazieren gehe, höre ich das Stimmengewirr der Familien beim Abendessen und das Klappern von Geschirr. Weit aufgerissene Fenster, Straßenleben wie in Neapel. Radfahrer auf Durchreise, überall Leben in den Kneipen, und die Lokale, in denen man im Freien sitzt, sind bis lange nach Mitternacht geöffnet.

Mitunter wird der Kalender zum Komplizen des Wetterberichts und macht deutlich, dass das Klima aus den Fugen gerät. Die Fronleichnamsprozession – ein Fest, das seit der Gegenreformation in allen katholischen Ländern des Alpenvorlands gefeiert wird – fällt heuer auf den Tag der Sommersonnenwende und der Johannisfeuer, die Jahr für Jahr von den Alpen bis zur Ostsee entzündet werden. Das Blatt hat sich gewendet: Die Feuer, die bis vor Kurzem die Sonne günstig stimmen sollten, wirken jetzt wie ein Exorzismus, um deren Tyrannei zu beenden. Und die Fronleichnamsprozession – Musikkapelle, Trommeln, Standarten, Feuerwehr, Baldachine und marianische Bruderschaften, die gemeinsam mit dem Volk auf einer mit frischem Gras und Kirschzweigen bedeckten Straße dahinziehen – wirkt nicht wie eine Fürbitte gegen „Blitze und Stürme", sondern wie eine Unterwerfung unter das flammende Schwert der Königin der Gestirne. Johannes der Täufer: In einem Messbuch der Pfarrkirche St. Nikolaus in Stein lese ich *„Nuntius caelo veniens supremo / te patri magnum fore nasciturum*". Ein Bote kam vom hohen Himmel, zeigte deinem

Vater deine Geburt, deine Größe … *Sommersonnenwende* ist ein typisches Wort der präzisen deutschen Sprache. Man kann es kaum aussprechen, ohne sich zu verheddern, doch es gibt perfekt die Vorstellung der Kehrtwende im planetarischen Maßstab wieder. Das italienische Wort *solstizio* hingegen bedeutet planetarischen Stillstand und ist nicht imstande, die dramatische Veränderung auszudrücken.

Krems. Die letzten großen Brücken vor Wien. Hier schifft man sich zu Kreuzfahrten auf der Donau ein, überall sind Radfahrer, und die Organisatoren von Artists in residence heißen mich herzlich willkommen. Ich bekomme eine Wohnung mit Blick auf den Fluss und die Benediktinerabtei Göttweig, die im Süden, am höchsten Punkt der feurigen Sonnenbahn thront. Hoch oben auf einem alleinstehenden Hügel bekommt sie die ersten Sonnenstrahlen am Morgen und die letzten am Abend ab. Riesig und viereckig, gehört sie eher dem Himmel als der Erde an, in der sie jedoch mit robusten Fundamenten verankert ist. Aus der Ferne wirkt sie wie eine Sternwarte und nicht wie ein Kloster. Man kann sich leicht vorstellen, wie schwarzgekleidete Männer durch Teleskope spähen. Ich nehme mir vor, sie zu besuchen. Und da ich ein Fan von langsamen Annäherungen bin, suche ich sie zuerst im Internet, höre mir im Dorf die Geschichten über ihre immensen Besitztürmer an, betrachte sie durch das Fernrohr, hofiere sie mit dem Rad. Auf ihren Mauern erkenne ich ein paar Fluchtversuche aus der barocken Monokultur, die den Katholizismus in Österreich und Bayern prägt. Göttweig ist nicht Melk, ist keine reine Kulisse. Keine Touristen in kurzer Hose, die von den Flussdampfern ausgespuckt werden. Höchstens Pfarrausflüge, Menschen auf der Suche nach Schweigen und „spirituelle“ Besucher von Weinkellern. Hier oben, sagt man mir, gibt es guten Wein und den besten Marillenschnaps auf der ganzen Welt. Auch der Name des Abtes ist ermutigend: Columban, wie der strenge irische Gründer der Abtei Bobbio. Auch sein Nachname ist ein Zeichen: Luser, wie mein bester Philosophieprofessor seinerzeit im Gymnasium in Triest.

Man empfängt mich, ich darf zum heiligen Berg emporsteigen. Ich gehe zu Fuß, denn Abteien muss man sich nähern wie ein Pilger. Man muss beobachten, wie sie langsam größer werden, man muss sich unterhalb von ihnen wie eine Ameise fühlen, geduldig die Pforte suchen. Es ist unerträglich heiß, im Norden auf den böhmischen Bergen krachen Donner wie Gewehrsalven. Über dem Kloster eine riesige Lichtkugel, eine übernatürliche, kugelförmige Wolke. Ich stelle fest, dass ich seit Tagen die Wolken beobachte. Sie sind entweder riesig und blumenkohlartig, fadenförmig wie Rauch aus King-Size-Zigaretten, fett wie Dickhäuter oder krumm wie die Schnäbel von Raubtieren, schnell wie Barrakudaschwärme oder unbeweglich, sie stehen entweder senkrecht wie die Kommandobrücke eines Panzerkreuzers oder horizontal wie ein Zeppelin, sind leicht wie Zelte oder schwer wie eine Geröllawine, tröstlich wie eine weidende Schafherde oder angsteinflößend wie ein Atompilz. Ich habe ihnen zugesehen, wie sie Stunde um Stunde vor meinem Fenster vorbeigezogen sind, bei Sonnen- und Mondlicht. Ich suche nach Metaphern, um sie zu beschreiben, doch die Wirklichkeit übersteigt immer die Grenzen des Vorstellbaren, deshalb lasse ich es bleiben und lasse mich vom österreichischen Himmel überwältigen, er dringt sogar in meine Träume ein.

Die Wolken in Krems verändern ständig ihre Form. Manchmal sind sie Sahnetorten, die unbeweglich über den Glockentürmen verharren; dann sind sie wieder marschierende Heere, die mit

Trommelwirbeln nach Wien ziehen; Entengeschwader, die über der Donau fliegen. Ich studiere sie, fotografiere sie, ich suche ein Anzeichen von Regen. Doch umsonst. Bis jetzt haben sie nicht einmal die Sonne bedroht. Sie beschränken sich darauf, sie auf ihrem Weg zu begleiten. Ich habe beobachtet, wie sie sich über dem Stadtturm von Stein aufgebäumt haben, wie sie Kunststücke vollführten, wie sie die Falken, die den mittelalterlichen Turm bewohnen, in Watte gepackt haben, wie sie sich über den sanften Weinbergen in den Hügeln eingerollt haben, den Geruch von verbannter Steppe aus dem Osten und die Ahnung atlantischer Fluten aus dem Westen gebracht haben. Aber wer weiß, vielleicht regnet es diesmal wirklich. Die Temperatur fällt, der Wind nimmt zu, bringt den Geruch von Heu. Die Abtei thront über den Dächern von Furth, ich versuche sie zu sehen, während ich durch das Gestrüpp nach oben gehe und das Gewitter losbricht. Ich erreiche den Gipfel, doch Göttweig ist so groß, dass man den Eingang nicht findet. Ich umrunde die Abtei und freue mich über den Regen. Die Regenrinnen speien Wasserfälle, während ein grauer Schleier die Zwiebeltürme verschluckt. Klatschnass und glücklich erreiche ich die Pforte. Ich klingele.

Der sanfte, umständliche und höfliche Subprior Franz Schuster öffnet. Er hat drei Jahre in der päpstlichen Hochschule Sant'Anselmo in Rom studiert. Zum Glück versteht er Italienisch, ich muss nicht mein schlechtes Deutsch auspacken. Er bringt mich sofort in das Zimmer, das man mir zugewiesen hat, damit ich meinen Rucksack abstellen kann. Ich bin gerade rechtzeitig zum Vespergebet gekommen; das Geläut, das es ankündigt, breitet sich im Donautal aus. Wir gehen über riesige leere Gänge. Keine Leere ist leerer als die in barocken Kulissen, einem Stil, der den Eindruck von Fülle erzeugen möchte. Wendeltreppen, kleine Türen,

Schlösser. Und schon betreten wir durch einen überraschenden Seiteneingang unter einer riesigen Orgel die Kirche: bonbonblaue, spiralförmige Säulen, sie versinken in einem Meer aus Gold und in Schwärmen von zum Himmel auffliegenden Putten. Die Männer in Schwarz haben sich schon aufgestellt, einer drückt mir sofort ein Gebetbuch in die Hand. Und die gregorianische Liturgie mit ihren tröstlichen Pausen zwischen den einzelnen Strophen schwebt im Namen des Täufers in der Leere. *„Johannes vocabitur nomen eius / et in nativitate eius multi gaudebunt.“* Johannes soll sein Name sein und viele werden sich über seine Geburt freuen.

Einsames Abendessen, ich bin der einzige Gast. In einem schmucklosen Zimmer mit Kühlschrank und Kaffeemaschine hat eine unsichtbare Hand einen Tisch gedeckt: Wurstsalat, Leberkäse, eingelegtes Gemüse und ein Glas Veltliner. Ich höre nur das Ticken der Pendeluhr. Es tut gut, dass zwischen der Außenwelt und diesen heiligen Räumen eine Mauer der Stille eingezogen wurde. Der Regen hat schon wieder aufgehört, doch durch ein Fenster, das Richtung Westen blickt, dringt der Geruch nach nassem Gras herein. Ich habe ihn seit Wochen nicht gerochen und sauge ihn gierig ein, genauso gierig, wie ich den Wein getrunken und das frugale Mahl gegessen habe. Wieder ein beeindruckender Sonnenuntergang: ein gelber Spalt in einem Rahmen stahlgrauer Wolken. Ich denke an Citeaux und an die „Stürme der Seele“, von denen Abt Quénardel gesprochen hat. Ich fühle mich dem Himmel nahe, viel näher als in Marienberg, dem höchstgelegenen Benediktinerkloster in Europa. Oder vielleicht stehe ich bloß mir selbst gegenüber: ohne Schutzwall, ohne Ausreden. Die Stürme meiner Seele sind fast ein Donnern, ein rauschender Wasserfall. Gestern Abend haben mich alle meine Sünden heimgesucht. Ich lasse sie Revue passieren, frage mich, wie viele Menschen ich um

Verzeihung bitten müsste. Ich spüre meine Schiffbrüche, meine menschlichen Makel. Deshalb habe ich besonders heute ein Bedürfnis nach Benedictus. In den menschenleeren Gängen von Göttweig.

Und tatsächlich finde ich den Gründer vor Einbruch der Nacht in der halbdunklen Krypta von Sankt Altmann, aus der das Komplet-Gebet aufsteigt. Die mittelalterliche Kargheit des konkaven Raums mit seiner perfekten Akustik unterstreicht die Stimmen, macht sich über die barocken Kulissen lustig und versetzt die Seele in die wunderbaren Katakomben des Urchristentums zurück. Auch das Antlitz der Mönche verändert sich in diesem strengen Raum, sie werden zu etwas Geheimnisvollem. Ich sehe sie als die letzten Wächter der Kontinuität der Welt. Ich spüre, ohne ihre Gebete würde das Leben in den Dörfern und auf dem Land rundherum zum Stillstand kommen. Mit den Füßen im Herz Europas fest verankert, höre ich zu. Dann senkt sich Schweigen auf das riesige Gebäude.

Ich kehre in mein Zimmer zurück, das zu groß ist, eher einem Bischof als einem Pilger entspricht. Ich mache Notizen, ich bin unruhig und finde ich keinen Schlaf. Die Nacht ist perfekt, die Milchstraße zeigt nach Santiago. Doch aufs Neue verspüre ich eine Last auf der Seele, das Bedürfnis, Inventur zu machen und die Mühen einer neuen Metamorphose auf mich zu nehmen, um aus den engen Grenzen meines Egos herauszutreten. Ich bleibe bis zum Morgengrauen wach, aber die Nacht ist kurz. Bereits um vier Uhr begrüßen die österreichischen Hähne die Sonne, die viel zu früh um fünf Uhr aufgeht. Jetzt ist an Schlaf nicht mehr zu denken.

Ein glasklares, fruchtiges, perfektes Licht entzündet die Wipfel der Tannen, die Kreuze und Wetterhähne der Abtei, dann dringt es durch die Fenster und beleuchtet die große Kaiserstiege, die von gelben Kapitellen gekrönten, weiß-rosa Kolonnaden und schließlich das Gold im Hauptschiff. Ein Geläute erhebt sich, das sich in Richtung des großen Flusses, der böhmischen Berge und des Alpenvorlands fortsetzt. Die Mönche steigen einzeln zum Morgengebet in die Krypta hinunter. Ungefähr zwanzig. „Herr, du bist ein Schild für mich / du richtest mich auf, du meine Hilfe." Mittlerweile sind sie vom Latein zum Deutsch übergegangen – Gott, was für eine schöne Sprache, sagt meine mitteleuropäische Seele –, dann ertönt das Halleluja und ein herrlicher einstimmiger Männergesang. Und während ich mich noch frage, wie dieser Chor klänge, wenn es nicht zwanzig, sondern hundert Mönche wären, tritt Abt Columban auf mich zu, heißt mich herzlich willkommen und teilt mir mit, dass er mich gerne kennenlernen möchte. Er hat von meiner Reise durch die Welt der Benediktiner gehört und würde mir gern Fragen stellen. Ich weiß nicht, wer von uns beiden neugieriger ist.

Ich habe bereits seine Biografie gelesen und weiß, dass seine Familie 1945 aus Mähren fliehen musste. Also ist auch er ein Immigrant, ein Kriegsflüchtling, und wie viele, die das Exil kennengelernt haben, weiß er um den Wert der Willkommenskultur. „Das Claustrum? Alles andere als ein geschlossener Raum", sagt er. „Bei uns ist der Pförtner die wichtigste Figur, er öffnet allen, die bedürftig sind", und fügt hinzu: „Ich sorge dafür, dass immer Gäste im Kloster sind, denn sie bringen Farbe in unser Leben." Als ich ihn frage, wo sich das Herz des Klosters befindet, antwortet er: „Im Herzen der Menschen. Ohne sie gäbe es das Kloster nicht. Wenn ein Gast ankommt, der unser Leben teilen möchte, frage ich ihn gleich zu Beginn: ‚Was suchst du?' Wir alle fragen uns: Wohin führt unser Leben? Wofür lebe ich? Nun, unser

Heiliger gibt uns eine Antwort. Das Leben ist Selbstzweck. Das Mönchtum besteht darin, im Hier und Jetzt zu leben. Die Pflege unseres gemeinsamen Hauses und die Schönheit dieser Gärten hilft uns dabei, das zu verstehen." Notker Wolf hatte uns ja schon darauf hingewiesen: Die Seele des Benediktiners ist zutiefst bäuerlich.

Tatsächlich sprechen wir über Land, Hektare, Kartoffeln, Wälder. „Wir pflanzen nicht aus Profitgründen an, sondern um den kommenden Generationen einen Schatz zu hinterlassen. Der Baum ist das Symbol dieser langfristigen Investition. Aber es ist ein ständiger Kampf. Der Klimawandel stellt uns vor ernsthafte Probleme. Die Bäume verdorren aufgrund der Trockenheit, sie könne sich nicht mehr gegen Schädlinge zur Wehr setzen. In den letzten beiden Jahren haben wir hunderttausend gepflanzt, doch nur zehntausend haben überlebt. Zehn Prozent." Der Abt zeichnet die Umrisse einer Arbeitsgemeinschaft: Gärtner, Ökonomen, Förster, Archivare, Tischler, Maler, Maurer. Und auch Erzieher, die die spirituellen Exerzitien der Jüngsten und auch der Erwachsenen überwachen. „Die Menschheit ist gestresst, sie hat ein enormes Bedürfnis nach Begegnung und Schweigen. Und Schweigen bedeutet nicht, sich in einer Zelle einzuschließen, sondern vor allem auch, in der Natur spazieren zu gehen. Und ernsthafte Gespräche zu suchen. So gelangt man zu sich selbst, findet man die Wahrheit der Seele."

Europa ist hier kein leeres Wort. In den Neunzigerjahren hat der österreichische Außenminister Alois Mock hier seine Europa-Stiftung gegründet. Das ist kein Zufall. Dahinter steckt nicht nur das leuchtende Beispiel Benedikts, der nach dem Untergang Roms den Kontinent mit seinen Gefolgsleuten wiederaufgerichtet hat, sondern auch das multinationale Erbe des Habsburgerreichs, das von der Pest der Nationalismen überschattet wurde. Man erkennt es an den Fresken der Kaiserstiege, wo Karl VI. als Apollo und seine Tochter Maria Theresia neben einer Säule dargestellt ist, einem Symbol für ihre Leidenschaft für Architektur. Die Bibliothek ist für Besucher gesperrt: ein strenger, seit drei Jahrhunderten unveränderter Raum, der im Winter von Sonnenlicht überflutet wird, sodass die Temperatur auch ohne Ofen nie unter acht Grad sinkt. Galerien, Wendeltreppen, perfekte Funktionalität. Keine Statuen, keine Farben. Die Bücher sind die einzigen Möbel, sie haben einen schneeweißen Einband, der nicht nur den Geist, sondern auch den Raum erhellen und den Mönchen damit ermöglichen sollte, in Zeiten ohne elektrisches Licht bis zum Sonnenuntergang zu lesen.

Gemeinsam mit den raschelnden Kutten begebe ich mich zum Refektorium. Wir gleichen einer Prozession von Wildenten. Ausnahmsweise darf ich mich an den Tisch der Mönche setzen. Das ist bis jetzt noch nicht vorgekommen. Der Saal ist seit drei Jahrhunderten unverändert. Ich staune: Der Abt höchstpersönlich serviert mir Wienerschnitzel und Kartoffeln, während ein Mönch einen Text über die österreichische Kirche zwischen den Weltkriegen vorliest. Erst danach darf man sprechen und alle tun es. Offenbar haben sie nur darauf gewartet. Im jansenistischen Frankreich wäre das unmöglich. Ein Stimmengewirr erhebt sich, fast ein Geplauder wie in einem Wiener Kaffeehaus, ein sanftes Parlando, das das Schweigen davor betont.

Gestärkt durch diese schöne Begegnung mit der Gemeinschaft breche ich auf. Natur, Kultur, Bescheidenheit, Gastfreundschaft: Wie sehr brauchen wir all das in einem Westen, der zunehmend von Psychopathen, Lügnern und Phrasendreschern regiert wird, die Europa direkt in Richtung Balkanisierung führen und neuen

Imperialismen unterwerfen wollen. Und die „Aufgeklärten" und die Politiker schweigen dazu, sie kümmern sich nicht um das Volk und überlassen Grundwerte wie Treue, Hingabe, Patriotismus, Brüderlichkeit, Symbole, Intimität, Dankbarkeit der extremen Rechten. Es ist unser aller Schuld, denke ich, während ich, wieder in heißer Sonne, zu Fuß zum winzigen Bahnhof Furth hinuntergehe, wenn die schwarze Woge über uns zusammenschwappt.

13.

Die Horde und die Steppe

Pannonhalma, Ungarn

Es ergibt sich alles von selbst. Man muss nur der Donau, den Pappeln, den Störchen folgen. Und schon taucht der Osten auf, scharf wie eine Klinge und zart wie eine Vorahnung. Doch irgendetwas beunruhigt mich. Vielleicht bin ich schon müde von dieser Reise, die reich an Zeichen und Vorahnungen ist, oder vielleicht liegt es daran, dass ich allein unterwegs bin – Irene hat zu tun und ist bereits von Altötting aus nach Italien zurückgekehrt. Das Auto fährt schweigend durch die Felder in Richtung des letzten Meilensteins im Osten meiner Reise.

Pannonhalma, der Name klingt nach Herden und Steppe und lockt mich mit archaischen finno-ugrischen Klängen. Ein tausendjähriger Felsen, eine Bastei, die genauso herrisch und feudal über den Weinbergen thront wie Montecassino in Italien. Die beiden Abteien hatten ein ähnliches Schicksal. Montecassino wurde von den Langobarden zerstört und den Alliierten bombardiert, weil sich dort die Wehrmacht verschanzt hatte, Pannonhalma hat den Einfall der Türken und der Sowjets erlebt. Doch für Pannonhalma ist noch etwas anderes bezeichnend: das Limes-Syndrom. Hier wurde ein Bollwerk des Glaubens gegen die Horden aus dem Osten errichtet. Der Südosten hat in Ungarn einen negativen Beigeschmack. Südosten heißt hier *Délkelet*, und da Katastrophen oft aus dieser Richtung gekommen sind, ist der Begriff zu einem Synonym von Unordnung, minderwertiger osmanischer Kultur, Balkanisierung geworden.

Doch Pannonhalma ist auch reich an anderen Geschichten. Hier hat sich ein Volk nach jahrtausendelangem Herumirren niedergelassen. Für die, die aus dem Osten kommen, markiert es das Ende der letzten Steppe, beherrscht den äußersten, „asiatischen" Teil Europas. Es bezeichnet auch das Ende des Heidentums und die Massenbekehrung der wilden Magyaren zum Christentum auf

Befehl König Stephans I. Und dann war da noch der Eiserne Vorhang, der sich unauslöschlich in die Seelen eingegraben hat. Nach all diesen Erschütterungen fragt man sich unweigerlich, was in Ungarn von der Klosterregel übriggeblieben ist. Ob Willkommenskultur und Gastfreundschaft zwei Weltkriege, Faschismus, Stalinismus und die rasche Wiedereinführung des Marktes überlebt haben.

Ich kenne diese Hälfte Europas gut und weiß deshalb, dass das Elend des ganzen Kontinents hier noch deutlicher zutage tritt. Im Osten sind die Katastrophen so dicht aufeinandergefolgt, dass der tragische Kausalzusammenhang noch deutlicher ist als im Westen. Zwischen Ostsee und Schwarzem Meer standen sich zwei totalitäre Systeme gegenüber, denen seit 1935 Zigmillionen Zivilisten zum Opfer gefallen sind. Hier finden sich im Stammbaum jeder Familie Schmerz, Tod, Deportation und Rache. Anders als in Westeuropa fielen im Zweiten Weltkrieg doppelt so viele Soldaten wie im Ersten. In den Wäldern jenseits der Karpaten kann sich in jeder Mulde ein Massengrab verbergen. Timothy Snyder hat diese Gegend *Bloodlands* genannt. Wir Westeuropäer können uns das Ausmaß dieses Schreckens gar nicht vorstellen. Wir haben keine Ahnung von dem Dämon, der jenseits der Mauer schläft, und geben uns aufklärerischen Illusionen einer Zukunft in ständigem Fortschritt hin. Ein paar Jahrzehnte Friede haben gereicht, um die Erinnerung an den Krieg zu tilgen und ihn für etwas Historisches zu halten. Hier nicht, hier wissen alle, dass die Bestie noch immer auf der Lauer liegt.

Wir angeblich Zivilisierten aus dem reichen Europa, die wir seit mehr als siebzig Jahren in einem trügerischen Frieden leben, glauben, von all dem verschont zu sein. Und heute, wo die Parole wieder „Rette-sich-wer-kann“ lautet und die große Flucht begonnen hat, fühlen wir noch immer ein irrationales Gefühl der Entfremdung angesichts der Katastrophen, die rund um uns geschehen. Wir tragen unser reines Gewissen so arrogant zur Schau, dass die Menschen zwischen St. Petersburg und Istanbul es sofort an unserem Blick erkennen. Das habe ich einmal in einem kleinen Bahnhof in Russland festgestellt, der an den Bahnhof Astapovo erinnerte, in dem Tolstoj starb, nachdem er von seinem Anwesen Jasnaja Poljana davongelaufen war. Im Wartesaal lümmelte ein Pilger vor mir und meiner Reisegefährtin in einem Stuhl. Er reiste von Kloster zu Kloster und lebte von Almosen. Als er uns bemerkte, starrte er uns an, und schließlich ertönte aus dem Gesicht, das einem Knäuel Stacheldraht mit zwei unergründlich tiefen Augen darin glich, eine Stimme: „Ihr seid nicht von dieser Welt." Wir fragten ihn, was er meinte. „Ihr seid eindeutig keine Russen." Und als wir ihn fragten, woran er das sah, antwortete er: „In eurem Blick zeugt nichts vom Martyrium eines Volkes." Für ihn war Europa zweigeteilt: in eines, das den Stempel des Leidens trug, und eines, das die Erinnerung an die Unmenschlichkeit verloren hatte.

Seitdem ich magyarischen Boden betreten habe, empfange ich Signale aus den Tiefen der Zeit. In Hegyeshalom entdecke ich ein Gasthaus, in dem ich schon einmal gewesen bin. 1989 habe ich hier im Speisesaal einen Artikel für meine Zeitung geschrieben, kurz nachdem die Mauer der Spitzhacke zum Opfer gefallen war. Ein denkwürdiger Tag. Der Wall, der Europa von der Ostsee bis zum Schwarzen Meer geteilt hatte, war in den hügeligen Wiesen und gelben Rapsfeldern deutlich zu erkennen: Kasematten und Wachtürme des Warschauer Pakts. Das Unvorstellbare war passiert und Europa erlebte staunend, wie die Grenze zwischen Gut und Böse – oder zumindest zwischen dem, was man für Gut und Böse hielt – fiel, ohne zu ahnen, was für Konsequenzen das haben würde. Ich nahm Teile von einem Spanischen Reiter und ein Stück Stacheldraht mit, ich wollte wie bei einem Souvenir ein Schild mit dem Datum darauf befestigen.

Nachdem die Inszenierung für die Fotografen vorüber war, ging ein Offizier zu den Journalisten in eine Baracke. Es gab eine Menge sinnloser Fragen, doch zum Schluss stellte eine österreichische Journalistin die wahre: Als würde sie sich vage an den Schulunterricht erinnern und die – durchaus berechtigte – Befürchtung hegen, die Invasionen der Barbaren könnten aufs Neue beginnen, fragte sie: „Aber wer wird jetzt die Ankömmlinge kontrollieren?" Der Polizist betrachtete uns mit einer sehr magyarischen Ironie und antwortete so etwas wie: „Ich hoffe, Sie haben keine Sehnsucht nach der Mauer, gnädige Frau … denn die Kontrollen betreffen auch euch." Die Botschaft lautete: Liebe Westeuropäer, das sind jetzt eure Angelegenheiten.

Heute weiß ich, dass in dieser Begegnung bereits alles enthalten war: die Stacheldrahtzäune, um die Festung Europa abzugrenzen. Der Eiserne Vorhang, der aufgrund der Bemühungen Westeuropas wiederkehrt. Unsere Heuchelei beim Verleugnen dieser Nemesis. Seit sich der kommunistische Osten aufgelöst hat, setzt er uns permanent unter Druck.

Ich erzähle einem hünenhaften Slowaken aus Bratislava, der mit mir auf das Mittagessen wartet, von diesem Tag. Jan ist Ingenieur. Ein dünner Mann, ein Riese mit entsprechendem Appetit.

„Siehst du die da?", flüstert er mir zu und zeigt mit dem Blick auf die Tischgenossen aus der Gegend. „Sie sind alle davon überzeugt, dass Ungarn direkt an Polen grenzt, die Slowakei ignorieren sie einfach."

Vielleicht haben sie keine Ahnung von Geografie, werfe ich ein.

„Nein, die Ungarn sind eingefleischte Nationalisten. Das ist das Schicksal der kleinen Völker."

Ich frage ihn, wie es in seiner Heimat läuft.

„Die Menschen sind müde. Die Schocktherapie der Wirtschaft hat alle enttäuscht. Mein Milchmann beschwert sich, dass die Demokratie dem Land nur Korruption und Unglück gebracht hat."

Doch laut Statistik geht es euch besser, werfe ich ein.

„Ach, die Zahlen … die … zählen nicht. In der Slowakei geht es nur den Reichen besser. Die Masse fühlt sich ärmer. Die gesellschaftliche Mobilität ist gleich null. In den Unternehmen sitzen deutsche oder englische Manager. Ein Slowake schafft es kaum in die höheren Etagen. Wir stehen im Sold der Ausländer. Die Banken stehen vor dem Kollaps."

Und wie überlebt ihr?, frage ich.

„Wir aktivieren unsere beste Eigenschaft: die Doppelmoral. Wir haben sie unter dem Kommunismus kultiviert, als wir aus Angst vor Denunziation nicht einmal dem eigenen Bruder vertrauten. Heute denken alle nur an sich. Die Gesellschaft ist pulverisiert, die Solidarität am Ende. Nur das Geld zählt, Glück ist allen egal. Und ich stelle mir immer wieder dieselbe Frage: Wann haben wir den tödlichen Irrtum begangen? Am Ende des Kalten Krieges lag die Möglichkeit für eine außergewöhnliche Veränderung in Reichweite. Doch nein. Ich finde keine überzeugende Antwort. Es ist, als ob wir von außen gelenkt würden. Als ob wir dazu verdammt wären, eine Kolonie zu bleiben."

Es ist Ende Juni und so heiß wie im August. Die Ungarische Tiefebene brennt. Seit 1989 hat sich alles verändert. Sogar das Klima. Damals, als das ungarische Heer inmitten von Fotografen den Zaun zu durchschneiden begann, war es kalt. Es war der 28. Juni, ein Schicksalstag für Europa. Am selben Tag war auch Franz Ferdinand in Sarajewo erschossen worden. Der Tag des hl. Vitus.

Dann stelle ich fest: Heute ist der 28. Juni. Das Leben sendet uns ununterbrochen Zeichen, und wir verstehen sie nicht. Doch diesmal ist das Signal klar und deutlich. Ich schlage mit der Faust auf den Tisch, als würde ich sagen „Botschaft angekommen", und die Suppe zittert und hinterlässt konzentrische Kreise im Teller. Jan hält überrascht mit dem Löffel auf halber Höhe inne, und die Gäste drehen sich um und schauen mich an.

Der Slowake empört sich: „Orbans Ungarn ist keine liberale Demokratie mehr. Es ist ein Mafiastaat, der auf ethnischem Nationalismus beruht. Orban ist ein postmoderner Despot, der alle Schlüsselposten an sich gerissen hat, wie Milošević Ende der Achtzigerjahre in Serbien. Das ist sein Vorbild, nicht die westlichen Demokratien. Und ihr hört auf ihn …"

Die Kellnerin nähert sich mit entschiedenem Schritt und pflanzt sich vor uns auf. Sie hat unser auf Englisch geführtes Gespräch verstanden, knurrt uns jedoch in ihrer Sprache an. Die Gäste hören zu essen auf und schauen herüber. Lastwagenfahrer, Bauern, Kaufleute. Das ungarische Volk sieht uns an.

Der Slowake hört der Ungarin mit demonstrativ zur Schau gestelltem Mitleid zu. Er versteht ihre Sprache. Ich nicht, kein Wort, bis in dem Schwall an Beschimpfungen ein Wort auftaucht: „Soros!" Der Nachname des Spekulanten, eines Juden ungarischer Herkunft, den Orban aller möglichen Untaten bezichtigt. Die Ungarin hat ihn zu einem Adjektiv mit kleinem Anfangsbuchstaben gemacht, als würde sie sagen „dreckig, elend, ausbeuterisch". Jetzt brüllt sie: Auch wir seien *soros*. Es folgt eine Reihe von Bannflüchen. Schließlich weist sie uns die Tür. In diesem Restaurant werden Leute wie wir nicht bedient.

Jan erhebt sich langsam und gelangweilt. Er sucht seine Sachen zusammen, wirft verächtlich eine Handvoll Münzen auf den Tisch, macht mir ein Zeichen, die Zelte abzubrechen. Er sagt schneidend: „Der Vampir stirbt nie." Damit meint er den Kommunismus. Tatsächlich kommt mir die Szene vor wie aus dem Kalten Krieg, als man auf der Straße nicht frei sprechen durfte. Was hat sich also geändert? Budapest ist wieder auf der Seite Moskaus, Presse und Banken werden zensiert und kontrolliert, der reiche Jude ist wieder ein Ungeheuer, im Web manipulieren unsichtbare Menschen die Wahrheit wie seinerzeit, die Achse der Oststaaten formiert sich neu wie zu Zeiten des Warschauer Paktes. Zwischen Lkws treten wir ins Sonnenlicht hinaus, die Kellnerin brüllt noch immer.

Ich erinnere mich noch sehr gut an den Aufstieg Orbans in dem Jahr, in dem sich alles veränderte. Damals wurde Imre Nágy rehabilitiert, der Vater des Ungarnaufstands, der von den Russen gehängt worden war. Mithilfe des vielgeschmähten Soros, der in Form der Organisation Open society den liberalen Flügel der Partei mit Stipendien unterstützte, profitierte Orban vom günstigen Klima aufgrund der Umbettung des Märtyrers und schlug mit einer deutlichen Rechtswende alle anderen Konkurrenten aus dem Rennen.

Jan fragt mich, was ich in Ungarn mache. Ich sage ihm, ich suche Europa in den Abteien, deren Schutzheiliger der hl. Benedikt ist.

„Da wirst du nichts finden. Im Osten ist die Religion seit dem Zweiten Weltkrieg tot. Aber wer war überhaupt dieser Benedikt?"

Ich erkläre es ihm, doch er hört gar nicht zu. Er ist kein Mann, der den Hauch des Unsichtbaren wahrnimmt.

Ich sage im Scherz, es habe uns gutgetan, die Mahlzeit abzubrechen. Auf Reisen sollte man nicht zu viel essen. Wir lachen.

„Das wahre Problem Ungarns sind nicht die Immigranten, sondern es ist die Emigration. Die besten Köpfe gehen. Seit es den Kommunismus nicht mehr gibt, ist eine halbe Million ins Ausland gegangen. Darüber solltet ihr Journalisten schreiben."

Er lässt den Motor an, will losfahren, öffnet jedoch noch einmal die Tür. „Weißt du, was der Fehler Europas ist? Dass es nicht sagt, dass seine Identität die Demokratie ist." Dann fährt er ruhig auf der Straße nach Györ davon. Recht hat er, denke ich. Es reicht nicht, immer nur von Wirtschaft zu sprechen. Leider reicht die Demokratie nicht, damit wir uns mit Europa identifizieren. Doch da ist ja noch etwas, das alle gern im Munde führen: das Christentum.

Der ungarische Himmel ist leicht wie ein Flugdrache, die kurvenreiche Straße durch die Hügel führt durch Felder, auf denen Traktoren unterwegs sind. Kein Papierfetzen auf dem Boden, die Gegend ist überaus sauber. Auf dem Weg zum Kloster habe ich eine Verabredung mit einem Priester, der Italienisch spricht. Ich frage mich, ob zumindest er – in dem Land, das als Erstes Flüchtlinge mit Stacheldrahtzäunen abgewehrt hat – etwas Barmherzigkeit und Gastfreundschaft aufbringt. Ich ahne, die Klosterregel hat in dieser Hälfte der Welt eine andere Bedeutung.

Auf dem Weg zur Abtei lege ich den Zwischenstopp ein und treffe ich den Priester. Ein Hüne, wahrscheinlich wiegt er mehr als 120 Kilo. Ein Mann mittleren Alters, würdevoll und gut genährt, der beeindruckende Bauch wird mehr schlecht als recht von einer altmodischen Kutte verdeckt. Er beginnt mit den Worten: „Wir sind keine Nomaden mehr." Er ist gekränkt, weil ich gesagt habe, sein Volk habe vielleicht den Geist der nicht sesshaften Bewohner der Ebene bewahrt. Er legt Wert auf die Feststellung: „Das

Ungarn von heute hat nichts mit seinen Ursprüngen zu tun." Für ihn ist Asien der Inbegriff allen Übels, es ist ihm egal, dass seine Vorfahren vor elf Jahrhunderten aus der Steppe gekommen sind, bevor sie massenweise von ihrem König christianisiert wurden. Schon bei seinen ersten Worten begreife ich, dass ich weit von der Ökumene der Westkirche entfernt bin. Hier ist auch Gott Ungar. Auch wenn es an der Grenze keine Passkontrolle gab, befinde ich mich in einer anderen Welt. Ich frage mich, wie das dasselbe Europa, dasselbe Sternenbanner sein kann.

Dem Mann in Schwarz ist alles ganz klar. Er spricht nicht von Glauben, sondern von Geopolitik und Demografie. „Nach den Türken und den Russen erleben wir jetzt eine dritte Invasion, und Europa sollte Ungarn dankbar sein, dass es die Flut der Muslime gestoppt hat."

Er regt sich auf: „Die Bevölkerung in Afrika explodiert, weil die *Médecins sans frontières* Kinder retten, die ansonsten sterben würden, die NGOs sind Komplizen der Schlepper und des Spekulanten George Soros, dessen Ziel die Umvolkung ist."

Ich frage mich, ob dieser Priester dem Papst oder der Politik gehorcht. Die ungarische Kirche arbeitet massiv gegen den Vatikan. Eben hat der Bischof von Szeged den Papst aufgefordert, nicht noch einmal den Fehler zu begehen, weitere Flüchtlinge aufzunehmen. Keine Ahnung, wo Jesus Christus hier abgeblieben ist.

„Das reiche Europa lässt es sich gutgehen, anstatt Kinder zu zeugen. Wir Ungarn nennen dieses zügellose Dasein ‚sybaritisch'. Die Haltung des Westens zur Fruchtbarkeit hat sich verändert, die der Muslime nicht. Ihr seid auf dem Weg der Selbstauslöschung."

Eine merkwürdige Aussage von einem Mann, der Keuschheit gelobt hat.

„Die Kommunisten haben den Genozid meines Landes am 12. Juni 1956 begonnen, als sie die Zwangsabtreibung eingeführt haben. Die Betriebsärzte haben den Arbeitern erklärt, wie Empfängnisverhütung funktioniert, und schon 1962 hat es mehr Abtreibungen als Geburten gegeben. Auch deshalb hat 1989 die Lebenskraft gefehlt, um den Kommunismus auf Druck des Volkes abzuschaffen. Nur die Polen haben Widerstand geleistet."

Ich gebe keine Antwort, stelle keine Fragen. Ich mache nur Notizen. In solchen Situationen kann man nur zuhören oder streiten.

„Und wer sind überhaupt diese Migranten? Alle ohne Papiere, doch alle haben ein Handy und sind am 1. Januar geboren, alle wissen, wie sie sich hereinschmuggeln, und keiner hat Lust zu arbeiten. Eine Invasion, wie zu Zeiten des Osmanischen Reichs." Er gibt Klischees von sich, als würde er einen Rosenkranz beten. Er lässt einen Furz, ohne auch nur zu erröten, dann schließt er feierlich: „Okay, man muss die unterstützen, die in Gefahr sind. Doch irgendjemand sollte Papst Franziskus daran erinnern, dass seine Vorgänger die Kreuzzüge finanziert haben."

Ich fahre derart erschüttert weiter, dass ich beschließe, den Namen des Unpriesters zu verschweigen. Ich hoffe auf meine Abtei. Ich suche sie, wie ein Segler die Boje bei der Regatta sucht. Oder besser gesagt, in der rauen See brauche ich keine Boje, sondern ein Rettungsboot. Ich berechne den Schiffspunkt: Ich befinde mich im äußersten Osten meiner Reise auf der Suche nach Europa, in zwei Tagen werde ich durch Slowenien nach Italien zurückfahren, ich fürchte, meine Reise wird mit einer entsetzlichen Enttäuschung enden.

Doch da steht Pannonhalma, hoch oben thront es auf einem Hügel, mit einer Kuppel wie die Abtei Superga. Ich fahre hinauf, direkt vor der Abtei liegt ein wunderbares Restaurant, auf dessen verglaster Terrasse man halb Ungarn überblickt. In unmittelbarer Nähe des Eingangs befinden sich in den Felsen gehauene Weinkeller, und ein Stück weiter hinten liegt ein Belvedere, von dem aus man auf die Ländereien blickt, die den Mönchen gehören. Weizen, Sonnenblumen, Wein, so weit der Blick reicht.

Den lieben Gott nehme ich hier nicht wahr. Vielmehr einen phänomenalen Appetit auf Raum und Horizonte. Land, Land, Land. Aber nicht das Land, mit dem sich die Mönche in Praglia oder Cîteaux die Hände schmutzig machen. Hier bedeutet Land Lebensraum. Feld, Wald, Domäne, Weinberg, Großgrundbesitz, Wiesenland. Land wie die Länder, die 1918 beim Untergang des Habsburgerreiches verloren wurden. Transsylvanien, Kroatien, Slowakei, die Westukraine, die ein gewisser Politiker wieder annektieren möchte. Vor Jahren hat man mich in Budapest gefragt, was Italien im Ersten Weltkrieg verloren hat, und als ich geantwortet habe: „die Unschuld", hat man mich angesehen wie einen geistig Behinderten. Für die anderen war diese psychologische Verrenkung ein Luxus der Sieger. Für ein paar Hektar Nation mehr hätte ich auch darauf verzichten können, oder? Doch hier sind alle Feudalherren hoch zwei. Oder Leibeigene. Das hübsche Land zu Füßen der Abtei scheint zu sagen: Wir sind lange gewandert, um hierher zu gelangen. Niemand soll es wagen, uns wieder wegzuschicken.

„Um zu überleben, hatten die Ungarn keine andere Wahl, als sich zum Christentun zu bekehren, und Pannonhalma war der Angelpunkt der Christianisierung." Ein junger Mönch namens Albin, der am Eingang auf eine amerikanische Schulgruppe wartet, nimmt mich herzlich in Empfang und erzählt mir die Geschichte der Abtei. Er hat in den USA Theologie studiert, spricht perfekt Englisch und hat ganz andere Hände als die deutschen Benediktiner. Gepflegte Pianistenhände. Auch er erwähnt die türkischen und russischen Invasoren, allerdings wohltuend ironisch. Den Pakt Ungarns mit Hitler erledigt er mit einer Umschreibung. Die Hinwendung zum Faschismus bezeichnet er beschönigend als „jahrhundertelange italo-magyarische Freundschaft". Er führt uns in die Klassenräume des Stiftsgymnasiums, in dem auch Italienisch unterrichtet wird; wie er erklärt, „wurde es von Graf Ciano, dem Schwiegersohn Mussolinis" eröffnet. Ein Fresko aus dem Jahr 1941 feiert tausend Jahre gute Beziehungen zwischen Budapest und Rom. Er führt uns in die Bibliothek, die reich an alten Handschriften ist. Er zeigt mir eine der ersten Gutenbergbibeln. Am Ende der Führung schenkt der Professor der amerikanischen Jugendlichen Albin eine Schachtel mit Jahrgangsbier, um, wie er sagt, „ein wenig Hölle in das Heilige zu bringen". Er hat offenbar keine Ahnung, dass die Klosterbiere in Europa mit Gott gesättigt sind.

Wir treten zur Brüstung der Terrasse. Unter uns liegt das 360-Grad-Panorama der ungarischen Landschaft. Duft nach frisch geschnittenem Heu. Sonnenblumenfelder und Weingärten. Die Sonne steht im Zenit: die Stunde des Dämons der Acedia. Ein gedrungener Mönch namens Adam bestätigt mir die Theorie, dass bei senkrecht einfallendem Licht höchste Gefahr besteht: „Nach der Sext gehen hier alle schlafen, nicht umsonst bezeichnet man das Nachmittagsschläfchen als *siesta*. Beobachten Sie die Abtei, nach dem Mittagessen finden sie hier niemanden." Ein anderer Mönch mischt sich ein: „Um diese Uhrzeit ist der Teufel als einziger wach."

Ich warte darauf, dass mich jemand zum Mittagessen ins Refektorium einlädt, doch das geschieht nicht. Außer mir sind keine

Pilger da, hier gibt es keinen Raum zum Essen und zum Schlafen. In Pannonhalma funktioniert die Gastfreundschaft nicht so wie in Frankreich oder Deutschland. Die Mönche bewegen sich, als hätten sie anderes im Sinn. Vielleicht sind sie durch die Verwaltung der vielen Weingärten Unternehmer geworden. Sie weisen mir einen Bungalow auf ihrem Land unterhalb des Hügels zu. Und ich muss hungrig ins Dorf gehen, nachdem ich wenigstens eine Verabredung für den nächsten Tag herausgeschunden habe.

Ich verbringe einen einsamen Abend, wandere zwischen kleinen Häuschen umher, die wirken wie von Kinderhand gezeichnet. So sind die ungarischen Dörfer, klein und sauber. Wohin ich auch gehe, habe ich das Gefühl, das Kloster folgt mir mit dem Blick. Von allen Klöstern, die ich bisher besichtigt habe, ist dieses das pompöseste. Ich habe den Eindruck, es steht seit einem Jahrtausend da, um seine Herrschaft über das Land zu feiern, nicht, um Seelen zu lenken. In meinem Gepäck befindet sich der Cidre aus Saint-Wandrille, ich trinke ihn in aller Ruhe in meinem Bungalow. Auch hier bin ich der einzige Gast. Hier kommen keine einsamen Pilger vorbei, nur ganze Busse voller Touristen. Ich setze mich ins Gras, warte auf die Sterne und frage mich, warum die Populisten im Westen den Fuchs Orban, einen Ex-Kommunisten, so schätzen. Und dann die ungarischen Priester, die dem Papst genauso feindlich gegenüberstehen wie seinerzeit die Kommunisten und die dem Dämon im Netz gegenüber so aufgeschlossen sind … Was für ein kolossaler Betrug.

Im Morgengrauen des nächsten Tages steige ich um sechs durch einen von Raureif bedeckten Wald zur Frühmesse hinauf. Unter der Riesenkuppel stimmen die schwarzgekleideten Priester, die den Gottesdienst feiern, einen abgrundtiefen Gesang an, der eher zur Nacht als zur Glorie des Sonnenaufgangs zu passen scheint. Bayern ist weiblich und steht im Zeichen der Marienverehrung, das katholische Ungarn hingegen ist männlich, brutal patriarchalisch. Sinnloserweise drückt man mir einen Psalter in die Hand. Abgesehen von dem Wort „Krisztus“ finde ich darin kein einziges bekanntes Wort. Doch der Gesang ist wunderbar, dunkel. Er erinnert entfernt an die nostalgischen Klagelieder der Honvéd, der ungarischen Landwehr, die im Ersten Weltkrieg im Karst kämpfte. Meine österreichische Großmutter sang ihre Klagelieder eine Oktave höher.

Der Erzabt Cirill Hortobágyi ist nicht da, doch er hat mir einen Brief mit einer tröstlichen Erklärung hinterlassen: „Unsere christliche Pflicht besteht darin, den Bedürftigen zu helfen, ungeachtet der Schwierigkeiten und der Gefahren, die möglicherweise damit einhergehen. Die Mehrheit unserer Gemeinde stimmt mit der Haltung der Benediktiner in Europa überein. Wir haben Flüchtlinge aufgenommen, als sie durch unser Gebiet marschiert sind, und schon vor dieser Krise haben wir in unserem Gymnasium eine Woche zu diesem Thema organisiert.“ Es ist also klar: Die Priester in Ungarn sind das eine, die Mönche das andere. Doch das wahre Problem ist, dass die Kirchen leer sind. Der Kommunismus hat die Herde zerstört, und die befreite – katholische oder protestantische – Kirche konnte dem Glauben keine neuen Impulse geben. In Abwesenheit des Teufels versucht sie, die Seelen zumindest mit der Angst vor dem Schwarzen Mann zu führen, auf die Gefahr hin, sich gegen die Lehren des Nazareners zu stellen. Der junge Albin erzählt: „Die Kommunisten ließen nur die alten Frauen in die Kirche gehen, in der Hoffnung, dass mit ihrem Tod auch der Glaube aussterben würde. Mittlerweile sind dreißig Jahre vergangen, es gibt keinen Kommunismus mehr, doch es hat sich nichts geändert.“ Und mit einem Anflug von Humor fügt er hinzu: „Auch jetzt sind nur die Alten in der Kirche, allerdings nicht dieselben.“

Es ist eindeutig: Die Rechtsregierung hat den Zusammenbruch der Religion kompensiert, indem sie die Pfarreien üppig subventionierte. Zwei Fliegen mit einem Schlag: Sie hat die Schulbildung delegiert, für deren Kosten der Staat nicht mehr aufkommen konnte, und die Priester wurden zu Lautsprechern der Regierung. Wer weiß, wie die Mönche auf dem Hügel mit diesem schrecklichen politischen Druck zurechtkommen. Und wer weiß, wie lange hier die Klosterregel beibehalten werden kann. Offenbar befindet sich Orbans fünfte Kolonne auch in der belagerten Festung Pannonhalma, doch fürs Erste hält die alte Bastei stand.

Auf einer Sonnenuhr im kleinen Kreuzgang lese ich *Una vestrum ultima mea*. Eine von euch wird meine letzte sein. Der Sinn des Spruchs hat nichts von Buße an sich. Er bedeutet nicht, dass der Tod jederzeit eintreten kann, sondern dass jede Stunde voll ausgekostet werden muss, als wäre sie die letzte. Mit einem Wort, jede Minute ist Teil eines größeren Ganzen, das das Leben des Individuums transzendiert. Das klingt wie ein gutes Motto zum Abschluss meiner Reise. Es ist an der Zeit, in den Apennin zurückzukehren.

14.

Die Symphonie

Camerino, Marken

Der zweite, herzzerreißende Satz der ersten Symphonie von Wassili Kalinnikow verklingt in der Abendluft. Die Musik kommt von weither, ich höre ganz deutlich jedes einzelne Instrument. Geige, Fagott, Tuba. Rundherum nur Schweigen und Zikaden. Das Spektakel einer italienischen Sommernacht, die sich nicht vom Himmel herabsenkt, sondern aus den Tiefen der Erde aufsteigt. Eine flüssige Dunkelheit sprudelt aus jeder Senke, die Rinnsale verzweigen sich zwischen den Bergen, sie wird zu einem Spinnennetz, dann zu einem See und ruft die ersten Sterne. Über das Pizzicato der Geigen erhebt sich einsam eine Oboe. Sie erzählt von Flüssen und Ebenen und Birken und den weißen Nächten des Nordens. Das European Spirit of Youth Orchestra probt oben auf den Hügeln. Meine schönen und glücklichen Mädchen und Jungen bereiten sich auf das Konzert vor. Und ich, der Alte, der Erzähler, der Einsame, der sich immer wieder absentiert und über die Wege geht. Das Land Benedikts hat uns hierhergerufen, uns, deren Schutzheiliger Benedikt ist. Die Universität Camerino hat uns die Pforten geöffnet, wie ein Kloster nun mal Pilger empfängt. Und die Reise geht mit Musik zu Ende. Dort, wo es sich gehört. Im Apennin.

Heute Abend passt alles: das Licht, das Ticken der Zeit, das hingebungsvoll lauschende Publikum, das Gebet, das Epos eines Kontinents zwischen dem Ozean und dem Ansturm der Völker, den schrecklichen Bruchlinien und seinen Ängsten. In der alten, abgesperrten und menschenleeren Stadt wird es dunkel, während im Westen, Richtung Gubbio und Colfiorito, der Brand am Himmel unendlich langsam erlischt. Zikaden, ein Esel schreit. Ein Hund heult. Und ich weiß schon, wo das grenzenlose Gefühl des Friedens entsteht, das von diesem Land, das vom Pflug Gottes ständig umgegraben wird, ausgeht. Ich weiß, woher die Zärtlichkeit dieser aufgewühlten Erde kommt, die in ständiger Bewegung ist. Ich kenne die Hand dessen, der das wilde Tier gezähmt hat. Er, immer wieder er, Benedikt. Hier gibt es nichts, was reine Natur ist. Das Werk des Menschen ist überall sichtbar, aber nicht in Form von Beton. Man erkennt es an den Bergen, den terrassenförmig angelegten Feldern, den Olivenhainen, den Kastanien, den Buchen, den Weißtannen, sogar an der Rasse der weidenden Rinder. Das ist seine Handschrift. Denn hier ist nichts zufällig, alles beruht auf der Entscheidung, das Leben des Menschen einfach zu machen und die Natur zu bewahren.

Trockenmauern, Flusswehre, Holzpfähle. Duftender Käse, guter Wein. Heumahd, die Ausrichtung der gepflügten Felder. Eicheln, Schweine und Schweineschlachterei. Die Erfindung von Papier, Mühlen, Wollhandel, Weidewegen, die zentrale Bedeutung des Essens und die gute Küche. Sogar dort, wo die Klöster nur noch ein Haufen Ruinen sind, sind die traditionellen Methoden der Benediktiner in der Landwirtschaft erhalten geblieben, und genau die Gebiete, sagen die Wissenschaftler, sind vom Erdbeben weniger betroffen. Ein Wunder? Nein. Mutter Erde ist hier einfach respektvoll behandelt und befestigt, nicht vergewaltigt, ausgeweidet und zubetoniert worden. Über Jahrhunderte haben die langobardischen Feudalherren den Benediktinern Länder überlassen, nicht nur damit sie die Leibeigenen dem Heidentum entreißen, sondern vor allem, damit sie eine Landschaft kultivierten, in der sich sonst nur Wildschweine und Stachelschweine getummelt hätten.

Erste Sterne in Richtung Macerata. Fast glaubt man die Erddrehung auf dem Kardangelenk zu spüren. Der Schwindel, den wir am Anfang der Reise in der verzauberten Senke von Castelluccio empfunden haben, kehrt zurück. Ein kosmisches Schwindelgefühl, als würden wir uns im Zentrum der Welt befinden, nicht einfach zwischen zwei Meeren. Jesi ist nur wenige Kilometer entfernt, und Friedrich II., der unvergessene deutsche Kaiser, der verrückt nach Italien war, ist nicht zufällig dort zur Welt gekommen. Seine Mutter hat ihn mitten auf der Piazza, *coram populo*, geboren, auch um seine legitimen Ansprüche auf die Länder der Sibylle, die fruchtbarsten, reichsten und kultiviertesten in ganz Europa, zu bezeugen. Und als Hannibal nach der Schlacht am Trasimenischen See in das Land der Picener eindrang, sah er mit Staunen, dass das Land so lieblich war wie kein anderes Land, das er mit seinem Heer durchquert hatte, und ließ hier seine Pferde weiden.

Die Lichter der Dörfer funkeln, die heiligen Quellen sprudeln. Und überall Klöster, Kirchen, Kapellen, Einsiedeleien. Sie beherrschen nicht die Landschaft wie Pannonhalma die Hügel Ungarns, sie befinden sich auch nicht im Zentrum einer Stadt wie Westminster in London, sondern verstecken sich im Abseits, klammern sich an Felsen, ducken sich in einsame Senken. Fast nicht erkennbar in dem Auf und Ab der Täler und mächtigen Gesteinsaufwölbungen, klammern sie sich hartnäckig an ein Netz von Bruchlinien. Hier gibt es wahrscheinlich die größte Dichte an Kirchen und Kapellen in ganz Europa. Nirgendwo sonst folgt die Topografie des Christentums so genau der Geografie und Geologie. Italien ist nichts anderes als ein Archipel aus Räumen des Geistes, die wunderbarerweise vom Massaker der Globalisierung verschont geblieben sind, ein Archipel, der dem Wesen der benediktinischen Landschaft entspricht. Auch der hl. Franziskus ist hier durchgezogen, hat aber fast keine Spuren in der Landschaft hinterlassen. Er hat sie nicht geformt.

Kraftlinien, das ist genau das richtige Wort. Stürmisch tauchen sie aus der Tiefe auf, auf ihnen befinden sich wie Wegweiser heidnische Tempel, von Sibyllen bewohnte Grotten, Bronzestatuen, die Herkules, Jupiter, Mars geweiht sind. Und außerdem Klöster, Hospize für Pilger und der Weg des Erzengels Michael – des Heiligen, der Odin im Herzen der Langobarden ersetzte –, der Weg, der seit einem Jahrtausend Europa vom Südwesten Irlands bis Jerusalem durchquert. Die Orte der Anbetung verlaufen von Mont Saint-Michel, Sacra di San Michele im Piemont, Perugia, Monte Sant'Angelo auf dem Gargano bis zur Insel Simi, einer der Inseln des Dodekanes, auf einer kerzengeraden Linie. Vor allem hier, zwischen Amatrice und Camerino kreuzen die Richtungen des Geistes ständig die des Untergrunds. Man spürt ihre Energie, die aus der Erde und nicht vom Himmel kommt.

In diesem Labyrinth der Seele habe ich mich gemeinsam mit meiner Lebensgefährtin und mit Jacopo Angelini verirrt, einem Bewohner des Apennins, der seine Heimat liebt, einem überaus gebildeten Naturwissenschaftler. Durch einen nahezu senkrechten Wald sind wir auf die Abtei Val di Castro buchstäblich hinuntergesegelt, in der heute keine Mönche mehr leben, in der jedoch die Zeit stillzustehen scheint, von der Käserei bis zu den Kühen, Abkömmlingen der Uris, die irgendwann aus dem Nahen Osten hierhergekommen sind. Hier kann man innehalten und in einem tausend Jahre alten Refektorium essen, die Mahlzeit gemeinsam mit heroischen Viehzüchtern einnehmen, die von der Politik vergessen worden sind und auf eigene Kosten die vom Erdbeben zerstörte Kirche gesichert haben, dann kann man in den Kreuzgang weitergehen, die Seele des Alchimisten Elias heraufbeschwören, der Friedrich II. überredete, sich auf den einzigen unblutigen Kreuzzug der Geschichte zu begeben. Mit etwas Glück begegnet man hier auch dem Geist des hl. Romuald, Gründer des Kamaldulenserordens, der sich zum Sterben in den Wald zurückzog. Romuald besaß immenses Charisma, er wetterte gegen die Mächtigen, geißelte die Simonie und verstand es, Ost- und Westchristentum, das Zönobitentum Benedikts, die extreme Einsamkeit der Anachoreten und die Einsiedlerpraxis der syrischen Mönche zu versöhnen.

Wer Sehnsucht nach dem Urchristentum hat, sollte sich in den Apennin begeben. Er sollte einen Ort wie die halb vergessene Abtei Sant'Elena in Serra San Quirico besuchen, die schmucklos und robust wie eine Festung dasteht, mit beeindruckenden Pfeilern und einem Architrav über dem Eingang, der mit einem Weinreben-Relief verziert ist. Oder in die gebärmutterartige Schlucht von Frasassi, die reich an unterirdischen und oberirdischen Quellen ist, wo die Zikaden dröhnen und die von einer fünfundzwanzigtausend Jahre alten Muttergöttin und einem Benediktinerkloster beherrscht wird, das einmal ein Jupitertempel war. An Hellas erinnert, vermittelt über Byzanz, sein Grundriss in Form eines griechischen Kreuzes. Oder auch die Einsiedelei San Girolamo, die sich wie ein tibetisches Kloster an den Monte Cucco klammert, im 9. Jahrhundert von aramäisch sprechenden Syrern gegründet wurde und mittlerweile nur von drei Männern, drei strenggläubigen Ausländern, bewohnt wird. Eine karge Festung des Geistes, gesäumt von jahrhundertealten Kastanien, wo Tag und Nacht alle zwei Stunden gebetet wird und nur an einem Tag in der Woche gesprochen werden darf.

In diesem Gebiet kann man auf Reiseführer getrost verzichten. Man sollte auch die geebneten Straßen verlassen und den Schwalben folgen, die das Abseits bewohnen. Man sollte abgelegene Orte suchen wie die Abtei Santa Croce in Sassoferrato, die in den Jahren des blasphemischen Baubooms in eine Legebatterie für fünftausend Hühner, dann in einen Holzschuppen und schließlich in ein Kohlelager umgewandelt wurde und heute reich an Rätseln

Spuren der Templer, der Langobarden, Karolinger, sogar der Ägypter – wiederauferstanden ist und merkwürdige Überlagerungen aufweist: ein germanisches Kapitell mit Karl Martell in Gestalt eines nackten Priapos, Teile römischer Altäre aus der verschwundenen Stadt Sentinum, Sirenen mit zweifachem Schwanz auf Basreliefs, bei den Römern ein Zeichen für ein Bordell. Und das fast völlig verborgene Santa Maria di Sitira mitten in der Wildnis, mit Mauern wie eine Festung und roten Geranien an den Schießscharten, wo am Abend die Schatten der Mönche die Komplet in einem grünen Eichenhain neben einem Bach feiern. Heute befindet sich das Kloster im Abseits, ist verlassen, vergessen. Früher war es der Mittelpunkt der reichen italienischen Almwirtschaft. Der Name des Pfandhauses Monte dei Paschi stammt vom *Monte dei pascoli*, Berg der Weiden. Ein Safe, in dem ein Schatz liegt: Schafherden auf unendlichen Hügeln.

Gemeinsam mit Jacopo habe ich eben in Fabriano das Kloster San Biagio besichtigt, wo Romuald in einer – leider! – barocken Krypta bestattet ist. Die Kamaldulenser auf der ganzen Welt bezeichnen es als „Das Haus des Vaters", und einmal im Jahr kommen sie in diese schöne, etwas unheimliche mittelalterliche Stadt, um ihrem Ordensgründer Ehre zu huldigen. Hier glühen noch immer die Scheiterhaufen, auf denen Jacobus von der Mark – der später unerklärlicherweise heiliggesprochen wurde – die Mönche, die eine Rückkehr zur ursprünglichen Einfachheit des Franziskanerordens predigten, bei lebendigem Leib verbrennen ließ. Um zehn Uhr abends klingeln wir unverschämt an der Pforte des Klosters und ein gutaussehender, schlanker und heiterer Lombarde mit einem wunderbaren grauen Bart und in Kutte und blauer Arbeitsschürze öffnet uns, ohne mit der Wimper zu zucken. „Freut mich, Giorgio Emilio Gadda." Ein Verwandter des Schriftstellers? „Ja,

Urenkel von Carlo Emilio." Wie viele seid ihr im Kloster? Und zum Beweis seiner Einsamkeit zeigt er lächelnd den Zeigefinger. Wir leisten ihm Gesellschaft, während er das Geschirr abwäscht, und er erzählt uns vom wunderbaren Camaldoli, „einer Formel, die sich im Lauf der Jahrhunderte bewährt hat", einem idealen Gleichgewicht zwischen Gastfreundschaft, Gemeinschaftsleben und Einsamkeit.

Ich erinnere mich noch immer an einige seiner Aussprüche.

„Ihr müsst nach Camaldoli gehen, wenn Schnee liegt, das ist reine Poesie."

Er legt dieselbe heitere und bäuerliche – nicht ganz ordenskonforme – Einfachheit an den Tag wie Frédéric in Cîteaux und Notker in Sankt Ottilien. Als ob das Wort ein bisschen aufmüpfig sein müsste, um durchzudringen.

Zwischen einem Gläschen Nocino und einem Lachen gibt er noch einen denkwürdigen Satz von sich: „Der Mensch braucht nun mal Gott, da hilft nichts."

Das Handy ist für ihn ein Betrug des Bösen: „Damit fühlt man sich nur noch einsamer, hilfloser und ärmer."

Giorgio Emilio, der einsame lombardische Wächter des hl. Romuald. Auch eine halbstündige Begegnung kann Spuren hinterlassen.

Ich kehre zum Basislager zurück. Der Mond, fast ein Vollmond, zeigt mir den Weg zwischen den Feldern. Ich sehe den Schatten jedes einzelnen Grashalms. Ich habe ein wenig Angst vor den wilden Hunden, die hier im Rudel unterwegs sind. Ich halte einen Stein fest in der Hand. Auf die Hügel von Camerino hat sich ein stellares Schweigen gesenkt. Die Jugendlichen sind mit dem Proben fertig, jetzt essen sie in der Mensa der Universität zu Abend. Bevor sie ins Bett gehen, laufen sie in die Zeltstadt hinunter, essen ein Eis, spielen Gitarre, erzählen einander Geschichten und singen die Lieder ihrer Heimat. Fünfzehn Nationen, die sich zur EU zusammengeschlossen haben, sprechen eine einzige Sprache, die der Musik. Eine Polin und ein Italiener haben sich ineinander verliebt. Bald werden sie auf Tournee gehen, das erste Konzert findet in einer magischen Nacht der Mondfinsternis zwischen den Türmen von San Gimignano statt.

Für mich zählt jedoch vor allem die Generalprobe, die auf der Piazza in Norcia stattfinden wird. Jener Piazza, wo die Statue des europäischen Heiligen zum ersten Mal zu mir gesprochen hat. Eine improvisierte Probe, der Bürgermeister stellt eine Bühne und ein paar hundert Stühle für das Publikum zur Verfügung. Mir ist das Publikum jedoch egal, denn wir werden für ihn, Benedictus, spielen.

Nach einer Fahrt durch finstere Schluchten, vorbei an sanften Schafweiden und der schrecklichen Energie der Berge, erblicken wir am nächsten Tag Norcia. An dem Ort, von dem wir aufgebrochen sind, schließt sich der Kreis. Dort, wo die Wiege des europäischen Heiligen stand. In Norcia, dessen mittelalterliche Stadtmauern zwei Jahre nach dem Erdbeben noch immer beschädigt sind. Norcia mit der unversehrten Statue des Großen Schutzheiligen, der uns zeigt, welchen Weg wir nehmen sollen.

Die Sonne geht unter. Die von Licht überfluteten Sibyllinischen Berge werfen aufs Neue die Fragen auf, die wir uns auf unserer Reise durch Europa gestellt haben. Warum sind die Menschen trotz der Erdbeben Jahrtausendelang in diesen Bergen geblieben? Nur wegen der legendären Fruchtbarkeit der Erde, der zahlreichen Quellen und der Nähe zweier Meere, zu denen man die Schafherden führen konnte, oder ist da noch etwas anderes?

Haben auch die Schönheit der Landschaft und das Geheimnis einer Welt damit zu tun, die mehr als andere ihre Wurzeln in der Tiefe hat?

Während das Orchester die Instrumente ablädt, besuche ich die Klosterschwestern von Norcia. Nach dem Erdbeben wurden sie nach Trevi übersiedelt, doch sobald es möglich ist, wollen sie in die Ruinen ihrer alten Abtei zurück. Das *Stabilitas*-Gelübde und die Liebe zu ihrer Gemeinschaft rufen sie unwiderstehlich. Caterina Corona, die Äbtissin, kehrt bereits bei jeder Gelegenheit in das für unbewohnbar erklärte Kloster zurück, und sei es auch nur, um den Garten zu pflegen und sich um die Bienen zu kümmern. Sie hat hier sechzig Jahre gewohnt, seitdem sie das Gelübde abgelegt hat, und kann es gar nicht erwarten heimzukehren.

„Die Bürokratie lähmt uns, und wenn es eines Tages eine Demo gegen diese Politik der tausend Genehmigungen gibt, stehe ich mit der Fahne in der ersten Reihe."

Caterina hat ein mütterliches Lächeln, doch ihre Stimme ist entschieden, und sie hat kräftige, von der Arbeit gezeichnete Hände. Sie ist ein Inbegriff der weiblichen Seite des Heiligen im Apennin. Sechzig Jahre lang hat diese Frau dem benediktinischen Gebot der Klosterautonomie gehorcht. Sticken, Buchbinden, Sammeln von Heilkräutern, Gartenarbeit, Schafe hüten, Lehre, sogar Biberzucht. Eine Ökonomie ohne Transportwege.

„Mittlerweile sind wir alt und aufgrund der zurückgehenden Zahl von Gelübden gezwungen, auf externes Personal zurückzugreifen. Nichts ist mehr wie früher, und das Erdbeben hat uns den Gnadenstoß versetzt, es hindert uns an der Rückkehr. Zu viele Verbote. Sogar wenn wir ein altes Haus abreißen wollen, müssen wir einen ausführlichen historischen Bericht über Steine und Mörtel abliefern."

Zum ersten Mal nach Jahrtausenden dürfen die Menschen keinen Neuanfang wagen. Rom schweigt. Die italienischen Berge sind allen egal, denn für Wählerstimmen spielen sie keine Rolle. Dennoch ist der Apennin das Herz des Landes und wenn Italien es verliert, verliert es auch seine Identität. In der Klostergemeinschaft, die vierzehn Jahrhunderte lang über die Formel verfügte, mit der Klosterregel neu zu beginnen, ist dieser Widerspruch noch auffälliger.

„Benedikt lehrt uns, dass man bei allem auf Umstände und Orte Rücksicht nehmen muss. Den afrikanischen Klosterschwestern zum Beispiel, die in unseren Chören singen, fällt es schwer, so stillzuhalten wie wir. Aufgrund ihrer Kultur sind sie gewöhnt, sich viel stärker mit dem Körper auszudrücken. Eines Tages habe ich eine dabei ertappt, wie sie allein in ihrer Zelle tanzte. All das muss berücksichtigt werden, es ist eine Bereicherung für uns alle."

„Die Regel", sagt Caterina langsam und deutlich, „ist nichts anderes als das für die zönobitische Gemeinschaft angepasste Evangelium. Sie lehrt uns, die Taufe in dieser Entscheidung zu leben. Sie lehrt uns, dass wir uns zuerst der Gemeinschaft widmen müssen, bevor wir nach dem Höchsten streben. Sie lehrt uns, dass die Breite wichtiger ist als vertikale Strukturen. Sie ist die beste Art und Weise, sich von Überflüssigem zu trennen, von all dem, das uns daran hindert zu schätzen, was wir haben, die Schöpfung mit demselben Staunen zu betrachten wie Kinder. Die Farbe der Blumen, einen schillernden Wassertropfen. Alles spricht von Ihm … man muss es nur sehen."

Ich frage sie, ob die Situation heute schlimmer ist als zu Zeiten des römischen Niedergangs.

Sie antwortet, ohne zu zögern: „Gewiss ist es heute schlimmer. Aber nicht wegen eines äußeren Feindes. Wir sind das Problem.

Zu Zeiten Benedikts nahmen die Gläubigen den Glauben ernst. Diese Kraft hat ganze Barbarenvölker gezähmt."

„Heute", erklärt sie, „leben wir das Christentum aus dem Opportunismus heraus. Wir sind viel schwächer, wir würden eine ähnliche Situation nicht bewältigen."

Wir umarmen einander. Ich muss zurück auf die Piazza, gleich beginnt das Konzert.

Der Zweite Bürgermeister erklärt mir, wie schwierig es ist, wieder Leben auf die Piazza zu bringen, nachdem die Leute nach dem Erdbeben massenweise weggezogen sind. Er kann seine Wut kaum verbergen: „Wenn sie uns sterben lassen wollen, dann sollen sie es wenigstens laut sagen."

Das europäische Jugendorchester stimmt Bachs *Contrapunctus* Nr. 1 an. Das Publikum ist nicht sehr zahlreich, aber egal. Wir spielen für den Heiligen, die wenigen, die in der Stadt geblieben sind, lassen sich vom Zauber der Stunde verführen. Schwalben wirbeln herum. Ein Mond mit dickem Bauch lugt neugierig zwischen den Sibyllinischen Bergen hervor. Ausgerechnet in dem Augenblick, in dem ich zu Johann Sebastian Bachs Musik von ihm erzähle, taucht er strahlend und überwältigend klar über der Piazza auf.

Es war einmal das Volk des Meeres,
Männer und Frauen, die im Wind segelten.
Als Archipel bezeichneten sie die Inseln,
die Insel Kreta war das perfekte Zentrum
einer vom Mond beherrschten Welt.
Die Weizenpuppe, der geheime Same,
die dunkle Mutter, der Schoß, die Plazenta,
Wächterin des Geheimnisses des Lebens.

Das Konzert scheint ein Abschluss zu sein, doch für mich ist es eine Ouvertüre. Ich habe das Gefühl, ich bin nicht so sehr von Abtei zu Abtei, sondern inmitten der Werte gereist, auf denen Europa beruht. Arbeitseifer, Schweigen, Erfindungsgeist, Gastfreundschaft, Gesang und – warum nicht – Demokratie in den menschlichen Beziehungen. Ich spüre die Weiblichkeit und die Zerbrechlichkeit dieser Welt. Ihre tausendjährige Verbindung mit den Mondphasen.

Es ist Nacht geworden, der Planet scheint zu gären, sich noch weiter aufzublähen. Aufs Neue ertönt der zweite Satz von Kalinnikow.

Im heiligen Umkreis deiner Abteien, Benedikt, habe ich immer einen sicheren Hafen und eine Zuflucht vor dem teuflischen Geschrei gefunden, vor der Verwirrung der Seelen und dem materialistischen Egoismus, der uns umgibt. Ich weiß nicht, was von all dem übrigbleiben wird. Ich mache mir Sorgen um das Schicksal Europas. Vielleicht wird es von der Globalisierung hinweggefegt, deren Komplizen Profis der Angst sind. Doch ich weiß, wir haben die Pflicht zu hoffen.

15.

Der unendliche Faden

San Giorgio Maggiore, Venedig

Eines Nachts kam die Sintflut. Ein schrecklicher Wind aus einer unbekannten Richtung fegte die Berge weg und entwurzelte Wälder. Vom Himmel fielen Regensäulen, so schwer wie der Hammer Gottes, ausgetrocknete Flüsse traten augenblicklich über die Ufer, und Tausende Fische verendeten auf dem Festland. Tagelang verschwand die Sonne und finstere Regenwände rückten vor wie Armeen im Krieg. Hundert Jahre nach dem Ersten Weltkrieg erhielten die Menschen entlang derselben Frontlinie, in den Bergen zwischen dem Veneto und dem Trentino, eine neue, schreckliche Warnung. Heerscharen von Bäumen, die von den Windböen gefällt wurden, stürzten auf den Friedhof der Gefallenen. Stämme auf Skelette. Tote auf Tote. Es gibt nichts Endgültigeres als den dumpfen Aufprall eines großen Baumes, und in dieser Nacht stürzten Millionen. Das war keine Wetterkatastrophe, das war ein biblisches Ereignis, eine Abrechnung, die Ankündigung des Weltuntergangs.

Ich bin in Venedig, ich habe mich im Benediktinerkloster auf der Insel San Giorgio verschanzt, und suche einen endgültigen Ankerplatz. Der Sturm ist seit einigen Tagen vorbei, und in den Zeitungen ist schon wieder von anderem die Rede. In Venedig ist Hochwasser, es ist ungewöhnlich heiß, eine blutrote Sonne geht zwischen San Marco und der Punta della Dogana unter. Das Meer läuft über, schlägt gegen das Portal der Kirche, die dem Heiligen und Drachentöter geweiht ist, und ich klammere mich an die tausendjährigen Mauern wie an ein Rettungsboot, in der Hoffnung, mich vor der kommenden Flut in Sicherheit zu bringen. Die Insel nimmt mich auf, bietet mir Schutz, wird zur Arche in der Sintflut und offenbart, wie sich der Glaube von einer schlingernden Welt abgeschottet hat. San Giorgio wie der Archipel der Solowezki-Inseln im Weißen Meer, dem russischen Kloster, das ein Ort des

Gulag wurde und mittlerweile mit seinen goldschimmernden Kuppeln im Nebel des Nordens wiederauferstanden ist.

Auf dem Kanal der Giudecca taucht ein beleuchtetes Kreuzfahrtschiff mit fünftausend Passagieren auf. Riesig, höher als Santa Maria della Salute, vor dem Hintergrund eines feuerroten Himmels. Es will gar nichts sehen, es reicht ihm, gesehen zu werden. Die künstliche Stadt fährt gleichgültig über den Kadaver der echten.

Abendmesse. Nur sieben Mönche, sieben schwarzgekleidete Männer, herrschen über die riesige Abtei gegenüber San Marco. Die schöne süditalienische Stimme Bruder Fedeles, des Inselgärtners, hallt in der Kapelle wider und verliert sich in den Renaissance-Gängen. Er folgt wortwörtlich dem Text. Er ist der Meinung, dass man „mit den Ohren liest", denn das Wort ist dazu gemacht, um widerzuhallen. Das erste Gebot ist das Hören. *Schma Jisrael*: so beginnt ein Abschnitt der Thora.

Buch Hiob, Kapitel 13: „Sofern Böses in deiner Hand ist, entferne es und lass kein Unrecht in deinem Zelt wohnen, dann kannst du makellos dein Gesicht erheben, und du wirst fest dastehen und brauchst dich nicht zu fürchten … heller als der Mittag geht dir das Leben auf, mag es noch so finster sein, es wird wie heller Morgen werden."

Unter den Priestern, die den Gottesdienst feiern, ist auch Norbert, der Abt von Praglia, dem Kloster, in dem meine Reise begonnen hat. Mit seiner schweren lombardischen Statur und seiner geduldigen Stimme gibt er mir Sicherheit. Wir umarmen einander. Er ist überraschend auf die Insel übersiedelt, nachdem er in seinem Mutterhaus als Abt abgedankt hat. „Eine ganz normale Veränderung", sagte er abwiegelnd, doch ich erkenne in seiner Entscheidung die ewige Dynamik zwischen Öffnung und

Abschottung wieder, die in jeder Insel des Glaubens gärt. Er will mich überreden, Bibeltexte zu lesen, um darin Perlen der Liebe zum Allmächtigen zu finden, doch mir steht der Sinn gerade nicht nach himmlischen Gedanken. Zu groß ist meine Wut über das, was im Augenblick in Europa passiert. Im Augenblick sind mir die Psalmen mit Beleidigungssprüchen lieber, die ich vor Kurzem im Stundenbuch entdeckt habe, einem Buch, in dem alle Gemütszustände des Menschen angesichts des Allmächtigen beschrieben werden und in dem auch die Wut nicht zu kurz kommt. Psalmen, die dazu auffordern, furchtlos dem finsteren Geheimnis des Bösen entgegenzutreten, lauthals dessen Existenz vor dem Antlitz Gottes zu behaupten und ihn aufzufordern, die Gottlosen rasch zu bestrafen.

Ein großartiges Arsenal von Bannflüchen. „Du zerschmetterst der Gottlosen Zähne / du zerbrichst der Löwen Kiefer.“ Diese Psalmen sind Balsam für die Seele, sie bereiten auf den Kampf vor. „Der plötzliche Sturm möge sie fangen / sie mögen sich in dem Netz verfangen, das sie selbst ausgelegt haben, sie mögen untergehen im Sturm.“ Ja, manchmal ist das Alte Testament die letzte Hoffnung. Ich sage mir die Verse auf, während sich die Nacht herabsenkt. Ich möchte die Kraft des Urchristentums wiederfinden. Mut, wir haben den Mut verloren. Den Stolz auf unsere Wurzeln und auf unsere Kultur. Die Männer in Schwarz hingegen, die aus dem Apennin aufgebrochen sind, die Bauern und Hirten, die Söhne einer seismisch aktiven Welt, besaßen Stolz, als sie am Anfang ihres Epos begannen, die Fäden Europas zu spinnen. Warum erinnern wir uns nicht an sie? Warum feiert niemand mehr den hl. Benedikt?

Norbert begleitet mich in das sogenannte Konklave. Der Saal besitzt eine perfekte Akustik. Wir sind allein. Wir setzen uns gegenüber auf zwei Betstühle und verstehen einander perfekt, obwohl wir flüstern.

„Benedikt fordert das Unmögliche von uns. Wir sollen die segnen, die schlecht über uns sprechen, wir sollen die falschen Propheten erdulden, die Brüder akzeptieren, die mit bitterem Eifern leben. Er verlangt von uns, die Kette des Bösen zu sprengen. Er fordert uns auf, nicht Unzufriedenheit, sondern Freude zu äußern, selbst wenn sich alles gegen uns verschworen hat."

„Ja, aber heute liegt zu viel Gewalt und zu viel Angst in der Luft. Die Syntax des Krieges vergiftet jede Rede. Intoleranz und Hybris sind weitverbreitet, sie sind das reine Gegenteil dessen, was uns retten kann. Und es dringt möglicherweise auch in eure Klöster ein."

„Lieber Paolo, wir leben in dunklen Zeiten. Der Hauch des Geistes ist in jedem Menschen präsent, doch die herrschende Kultur bedroht ausgerechnet seine spirituelle Dimension. Sie macht sie lächerlich. Sie deaktiviert unseren Kompass, raubt uns die Orientierung. Und ohne eine spirituelle Dimension scheitern auch Politik und Ökonomie."

Von draußen dringt das Tuten der Vaporetti herein, die einander in der Lagune kreuzen.

„Norbert, in der Presse ist keine Rede von den wahren Bedrohungen, unter denen wir leiden, von der immer größeren Verzweiflung. Während in den Alpen Millionen umgestürzte Bäume verrotten, ganze Gebirgszüge menschenleer werden, streiten sich das Veneto und das Trentino um ein paar Meter Grenze am Marmolata Gletscher."

Mittlerweile ist es Nacht geworden, zwischen mir und dem Mann in der schwarzen Kutte ist nur Dunkelheit, und die Dunkelheit schärft den Gehörsinn.

„In der modernen Welt ist es noch schwieriger geworden, das Wort zu hören. Schau, der Wind des guten Gottes weht immer aus vielen Richtungen. Wir müssen ihn nur einfangen, wie ein gutes Segelschiff. Deshalb müssen wir oft den Kurs ändern. Am Anfang ist das Wort, das von Ihm durchdrungen ist. Der Mensch muss es nur vernehmen. Doch heute ist dieser Kreislauf unterbrochen."

Wir schweigen. Das Dröhnen eines Vaporetto, das rückwärtsfährt, um an der Insel anzulegen.

„Siehst du nicht, mein guter Abt, wie sich die fehlende Solidarität gegenüber den Immigranten bereits auf die Italiener auswirkt? Heutzutage verarmt man im Handumdrehen. Man wird mit einer SMS entlassen. Doch die Italiener schweigen, sie fühlen sich von der Pflicht befreit, sich mit ihrem Scheitern auseinanderzusetzen. Sie leiden unter einem künstlich geschaffenen Belagerungssyndrom und sehen nur noch Feinde, die sie beschuldigen können, nicht Probleme, mit denen sie sich auseinandersetzen müssten, sie denken nicht daran, dass ein Sturm aufzieht. Alle fühlen sich als Opfer, und Schuld haben immer die anderen. Die alte Lüge von der Verschwörung der Juden, Freimaurer oder Kommunisten droht jetzt das Gebäude der EU zum Einsturz zu bringen."

Der Mönch: „Die Polarisierung zwischen den Völkern nimmt immer mehr zu. Die Völker werden mit Gewalt aus ihrer Heimat vertrieben und mit ebenso viel Gewalt von Europa ferngehalten."

„Lieber Norbert, du darfst nicht vergessen, dass Europa eine demokratische Anomalität ist, die nervt. Du brauchst dir ja nur die Karten anzusehen, um zu verstehen, warum viele uns loswerden möchten. Das habe ich sogar den Kindern in der Grundschule erklärt. Ich habe ihnen Europa auf die Tafel gemalt und rundherum die Gefahren, die es bedrohen. Im Norden Putins Schmeicheleien. Im Osten der nie erloschene Krisenherd des Balkans und der Ukraine, die Zäune, die Nationalismen, die Begehrlichkeiten Chinas. Im Westen Trumps Zölle, die Selbstbeschädigung des Brexit, Katalonien. Im Süden das Meer der Schiffbrüchigen, ein gewalttätiger Islamismus, die Diktaturen, der Krieg, die Bomben auf die Zivilbevölkerung. Noch nie in der Geschichte haben wir so viele gemeinsame Probleme gehabt, habe ich den Grundschülern erklärt. Dann habe ich sie gefragt. Was macht ihr in so einer Situation? Würdet ihr näher zusammenrücken oder trennt ihr euch? Zusammenrücken, zusammenrücken, haben sie geschrien. Sogar die Kinder verstehen das. Doch das Europa der Nationen streitet, anstatt zusammenzurücken, stellt Zäune auf, tritt den Rechtsstaat mit Füßen, stellt demokratische Errungenschaften infrage. Verleugnet die christlichen Wurzeln. Vergisst Benedikt …"

„Wir brauchen Mut. Den haben unsere Mönche von Anfang an unter Beweis gestellt. Man braucht sich ja nur die Fresken in dieser Kirche anzusehen. Hier findest du einen revolutionären Tintoretto, der in den Kirchen, die der Kurie unterstanden, nicht möglich gewesen wäre. Die Unabhängigkeit der Abteien hat immer Abweichungen möglich gemacht. Die Regel ist ein Destillat menschlicher Erfahrungen und der Mönch ist einer, der ein experimentelles Leben führt. Er lebt am Limit, übt sich im Alltäglichen in der Kreativität des Geistes. Das Gebet ist bei ihm ständiger Dank. Es feiert die Schönheit Gottes."

Die Flut zieht sich zurück, der Kai zwischen der Landungsstelle des Vaporetto und dem Tor des Klosters ist trocken. Ich gehe allein hinaus, um die feuchte Nachtluft einzuatmen. Riesige, überaus helle Sterne, die neue Stürme ankündigen. Ich glaube, der

Wahrnehmung des Essenziellen näherzukommen. Zum Beispiel, wie man Mut gegen die Rhetorik der Angst mobilisiert. Mit welchen Argumenten. Wie man gewisse Mechanismen außer Kraft setzt. Wie man zum Beispiel erklärt, dass heute die ehemals kommunistischen Länder der EU eine antidemokratische Politik vorschreiben. Nicht Frankreich und Deutschland, sondern Polen und Ungarn. Ist das nicht seltsam? Reicht uns nicht das, was in Jugoslawien passiert ist, wo die Geheimdienste über Nacht vom Sozialismus zum blutigsten Nationalismus übergelaufen sind, bloß damit die Verantwortlichen nicht für den Bankrott ihres Landes büßen mussten?

Wolkenbruch, Dröhnen von Motorbooten, Kreischen der Möwen. Schlaflosigkeit. Ich sehe den Balkankrieg wieder vor mir, den Zusammenbruch des Kommunismus in Mitteleuropa, und frage mich, wie wir so dumm sein können, die Fähigkeiten der Regimes des Kalten Krieges und ihrer Erben in der Manipulation zu unterschätzen.

Am Tag darauf führt mich Bruder Fedele in den Garten. Ein kräftiger, kleiner Mann, sechsundsiebzig Jahre alt, weiße Haare, gebräunt und mit forschendem Blick. Er herrscht über ein wohlgeordnetes Reich, in dem Kohlköpfe, Winterradicchio, Mangold, Knoblauch, Brokkoli, Zikorie und Kräuter gedeihen. Am Fuß einer Mauer sonnen sich eine Schildkröte und ihre Jungen. Eine rote Katze döst auf einer klapprigen Bank. „Hier, zwischen Spinat und Mist, denke ich über die Heilige Schrift nach“, sagt der Mönch lächelnd und fügt hinzu, er unterteile seinen Tag in drei Teile: Messe, Gartenarbeit, Studium des Testaments. Seine Hühner tragen die Namen berühmter italienischer Malerinnen der Vergangenheit: Rosalba Carriera, Artemisia Gentileschi, Sofinisba Anguissola.

Kariertes Hemd und Gummistiefel, breites Grinsen und Harke. Ich stehe vor dem Prototyp des fröhlichen Menschen, der allergisch gegen Jammern ist und der einzigen möglichen Kultur verbunden ist, der Bearbeitung des Bodens. Ein perfektes Beispiel für *ora et labora*, das auch Benedikt gefallen hätte. Ich helfe ihm beim Jäten, Kompostieren, beim Einpflanzen der Zwiebeln, die er gerade in Chioggia gekauft hat. Er bezahlt mit botanischen Metaphern. „Schau dir diesen Radicchio an, siehst du, in was für einem schlechten Zustand er ist? Zuerst war er wunderbar, dann hat eine Raupe seine Wurzeln befallen. Tja, diese Pflanze ist wie Europa, das zittert, weil es seine christlichen Wurzeln verloren hat." Genau, der Heilige hatte Wurzeln. Gesunde, tief in den Boden reichende. Darin lag seine Kraft.

„Der Mist ist das Beste für das Land, nur aus Carrara-Marmor entsteht nichts. Unser Dünger ist die Begegnung mit dem anderen, das Wort, die Humanisierung des Erlebten. Nur so leben wir gut. Leider haben wir heutzutage nicht einmal mit uns selbst Erbarmen. Wir haben die Kunst des *secum stare* verlernt. Wir besitzen lauter überflüssige Dinge, die bloß die Leere und unsere Verwirrung betonen. Die existenzielle Leere des heutigen Menschen im Vergleich zu dem der Bibel ist schrecklich." Tja, denke ich, während ich das Unkraut ausreiße, wenn es den Menschen der Bibel heute noch gäbe, würde er von den Web-Betreibern augenblicklich ausgerottet.

Wie viele Gedanken doch bei der Gartenarbeit entstehen! Und ich revanchiere mich bei der Erde, indem ich sie von Unkraut befreie. Meine Nägel sind schon schwarz. Der gärtnernde Mönch wischt sich den Schweiß ab und beschenkt mich mit weiteren Schätzen bäuerlicher Weisheit: „Schau dir den Krähenfuß an, Paolo. Er stört das Wachstum der anderen Pflanzen, das wissen alle. Doch er weist darauf hin, dass es keine Umweltverschmutzung gibt. Dort wo Krähenfuß wächst, ist die Erde gesund. Siehst du? Alles hat auch seine guten Seiten." Und mithilfe eines kühnen Gedankensprungs geht er von den Erdschollen zum Allerhöchsten über: „Man darf nicht einmal Gott allzu ernst nehmen ... Wichtig ist, dass man die Wahrnehmung des Unsichtbaren am Leben hält. Es macht keinen Sinn, sich mit allzu vielen Fragen zu quälen. Bei den Juden gibt es keine Ketzer, weil sie bei der Deutung der Zeichen des Schöpfers größte Freiheit haben."

Unter eine Platane liegt ein vergessenes weißes Wollknäuel. Das Zeichen meiner Reise, ein Faden, der über Flüsse, Berge, Dörfer und Ebenen gespannt wurde. Ein endloser Faden, der Entfernungen überwindet und über Mauern, Zäune, Grenzen hinweg Beziehungen knüpft. Benedikts Mönche haben genau das getan: Sie haben in den brachliegenden Räumen Europas Garnisonen des Gebets und der Arbeit errichtet und sie dann mit einem starken Netzwerk verbunden. Unter der Wolle verbirgt sich die Welt der Hirten und Bauern, aus der im 6. Jahrhundert nach Christus eine neue Welt entstanden ist, wobei der Seelenhirte und der Schafhirte ein und dasselbe waren: Wir haben diese Dimension verloren, doch am Rande des Christentums ist sie noch spürbar. Auf Griechisch heißt „Regel" *nomos*, doch man braucht nur den Akzent zu verändern, und das Wort bedeutet „Weide". Das ist doch kein Zufall.

Ein altes Bild taucht aus meiner Erinnerung auf: In Tur Abdin, am äußersten Rand der Türkei, kehrt ein kleiner, kräftiger Mönch mit bodenlanger schwarzer Wollkutte und einem langen, knotigen Stock in der Hand mit der Herde ins Kloster zurück, bevor es finster wird und die Wölfe heulen. Doch auf meiner Reise bin ich auch dem Abt von Saint-Wandrille begegnet, der beschlossen hat, ein Hirtenhund zu werden und sich damit verausgabt, verirrte

Schäfchen wiederzufinden. Und dann gibt es da noch den ehemaligen Abtprimas Notker Wolf, der die Kühe streichelt und trotz seiner sechs Doktortitel mit den Gesten eines Sämanns seine bäuerliche Herkunft verrät.

Ich bin mir sicher: Es gibt ein anderes Europa, von dem nur wenig gesprochen wird. Ein junges und leidenschaftliches Europa, das träumt, reist, arbeitet, Widerstand leistet, kämpft. Ein Europa, das die Verantwortung für die eigenen Krisen übernimmt und die Schuld dafür nicht auf die Ärmsten der Armen projiziert. Es ist an der Zeit, ihm eine Stimme zu verleihen und alle seine Instrumente zum Klingen zu bringen, damit ein Netz zwischen Sprachen und Kulturen entsteht. Damit von der Nordsee bis zum Mittelmeer, von der Steppe bis zum Atlantik eine neue Musik erklingt. Eine Musik, die wirklich sagt, wer wir sind, die die Kraft einer gemeinsamen Kultur zum Ausdruck bringt und davon erzählt, dass wir diesem einzigartigen Gebiet angehören, das fruchtbar und messbar, reich an Geschichte, Sprachen, Plätzen, Kulturen und Landschaften ist.

Mut und Herz also. Wie die Mönche, die Europa unter dem Ansturm der barbarischen Horden neu gründeten. Wie die Gründerväter der EU, die nach zwei Weltkriegen einem darniederliegenden Kontinent wieder zu Würde und Wohlstand verhalfen. Sie wussten, dass Europa kein Gratisgeschenk, sondern das Ergebnis harter Arbeit war, und oft auch ein Traum, der aufgrund der Verzweiflung über seine Abwesenheit entstand. In einem Augenblick, in dem alles verloren schien, wagten sie es, diesen Traum zu träumen. Sie spannten Fäden, woben Netze und schufen Beziehungen. Begründen wir mit Brüdern aus anderen Ländern ein Netzwerk, damit diejenigen zusammenfinden, die sich nicht damit abfinden wollen, dass Mauern und die Sprache der Gewalt wiederkehren.

Es ist egal, wie viele Knäuel, wie viel Geduld und hartnäckige Arbeit vonnöten sind, um die Mächtigen aufzurütteln und die Mauern der Intoleranz zu demolieren. Es ist an der Zeit, laut zu sagen, dass Europa eine Anomalie ist, die sich gegen Absolutismen, Mafia, Fundamentalismus und räuberische Ökonomien zur Wehr setzt, die den Planeten plündern. Es ist auch an der Zeit, laut zu sagen, dass es Wahnsinn ist, sich angesichts all dieser Probleme zu teilen, dass wir unseren Feinden in die Hände spielen, wenn wir unsere Errungenschaften aufgeben. Wir können nicht zulassen, dass sich unsere Welt noch einmal dem nationalistischen und suprematistischen Rausch hingibt. Unsere phönizische Muttergöttin namens Europa, die einst voller Angst das Mittelmeer überquerte, mag uns daran erinnern, dass wir immer die Endstation von Wanderbewegungen waren, und uns dazu auffordern, in einem Akt der Liebe und des zivilen Ungehorsams andere Knäuel aufzudröseln und andere Fäden zu spannen.

Die Masten der Segelschiffe, die außerhalb der Mauern vor Anker liegen, schaukeln im Wind einer sanften Bora. Sie wirken wie die mächtigen Lärchen von Marienberg. Der Kreis schließt sich. Genau hier bin ich vor Jahren nach Jerusalem aufgebrochen. Jetzt habe ich das Gefühl, zurückgekehrt zu sein.

Die Drucklegung erfolgte mit freundlicher Unterstützung durch
die Abteilung für deutsche Kultur in der Südtiroler Landesregierung.

AUTONOME PROVINZ BOZEN SÜDTIROL
PROVINCIA AUTONOMA DI BOLZANO ALTO ADIGE
Deutsche Kultur

TransferBibliothek CXLVII

Die Originalausgabe ist 2019 bei Giangiacomo Feltrinelli Editore, Mailand, unter dem Titel *Il filo infinito* erschienen.

Die Zitate auf S. 117 sind aus dem Buch *„Itinera Italica II. Römische Tagebücher aus dem Kloster Sankt Gallen“,* hg. von Peter Erhart & Luigi Collarile, Wien · Bozen 2016, S. 89, entnommen.

Covermotiv: „Africa e Europa“, da „Atlante portolano of Four Charts“, 1612, The Newberry Library, Chicago; Credito fotografico obbligatorio: UIG/Archivi Alinari e Codice: UIG-F-001654-0000.

Die Grafik auf dem Umschlag und auf Seite 3 zeigt das Kloster Marienberg im Vinschgau/Südtirol und stammt von Arnold Dall'O.

Die Karte im Vorsatz und die Vignetten hat Christine Wehrl gezeichnet.

Lektorat: Susanne Eversmann

Grafische Gestaltung und Umschlag: Dall'O & Freunde
Druckvorbereitung: Typoplus, Frangart
Printed in Europe

ISBN 978-3-85256-805-8

www.folioverlag.com

E-Book ISBN 978-3-99037-105-3